Vers les Lueurs

JULIETTE ADAM

Vers les Lueurs

FLAMMARION

L'autrice

Née en 2002, Juliette Adam a publié son premier roman de littérature générale à 18 ans. Depuis, elle écrit également des albums jeunesse. Elle fait ses premiers pas en littérature adolescente avec *Vers les lueurs*.

82, rue Saint-Lazare – CS 10124 – 75009 Paris
ISBN : 978-2-0804-3004-5

À ceux qui restent figés dans le temps

« Comme des ombres dans la nuit
Prêts à perdre la raison
Prêts à tuer pour une chanson
Face au monde bouche bée
Prenant tout ce qu'il offrait
Cinq, le numéro parfait »

La Maison Tellier

I

Aux étoiles tombées

Léo

Les gouttes de pluie tombent lentement le long de la vitre. Chacune emprunte sa propre route. Confiantes, elles s'autorisent quelques détours, quelques virages, zigzaguant entre les chemins. S'arrêtent parfois en pleine voie. Ne sachant plus ce qu'elles sont venues faire là. Ce qu'elles cherchaient en partant, ce qu'elles espéraient trouver en se laissant aspirer sans fin. Elles voguent, sans but, sans penser au lendemain. Jusqu'au moment où elles se rejoignent, et sombrent, réunies vers le néant. Elles ne savent plus si elles doivent résister ou se laisser emporter. Lâcher enfin prise. Sans même se préoccuper de quoi que ce soit.

Je suis un peu comme elles. Je ne peux pas m'empêcher d'entraîner les autres dans ma propre chute.

Mais qu'est-ce que je raconte ? La fatigue, sans doute. Mes insomnies. Mes vieilles amies. Au moins, je n'ai pas la force de trop penser. C'est déjà ça. Réfléchir aux événements de l'année dernière, comprendre comment tout cela a dérapé, me remémorer cet instant où j'ai disjoncté, ça, je ne peux pas. Je n'ai pas assez de force pour ça. Je n'ai pas assez de courage. Pas aujourd'hui en tout cas. Il n'a fallu qu'un après-midi ensoleillé pour détruire tout ce que j'avais réussi à forger en moi pendant seize ans. Seize ans, c'est rien pour d'autres. Mais c'était tout pour moi. Toute ma vie. Une vie en solitaire. Une vie à demi vécue. Une vie cachée, une vie passée dans la nuit. Mais une vie quand même.

Soraya monte enfin dans la voiture, les bras remplis de chewing-gum à la menthe, de chips au barbecue et de bonbons achetés au Carrefour du coin. Elle vérifie son reflet dans le rétroviseur, se sourit à elle-même en ouvrant une bouteille de Coca cerise. Je l'aime bien, je crois. Ses longs cheveux bruns qu'elle ne peut s'empêcher d'attacher. Ses lunettes beaucoup trop grandes pour elle. Ses petites mains qui voltigent sans cesse quand elle parle, à la manière de deux papillons insouciants, inconscients de la brièveté de leur vie. Je suis heureux qu'elle se soit occupée de moi. Que ce soit elle, l'assistante sociale qui m'a été assigné. Cela n'a duré qu'un an. Un an à venir me voir tous les jours au foyer, un an à me rassurer, à tenter de me faire rire, un an à chercher une solution avec moi. Ça m'a semblé tellement plus long pourtant.

« Bon. On y est. Il va être temps de partir. Tu es prêt ?

— Oui. Je crois.

— De toute façon, c'est pas comme si on avait vraiment le choix. On est déjà en retard. »

Soraya souffle longuement sur ses doigts pour les réchauffer avant de planter son regard ambré dans le mien. La lumière du lampadaire éclaire son visage d'une manière étrange. Elle entoure sa figure d'un halo presque fiévreux. Comme si elle était sur une scène, sur le point de jouer son rôle. J'ai toujours eu le pressentiment qu'elle serait importante pour moi. Qu'elle m'emmènerait vers un ailleurs encore invisible, un nouveau tournant dans cette ligne droite cabossée qu'est ma vie. Une guide. Voilà ce qu'elle est.

« Léo, tu sais… Je me suis démenée pour te trouver une place chez Aïcha. »

Je serre ma ceinture de sécurité contre mon cœur, comme si ça allait me donner l'assurance dont j'ai besoin pour traverser cette journée sans encombre.

« Je sais.

— Tu dois te dire que tu ne mérites pas un traitement de faveur… Mais, je te le promets, ce lieu, il est parfait pour toi. Tu n'aurais pas supporté la vie de foyer tout l'été. Je le sens. »

Je me recroqueville sur mon siège. J'évite son regard, essaye de me concentrer sur une petite grand-mère qui s'aventure fièrement avec son caddie fleuri vers le supermarché. Je sens la main de Soraya s'approcher de mon épaule, avant de rebrousser chemin et de se reposer sur sa cuisse.

« Tout ça pour te dire… Ne fais pas de conneries, d'accord ? Un été calme, c'est tout ce que je te souhaite.

— Ne t'inquiète pas. Je suis pas du genre à faire des vagues. »

Soraya soupire de soulagement et se met en tête de chercher un CD dans la boîte à gants, sans succès. Je me redresse pour chercher avec elle, me donne des petites tapes sur les joues pour me réveiller.

« Je suis sûre que tu vas t'y plaire. Tu en as besoin. Aïcha a un terrain immense, tu seras tous les jours entouré de nature. C'est une excellente psychologue. Ça va te faire du bien. »

Soraya tripote son pendentif cœur argenté, celui qu'elle ne quitte jamais.

« Et puis… Tu vas faire de belles rencontres. J'en suis persuadée. »

Un goéland se pose sur le capot de sa Micra orange. Il nous observe de son regard perçant. Je ne sais pas pourquoi, mais ça me détend. Dehors, la pluie commence à se calmer, comme si elle voulait entendre ce qu'elle dit, ne souhaitait pas en perdre une miette.

« Je le sens au plus profond de mes entrailles que cet endroit est fait pour toi. Quand ma tante m'a parlé de ce projet, je l'ai tout de suite soutenu. J'ai tout de suite pensé à toi. Tu dois en faire partie. Tu en vaux la peine. »

La voiture démarre avant que je n'aie le temps de lui dire que je ne mérite pas sa compassion. Que les deuxièmes chances, c'est pas pour les monstres comme moi. Je m'accroche fermement à la portière. Ma tête cogne sans cesse contre la vitre en petits coups secs. M'éloigner de cette ville est plus difficile que je ne l'aurais cru. Enfant, j'attendais toute l'année les rares moments où l'on partait, mon père et moi, faire du camping en Ardèche. Il n'arrêtait pas de râler sur tout. La chaleur, les moustiques, les gens, les coups de soleil, les rivières qui ne valent pas la mer de chez nous. Et pourtant, on y retournait chaque année. Il pêchait, et moi, je lisais dans mon coin, j'observais les serpents d'eau, les enfants sur leurs matelas gonflables, les jeunes qui sautaient du haut des rochers, et je les enviais.

Moi, je restais avec mon père, trop timide pour les approcher. On ne parlait pas. C'était mieux comme ça.

Je jette un dernier regard au panneau annonçant que nous laissons Saint-Lunaire, avec l'étrange impression de quitter ce lieu pour toujours. Soraya allume la radio. Parfait, cela me bercera. Entendre d'autres voix que la mienne dans ma tête est tout ce dont j'ai besoin pour calmer mon avalanche intérieure. Je me laisse doucement emporter vers le chemin vaporeux de mes rêves. Ceux qui, lorsque je me réveillerai, me laisseront un goût amer d'inquiétude et d'angoisse.

Alice

Je m'arrête devant la voiture 20, sors mon portable pour vérifier s'il me reste du temps avant de monter dans le train. Je commence à me rouler une cigarette avec le peu de tabac qui me reste, ignorant le panneau qui indique qu'il est interdit de fumer sur les quais. Tant pis. Une dernière, pour la route. Une dernière avant de dire au revoir à cette vie.

« Je t'avais dit d'arrêter. »

Je sursaute en entendant la voix d'Ivona. Elle est là, devant moi, avec son regard dur, ses bracelets dorés aux poignets et son air de ballerine dépressive.

« Mais qu'est-ce que tu fais là ?

— Rien, je t'accompagne, c'est tout. Pas la peine d'être aussi froide. »

Elle me présente son billet de train avec fierté. Je regarde ailleurs, aspire lentement la fumée avant de la recracher dans le ciel incertain.

« Je n'ai pas besoin de toi. Je ne veux plus de toi.

— Tu crois vraiment que j'en ai quelque chose à foutre de ton avis ? »

Ivona s'approche de moi, tente de poser une main sur ma joue. Je la repousse violemment, et ça me fait mal de voir ce qu'on est devenues. Nous qui étions pourtant toujours fourrées ensemble, nos jambes enlacées, nos mains se cherchant sous les couvertures. Juste pour nous assurer que nous étions bien là.

« Ivona, n'insiste pas, d'accord ? Je pars pour ne plus vous voir.

— Mais, Alice… Et tout ce qu'on a vécu ? T'en fais quoi, hein ? »

J'écrase ma cigarette sur le sol bétonné, parmi les tickets de caisse piétinés, les vestiges de mots d'amour déchirés et les canettes écrasées. J'attrape la valise rose fluo que j'ai achetée pour l'occasion. Je n'ai jamais vraiment beaucoup voyagé. Ce départ a un arrière-goût de première fois qui ne me déplaît pas, qui me donne l'impression de prendre une gorgée d'air frais après avoir fait la fête dans un bar moite empestant la sueur.

« C'est trop, Ivona. Justement c'est trop pour moi. J'en ai assez. Je dois m'éloigner de vous. Je te l'ai déjà expliqué cent fois.

— Alice, tu sais que rien n'a changé au fond, pas vrai ? Je suis toujours la même. Et pas que moi. Esther, Lucie, Ethan aussi. Même M. Cookie. »

Elle me tend un doudou délavé, déchiré par endroit, comme si ça allait m'attendrir. Comme si me cracher au visage mon enfance allait me faire ouvrir les yeux sur ce que j'ai perdu. Tu gâches ton temps, Ivona. Tout ça, je le sais déjà. J'ai déjà fait mon deuil. Je passe à autre chose. Je l'ai décidé. Tout est toujours question de décision, dans la vie. Une fois prise, plus rien ne peut m'arrêter. Je ne reviens jamais en arrière. Je me le dois à moi-même.

« M. Cookie, c'était un délire de gosse. J'ai passé l'âge.

— Qu'importe. On va tous partir. On va camper dans le coin, près de ton logement, on a tout prévu. On viendra te voir, tu pourras pas nous oublier. On ne te laissera pas tomber.

— Oui, je le sais. »

Et je monte les quelques marches qui me séparent du compartiment, sans me retourner. Elle ne me suivra pas. Elle n'ira pas jusqu'à s'installer à côté de moi. Je m'assois à la place 76. C'est la première fois que je prends le train. Qu'est-ce qui leur a pris de choisir cette couleur immonde pour les sièges ? J'imagine bien la réunion.

« Alors, on choisit quoi comme couleur ?

— Oh, bonne question, qu'est-ce que vous avez de plus moche ?

— Ce violet me semble parfait. Il fera vomir tous ses usagers.

— Splendide ! »

Je tourne la tête, persuadée d'avoir vu la silhouette éternellement enfantine de Lucie. Mais non. Personne. Je sors mon carnet à paillettes et mon stylo quatre couleurs pour y consigner des chansons que je ne pourrais plus jamais jouer. Plus jamais je n'entendrai Lucie en robe de soirée marteler son emblématique piano droit laqué, transportée, les paupières fermées animées de frémissements, de tremblements. Plus jamais je ne verrai Esther danser avec un mélange de grâce et de sauvagerie, sautiller comme une possédée à en rendre fous les voisins, sous les rythmes effrénés de la guitare électrique d'Ethan. Plus jamais je n'observerai Ivona passer des heures à trouver les bonnes mélodies allongée sur mon lit, natter furieusement ses cheveux blond platine, déchirer ses brouillons en minuscules morceaux qu'elle essayait vainement de reconstituer lorsqu'elle se rendait compte de son erreur.

Ces joyeux souvenirs qui ne devaient jamais prendre fin, ces instants de vie gravés à tout jamais dans ma mémoire, ces moments souillés passés avec eux, je dois y renoncer.

Plus rien n'est grave maintenant. Je l'ai choisi. Mon passé ne m'appartient plus. Il ne doit plus m'atteindre. Je ne suis pas la fille qui a vécu tout ça. Je suis forte. Je l'ai toujours su. Je suis capable de m'oublier pour me retrouver. C'est ce que j'espère en allant chez Aïcha. Je regarde le paysage de la gare d'Hendaye s'évanouir peu à peu pour laisser place à des étendues de champs jaunâtres. Je suis des yeux les fils électriques accrochés aux poteaux télégraphiques, pareils à des minuscules montagnes russes. Soudain, j'aperçois des vaches brouter nonchalamment. Elles n'ont aucune idée de ce qu'elles représentent pour moi. Non, pas déjà. Je me mets à trembler, mon cœur s'emballe, je n'arrive plus à respirer. Tout en grimaçant un vague sourire pour rassurer les autres passagers, je fais mentalement la liste des choses à éviter. Les vaches, évidemment, les Polly Pocket, les enfants déguisés en pirates, les nounours et les grenouilles. Surtout les grenouilles. Je sors mon cahier de coloriage pour l'ouvrir à la page 63, celle qui représente un bouquet composé de roses de Noël, de pivoines et d'œillets d'Inde, si j'en crois la légende. On me regarde bizarrement, un père de famille chuchote même dans l'oreille de sa femme, un sourire moqueur sur les lèvres. Une fille de mon âge qui se met à colorier dans le train, ça attire les regards. Ça soulève des questions inutiles. On se demande ce qui a cloché dans mon éducation. Si je n'ai jamais su grandir. Qu'ils ruminent, va. Leur mépris ne m'atteint pas. Il n'y a que ça qui me calme. Qui m'empêche de penser à eux, à la manière dont ils m'ont trahie toutes ces années. Et au fait que je n'ai rien su voir.

Stephan

Le manège de Mickey vient d'ouvrir. Il est dans un sale état. C'est de pire en pire. L'hélicoptère Nemo a l'air défoncé. La reine des neiges s'est enfilé un rail de coke. Dumbo est à deux doigts de se tirer une balle. Le visage fatigué, un vieux compte ses jetons. Quel con, celui-là. C'est pas à six heures du mat' qu'il va croiser des gosses. Si ça se trouve, il veut les kidnapper. Le gérant d'un tel manège ne peut être qu'un gros pédophile. Cette attraction, je ne l'ai jamais aimée. Le principe, c'est pas rien. Y aller dans le seul but de gagner un tour suivant, c'est un coup à former une armée de fils de pute en costard. Ça leur apprend à ne pas vivre l'instant présent. À penser à la productivité, aux résultats, au bonheur à venir au lieu de juste profiter d'être sur un putain de manège. Contrôlés si jeunes. C'est minable. La société, les médias, les publicités, le gouvernement, les politiques, tous nous manipulent. C'est à cause du système, si j'ai débloqué. Louise me tuerait si elle m'entendait dire ça. Elle me tuerait tout court si elle voyait ma tronche. Et je le mériterais. Mais c'est pas ma faute à moi si je me suis laissé embarquer dans cette histoire. Pas totalement, en tout cas. Je sais très bien que je me cherche des excuses. Que je me rassure en me racontant que j'y suis pour rien, que ça a à voir avec le mec là-haut, sur son petit nuage, cet emmerdeur que j'ai jamais pu saquer. J'attends encore quelques minutes. Mon père n'arrive toujours pas. Il ne viendra pas. Qui voudrait d'un fils qui a passé son temps au commissariat, à répondre aux mêmes questions en boucle, comme si les flics n'arrivaient pas à croire à ma version des faits ? C'est l'avocat de Louise qui a parlé d'Aïcha à mon père. De son projet de réunir cinq jeunes qui traversent des moments difficiles, chez elle, dans un coin aussi paumé qu'ici, le temps d'un été. J'ai pas trop compris quel était son lien avec cette femme. J'ai pas vraiment écouté non plus. Je savais déjà que ça sentait le mauvais plan. Je l'ai supplié, mon père. Je voulais pas y aller. « Ça sert à rien, je lui ai dit. Je veux pas aller chez les fous, moi. » J'aurais aimé qu'il me comprenne. Ou au moins sentir qu'il était avec moi. Qu'il me soutenait. Et tout ce qu'il a réussi à me sortir, c'est qu'il espérait que je reviendrais moins con qu'avant. Ce fils de pute, je le hais. Paix à toi, Grand-mère. J'ai tellement envie qu'il crève. Qu'un jour, on m'apporte une lettre qui expliquerait à quel point il a été minable même dans ses derniers instants. J'ai tellement de fois imaginé sa putain de mort. C'est assez dur, faut une imagination de dingue. Vendre des tapis, c'est pas ce que j'appelle un métier à risques. J'aurais aimé qu'il m'accompagne, je crois. J'aurais aimé qu'il m'annonce que, s'il m'obligeait à aller là-bas, c'était pour mon bien, ou une connerie du même genre. Je demande pas grand-chose, moi. Vraiment pas grand-chose.

Ma mère, je sais pas. Elle ne m'a rien dit. C'est quelque chose qu'elle sait très bien faire. Se taire, c'est sa façon d'aimer. J'aimerais qu'elle l'ouvre un peu, sa gueule. Et que mon père la ferme un peu plus.

Je shoote dans une canette qui traîne devant la gare. Je voudrais tellement me calmer. Redevenir celui que Louise m'a appris à être. J'aimerais être classe, instruit, poli, irréprochable. Cultivé. Putain, qu'est-ce que j'aimerais être cultivé. Je pourrais être fier de moi. Mais j'y arrive pas. Je suis pas fait pour ça. En tout cas, je peux pas le faire surgir moi-même, ce moi parfait. Au fond, j'espère rencontrer quelqu'un de bien dans ce foutu endroit. Je monte dans le train. Je serre mes mains au point de les rendre rouges comme la face de Dark Maul. Ouais, ça, je connais. C'est à ma portée.

Le paysage de ma minuscule ville s'efface rapidement. Inutile de préciser son nom. Ça n'apportera rien. Juste de quoi me rendre compte à quel point je vis dans l'anus de Satan. Pas la peine de préciser non plus qu'ici, les trois quarts des habitants votent RN. Les politiques, c'est tous les mêmes de toute façon. Je le sais, maintenant. Je l'ai bien compris. Personne pour venir en aide aux gens qui le méritent. Personne pour sauver les gens qui sont vraiment dans la merde. Personne. Tout le monde crève, et personne ne dit rien. Louise aurait pu me faire changer d'avis. Mais c'était avant que je foute le bordel. Avant que je me perde pour de bon. Quand elle pouvait encore avoir confiance en moi. Maintenant, je ne crois plus en rien. J'espère au moins qu'il y aura une chouette fille. Ce sera déjà ça de pris. Une romance, ça peut pas me faire de mal.

Camille

Je saute de pierre en pierre, évite les boules de feux que me lance le maléfique roi Serpent, maître de la vallée des Ombres, du canyon des Indiens bleus et des Géants endormis. Si je tombe, je sombrerai dans les profondeurs du lac de lave, dans ce trou hanté par l'âme des morts, gardé par les dieux des Enfers. Soudain, une des plateformes s'écroule brutalement, m'oblige à reculer pour ne pas me faire ébouillanter. Je n'arriverai jamais à atteindre la prochaine. Je me souviens que j'ai la fée de la nostalgie dans ma poche. Je la sors précieusement, je veille à ne pas la froisser, à ne pas la faire disparaître.

« Aide-moi.

— Saute, aie confiance. »

Je relève un peu ma robe, prends de l'élan, et je saute. Je m'envole, je quitte cette planète de fous, rejoins mes sœurs, dernières représentantes de la tribu des illuminées, emprisonnées dans le palais d'Été glacé.

« Camille, qu'est-ce que tu fais, ma puce ? Joue pas dans les flaques d'eau, tu vas être toute trempée… Allez, monte dans la voiture. Aïcha nous attend.

— D'accord, Mamie. »

Et voilà, retour à la vraie vie. C'est comme si j'étais pas encore trop bien réveillée. Mais ça, les adultes, ils ne comprennent pas du tout. Ils ne se rendent jamais compte de rien. Quand on leur raconte nos aventures dans nos mondes imaginaires, avec tout plein d'étoiles dans les yeux, ils nous sourient. Ils nous disent que c'est très bien, qu'on a une imagination débordante, et ils boivent leur verre de vin pour faire chic. Ils disent : « Allez, vous devez nous laisser tranquilles, maintenant. Problèmes d'adultes ». Mais, eux, ils peuvent pas comprendre. Ils peuvent pas comprendre que mes jeux, ça a plus de sens que la vraie vie. La vraie vie, elle est triste. Elle est toute grise et trop sérieuse. Elle est toute moche, un peu comme un film en noir et blanc. C'est pour ça que je ne veux pas grandir. Mamie dit que j'ai le syndrome de Peter Pan. Elle a toujours des mots compliqués comme ça, Mamie. Elle dit que c'est pas grave. Elle dit que ça va me passer. Mais moi, je ne les laisserai pas me prendre mon enfance, je la garderai toujours près de moi, là, tout au fond de la poche de mon gilet multicolore, celui que ma mamie m'a offert pour mon départ, et qui brille dans la nuit, il est vraiment trop classe, c'est dingue, tout le monde va être jaloux. Jamais j'arrêterai de jouer. Même si, pour ça, il me faudra mourir. Oh, c'est bon, ça va. Je rigole. La mort, ça peut être drôle. Enfin, des fois, hein.

« Bon, ma choupette, est-ce que tu as tout ?

— Attends, je vais regarder ma liste des choses à ne surtout pas oublier. Alors, elle est où, déjà ?

— Dans la première poche de ton sac à dos, ma chérie. Qu'est-ce qu'il y a ? Pourquoi tu pleures, ma princesse ? »

J'essuie ma morve avec ma manche. C'est comme pleurer par le nez. Ça montre qu'on est vraiment triste.

« Papa et Maman ne m'ont jamais appelée ma chérie. Ni ma puce. Encore moins ma princesse. Alors, ça me fait plaisir que tu me dises ça. »

Mamie fronce les sourcils. Elle fait toujours ça quand elle apprend que son fils – mon papa – a fait quelque chose qui lui plaît pas. Ou quand elle a marché dans une crotte de chien. Là aussi, elle fait cette même tête toute froissée. Heureusement, ça lui arrive pas trop souvent.

« Oh, mon cœur, viens là. Tu sais, ça ne veut pas dire qu'ils ne t'aiment pas. Ils t'adorent, ma choupette. En même temps, comment faire autrement face à une petite fille si adorable ! Laisse-leur juste le temps de récupérer. Je suis sûre que, très bientôt, ils viendront te chercher.

— Dans quatre dodos ?

— Non, ma puce... Un peu plus que ça. »

Je vois bien que Mamie essaye de pas me regarder dans les yeux. C'est pour pas que je voie des larmes couler sur ses joues toutes ridées. Elle a raison, parce que moi, je déteste la voir comme ça. Je passe mes mains devant mes yeux. Elles sont si petites. Si un méchant voulait me tuer, je ne pourrais jamais me défendre. Ça servirait à rien. Mamie, elle, elle peut tout faire. Elle pourrait exploser la tronche à une armée de zombies si elle en avait envie. Je n'ose pas dire « gueule », même dans ma tête. Je laisse ça aux débiles de mon âge qui réfléchissent déjà à ce qu'ils veulent faire plus tard. Ils ne se rendent même pas compte que les meilleurs moments de leur vie, c'est maintenant, après, ça sera trop tard, on deviendra tout triste et sérieux, comme je l'ai dit. Mais passons. Mamie est donc capable de trucider une armée de poules transgéniques enragées, d'endives périmées ensorcelées, ou de scarabées dorés sanguinaires d'un seul coup de poing. Mais pas quand elle pleure. Non, pas quand elle pleure.

« Allez, Mamie. C'est pas grave, tu sais. Pleure plus, Mamie, sinon je vais être triste.

— Tu as raison ma petite prune, alors, revenons à nos moutons.

— Quels moutons ? Shawn ? Mais non, tu sais bien que c'est plus mon doudou depuis longtemps !

— Camille, je ne parle pas de ton doudou, c'est juste une expression.

— Waouh ! Je savais pas qu'on avait créé une expression spéciale pour mon doudou. »

Mamie lève les yeux au ciel. Je comprends pas vraiment pourquoi, mais ça me donne envie de lui faire un bisou. J'ouvre mon sac à dos, vérifie que j'ai bien tout emporté. Mon doudou Hei Hei, mes robes de Raiponce, Anna, Blanche-Neige, Tania et Mérida, la pochette de DVD avec tous les meilleurs dessins animés de la mort qui tue, mes Polly Pocket, mes livres de contes de Grimm et mes Claude Ponti. Je demande à Mamie si on peut mettre *Emilie Jolie.* Mamie dit oui. Elle dit presque tout le temps oui, ma mamie. Je crois que ça fait d'elle une bonne personne. Pendant tout le trajet, alors que je me demande à quoi va ressembler ma vie sans mes parents, sans ma famille, je chante avec Mamie la chanson de *L'oiseau bleu*, de toutes mes forces. Elle est vraiment très belle, cette chanson. Elle me donne envie de rire et de pleurer à la fois. Pourtant, je la comprends pas très bien. Mais ce n'est pas grave. Je n'ai pas besoin de ça pour l'aimer.

Sarah

Dis-moi ce qui me tient en vie.
Pourquoi je suis encore là.
À regarder les trains passer sans les prendre.
À éviter des amis flous.
En quarantaine à seize ans.
À vivre trop simplement.
Dis-moi encore pourquoi je n'ai pas abandonné.
Pourquoi je tiens encore sur cette barre rouillée.
Pourquoi l'idée de pouvoir la lâcher me donne la force d'avancer.
Dis-moi encore pourquoi je m'acharne à vouloir me supporter.
À essayer malgré tout de m'apprécier.
Pouvoir cohabiter avec moi-même en paix.
Un jour,
peut-être,
qui sait ?
Dis-moi encore pourquoi je n'ai toujours pas explosé.
Pourquoi la colère ne se libère pas malgré tous ces dérapages.
Pourquoi elle ne me quitte pas.

Dis-moi encore pourquoi je ne peux pas faire un pas de plus. Pourquoi je suis coincée dans ce semblant de vie.

Dis-moi encore pourquoi je rêve de moi mourante.

Pourquoi cela ne me fait rien.

Et surtout.

Surtout.

Dis-moi

encore

pourquoi

tu as

fait

ça.

Je suis devant mon immeuble.

J'attends.

Dans cette rue que je connais par cœur, je ne me reconnais pas. À chaque fois que je sors, c'est toujours la même chose.

Nausée.

Honte.

Fièvre.

Dégoût.

Ce sentiment d'être en terrain ennemi, ou d'être contrainte de collaborer avec l'adversaire.

Ces bourgeois aux grands airs.

Qui crachent joyeusement sur tous

ces *pédés*,

comme ils disent.
Ces *lopettes.*
Ces *assistés.*
Ces *erreurs.*
Pas un jour sans que je ne veuille
prendre leurs têtes dégueulasses,
les fracasser sur un miroir,
leur tirer plusieurs balles,
les torturer
jusqu'à ce qu'ils crèvent.
J'aurais aimé pouvoir leur dire ça en face.
Je me plais à croire que je suis une révoltée cachée,
Une chef de bande,
Une sorte de descendante de Naziq al-Abid,
de Nellie Bly
ou encore une des sœurs Las Mariposas.
Toutes ces femmes que j'admire.
Toutes ces femmes que je ne serai jamais.
J'aurais aimé être quelqu'un sur qui on peut compter.
Mais je sais que je ne suis rien de tout ça.
Je ne suis qu'une minable inutile
qui ne mérite
que de crever
pour ce que j'ai laissé faire.

Je jette un regard
vers la fenêtre
aux volets
jaune poussin,

les seuls colorés de la rue.
Ma voisine a installé
une pancarte en carton
avec inscrit en rouge
le mot
« courage ».
Je souris.
Je referme
mon exemplaire
du *Noir entre les étoiles.*
Je lève les yeux au ciel,
comme pour me rappeler que je ne peux prétendre au droit d'exister.
Le courage, hein.
Oui, c'est facile d'en avoir.
Il suffisait d'oublier les conséquences.
Ne pas penser au ridicule,
à la dangerosité de la situation.
Transformer l'épreuve en épisode banal,
qui ne mérite que du détachement,
rien de plus.
Un peu de je-m'en-foutisme.
Je suis assez douée pour ça.
Pour m'oublier.
L'espace d'un instant,
seulement.
Le reste du temps,
je suis surprésente au monde.
Tout m'atteint.

Tout est grave.
Tout a une force,
une lourdeur
cosmique.
Et c'est trop.
C'est beaucoup trop.
Ça me fait disjoncter parfois.
Mon père s'arrête devant moi,
avec sa Porsche rutilante.
Je monte.
On ne dit pas un mot du trajet.
Il se concentre sur la route.
Aucune musique.
Aucune radio.
On s'engueulerait sinon.
Depuis un an, il fait un peu plus attention.
Quand il me parle, il baisse toujours les yeux,
comme s'il pensait qu'au premier mot de trop
j'allais me briser
ou sauter par la fenêtre
encore
une fois.
Je me plais à penser que je suis quelqu'un de fort.
Que je peux endurer toutes les situations
sans broncher.
J'espère pouvoir un jour être
fière de moi.
Pour de vrai,
pour une fois.

Mais ça,
c'est trop demander,
je crois.

Aïcha

JOURNAL DE BORD

Avant l'arrivée :

Ça y est. Les chambres sont faites. Le garde-manger est rempli. Tout est prêt pour accueillir les cinq. Je suis un peu nerveuse. C'est la première fois que je fais ça, enfin, de cette manière. J'ai envie que ça marche, qu'on s'entende bien. J'ai envie de réussir à les aider. Que mon projet ne soit pas quelque chose de loufoque qui n'aboutira à rien. Surtout, j'aimerais qu'ils se guérissent entre eux. Qu'ils pansent leurs blessures ensemble. Sans savoir ce qui les a blessés.

Je me demande ce qu'ils vont penser les uns des autres. Qui se liera d'amitié avec qui. Quels seront leurs liens. S'ils seront importants les uns pour les autres, ou s'ils prendront ça à la légère. Je ne sais pas à quoi m'attendre. Et c'est justement ça qui me fait dire que cet endroit peut être important pour eux.

Au regard de ce qu'ils ont vécu, il leur faut bien un espace comme celui-ci. Une bulle de protection pour grandir, pour guérir, pour se reconstruire. J'en suis persuadée.

Je dois y aller. Il faut que j'aille chercher Alice et Stephan à la gare. Les premiers à se rencontrer.

Léo

« Léo, Léo, LÉO ! Ah, enfin tu émerges ! On est arrivés. Très en retard et non sans difficultés, mais on est quand même arrivés. On doit être les derniers. Allez, on y va. »

Je sors de la voiture à contrecœur, les paupières toujours collées, l'esprit encore envoûté par les fantômes qui ont traversé mon sommeil. Mais ce sentiment ne subsiste que quelques instants. Ce que je découvre me coupe le souffle, presque aussi nettement que la fois où je suis tombé sur des rochers rugueux et humides en marchant sur des algues vertes. Je reste longtemps ainsi, totalement absorbé par cette demeure qui va devenir mon nouveau chez-moi. J'ai l'impression de ressentir de l'émerveillement pour la première fois depuis des années. Ça pique, ça crépite, ça crisse dans ma poitrine. J'embrasse du regard le manoir qui se dresse devant moi, envahi de vignes vierges et de lilas. La peinture bleu pâle est écaillée par endroit, mais ça m'émeut, je ne sais pas vraiment pourquoi. Je m'attarde sur les vitraux orangés donnant sur un jardin qui semble sans fin, les bosquets lavande plantés le long des murs, la table de ping-pong poussiéreuse attendant sagement dans son hangar, à l'abri du vent et de la pluie. Cette gigantesque maison ressemble aux étranges peintures que mon père détestait tant. Celles de ma mère.

« Allez, Léo, il est temps pour moi de faire le chemin retour.

— Quoi, déjà ? Tu ne viens pas avec moi ?

— Non. Pas cette fois. Ton entrée, tu dois la faire seul. Aïcha a insisté. Ça va bien se passer. Je te le promets. »

Mais… quoi ? Je ne vais pas rentrer tout seul et dire « bonjour moi c'est Léo, moi aussi ma vie a déconné, moi aussi j'ai envie de crever, bon on fait quoi aujourd'hui ? » Enfin, Soraya, merde. Si je suis ici, c'est que je ne vais pas bien, que j'ai besoin d'aide. Comment tu veux que j'arrive à communiquer avec des gens de mon âge, alors que bien avant tout ça, je n'y arrivais déjà pas ? Tu crois que c'est maintenant, maintenant que ma vie est toute fracassée, que je vais y arriver ?

« D'accord. Pas de problème.

— C'est bien, Léo. Je suis fière de toi. Oh, au fait, tiens. Tu as oublié ça au foyer. J'attendais le bon moment pour te la rendre. »

J'attrape la photo qu'elle me tend. Celle de ma mère me tenant dans ses bras à la maternité, un sourire béat sur les lèvres. Ma mère morte quinze ans plus tôt. Je ne l'ai presque pas connue. Des chants murmurés, des mots étouffés, des baisers mouillés, voilà ce qui me reste d'elle. Seuls vestiges de sa présence. Seules preuves qu'elle a réellement existé.

« Merci. »

J'aimerais pleurer, mais je n'y arrive pas. Je ne sais pas comment réagir à son geste. Je me sens vide. Si vide depuis ce jour. J'aimerais savoir comment me remplir à nouveau. Comment faire surgir tout ce que j'ai enfoui en moi. Et le fantôme de ma mère ne peut pas m'aider. Il n'a jamais pu. Soraya m'attire contre elle, sa main droite dans mon dos, l'autre sur mon crâne. Je respire une dernière fois son odeur, ce mélange de gingembre confit, d'aneth, et de romarin fraîchement coupé. J'espère que j'ai compté pour elle autant qu'elle a compté pour moi. Que je ne suis pas qu'un gosse de plus qu'elle a trouvé hors des lignes, égaré au coin d'une page cornée, expédié en dehors de ses répliques, de ses mots à lui, et qu'elle a ensuite guidé vers la prochaine page de sa vie.

« Allez, ça va aller mon grand. Ils ne sont que cinq là-dedans. Dont quatre qui sont aussi perdus que toi. Peut-être plus, même. »

À travers la vitre de la véranda, je peux apercevoir quatre silhouettes entre les passiflores, les lauriers roses et les bougainvilliers suspendus au plafond de verre. Je m'arrête un instant pour caresser un chat roux tacheté qui traverse la cour. Avant d'entrer dans cet endroit dont j'ignore tout, je me retourne une dernière fois. Soraya m'adresse une parole muette, un mouvement discret des lèvres, presque indétectable. J'y lis un « tu vas y arriver ». Je lui souris, et j'entre, en retenant ma respiration.

Six.

Six yeux attablés autour d'une table se posent sur moi.

Ils me sondent sans filtre, essayent de capter ce que je suis en un seul regard. Je les scrute à mon tour. À ma droite, un garçon plus âgé, d'un ou deux ans peut-être, est avachi sur sa chaise. Les jambes écartées, la bouche ouverte, une casquette de baseball cachant des yeux que je devine d'un bleu électrique et des cheveux bruns coupés ras. Il remonte la fermeture de son sweat kaki troué par les mites, enfonce ses mains dans les poches de son jogging, avant de me lancer un regard dur et insistant, cherchant à tester mon courage, ou quelque chose dans le genre. Je détourne vite les yeux. Une fille, du même âge sans doute, entre alors dans la pièce pour s'assoir à sa place. Elle paraît perdue, ailleurs. Son regard café semble se porter sur des choses invisibles. Elle se tourne nerveusement vers la porte qui mène au reste de la bâtisse, elle murmure des paroles inaudibles, en agrippant la nappe brodée de libellules qui recouvre la table. Je m'attarde sur elle et ses cheveux bruns retombant jusqu'à ses hanches. Elle semble soudain revenir à la réalité, se rendre enfin compte de ma présence. Elle se lève d'un bond, sa chaise crisse sur le carrelage, et elle s'approche de moi avec énergie. Elle me tend une main que je saisis mollement, sans conviction. Je n'ai jamais su gérer les premières rencontres.

« Bonjour, tu dois être Léo, c'est ça ?

— Oui, c'est moi.

— Moi, c'est Alice. »

Elle se tourne vers l'autre garçon, attend qu'il se présente je suppose.

« Stephan… »

J'ai l'impression que ça lui a arraché le cœur de dire son prénom. Il a l'air de quelqu'un qui se retient de frapper. Alice, elle, continue son discours de bienvenue, imperturbable. Pas de doute, elle sait y faire. Elle a compris ce que je n'ai jamais pu.

« Ne t'inquiète pas, Aïcha est partie chercher à manger, elle reviendra dans quelques minutes. Si tu as besoin de quelque chose, n'hésite pas à me demander.

— Merci. Désolé pour le retard. »

Je sens le rouge envahir mes joues. Les filles, elles n'ont pas l'habitude de venir me parler. Les garçons non plus. Ils ont compris depuis longtemps que je n'ai rien à leur dire. Que si je passe mon temps à dessiner dans la cour, à l'ombre d'un arbuste maladif, c'est pas parce que je joue les mecs mystérieux et profonds, mais parce que je préfère être seul. Parce que les gens de mon âge me terrorisent.

« Bonjour ! »

Je baisse les yeux et trouve une petite fille qui tourne sa bouille vers moi avec excitation.

« Moi c'est Camille et j'ai sept ans ! C'est l'âge parfait sept ans tu sais, ça sonne bien. C'est l'âge de la raison. Je vois pas trop ce que ça veut dire. J'ai pas l'impression qu'on est très raisonnable à sept ans. »

Camille me montre ses sept doigts tendus vers le ciel. Elle rajuste sa couronne rose à paillettes sur sa chevelure blonde. Tout en parlant, elle tourne dans son déguisement de Raiponce et tripote son doudou poulet, en ouvrant de grands yeux noisette. Elle m'inspecte comme si j'étais son nouveau spectateur, un animateur de plus. Quelqu'un à qui elle pouvait se fier.

« Dis ? C'est quoi ta couleur préférée ?

— Et c'est reparti… »

Stephan se lève en soupirant pour jeter son thé froid dans un évier tapissé de mosaïques. Je décide de prendre la parole pour briser le froid qui vient d'envahir la pièce, même si je n'ai aucune envie de parler.

« Je n'en ai pas. Selon moi, la beauté n'est pas dans les couleurs, mais dans leur harmonie.

— Tu pouvais pas juste répondre une couleur au pif, comme tout le monde ? »

Stephan sourit, fier de sa provocation, comme s'il se trouvait devant une salle de classe qui n'attendait qu'un peu de distraction pendant un cours d'histoire-géo. Alice lève les yeux au ciel, mordille ses ongles couverts de vernis violet avant de grimacer. Stephan se tait, réalisant que personne ne le trouve drôle. Loin de là.

« Moi, j'aime bien cette réponse. Je l'aime beaucoup même. T'es un poète toi, dis donc !

— Merci, Camille. Mais c'est pas de moi, tu sais.

— Oh. Dommage. C'est de qui ?

— Si le mec sort Victor Hugo, je vous jure je me casse.

— Stephan, tu vas te taire un peu ? T'essaies de prouver quoi, là ? Sois sympa un peu. Léo vient juste d'arriver.

— C'est bon, calme-toi, je rigolais, c'est tout… »

Stephan baisse la tête comme une tortue face à la remarque d'Alice. Son avis a l'air de compter pour lui.

« C'est de Proust. »

La voix vient de derrière mon dos. Mon sang se met à battre plus fort dans ma poitrine qui semble avoir rétréci. Je sens soudain qu'il palpite le long de mon torse, là, tout près de ma peau. Parce que j'aime ce timbre rauque, lacéré, provocateur et sucré à la fois. Parce que c'est la première à avoir saisi ma référence, la première à se rapprocher de ce que je cherche depuis toutes ces années, quelqu'un qui pourrait enfin me comprendre, m'apprivoiser. Parce que je suis sûr de l'avoir déjà entendue. Je me retourne. Mes battements redoublent. Je l'ai déjà rencontrée. Ce petit sourire en coin moqueur, cette blouse blanche aux méduses brodées de fils mauves, ces cheveux blonds qui ondulent de toutes parts, ces yeux de couleur indéterminée, entre le bleu, le gris et le vert, mer de Bretagne, ces taches de rousseur ne me sont pas inconnues. J'en suis persuadé. Je ne me rappelle juste plus le lieu. Ni le moment. Ni les circonstances. Il ne me reste que ce sentiment de déjà-vu. Mon cœur a déjà battu pour elle par le passé, dans une autre vie. Mais ça, je l'ai oublié. Comment j'ai pu oublier quelque chose de si important ?

« Oui, c'est de Proust.

— Moi, c'est Sarah.

— Léo.

— Oui, ça, tu l'as déjà dit. »

Quel idiot. J'ai rien trouvé de mieux à répondre. Je m'assois le plus loin possible d'elle, juste en face d'un miroir en métal. Mes yeux verts me rappellent trop ceux de mon père pour pouvoir m'y plonger. Je porte la tasse qui m'est destinée à mes lèvres gercées. C'est à ce moment précis qu'Aïcha entre dans la pièce.

Alice

En sortant du wagon, guettant les quelques courageux qui attendent dans la gare, je remarque tout de suite Aïcha, avec ses cheveux noir corbeau ramenés en une tresse sur le côté, sa chemise rentrée dans son jean troué, ses yeux tirant vers l'orange remplis d'étincelles. Je ne peux pas croire qu'elle a le même âge que ma mère. Elle en fait dix de moins. Elle s'approche de moi avec hésitation, comme si elle avait été prise en flagrant délit de quoi, je ne sais pas. Elle a cet air coupable qu'ont parfois les innocents. Lucie me faisait le même effet.

« Bonjour, Alice. J'étais justement au téléphone avec tes parents.

— Enchantée. J'avais hâte de vous rencontrer. Je veux dire, autrement que par visio.

— Mais le plaisir est partagé ! Tu as fait bon voyage ?

— Oui. Rien à signaler. »

J'hésite à lui parler de ma crise. Mais je me ravise. Il ne faudrait pas qu'elle s'inquiète dès mon arrivée. Elle va devoir gérer cinq jeunes, sûrement aussi secoués que moi. Je crois que je peux lui épargner ça.

« Tu es la première. On attend juste Stephan qui arrive dans une dizaine de minutes. Tu as quelque chose de solaire, Alice. Encore plus que sur les photos. J'espère qu'on te le dit souvent. »

Je ne réponds pas, me contente de rougir en essayant de cacher le sourire qui me traverse les lèvres. Je sais qu'elle me comprend. Qu'elle sent que lors d'une première rencontre, je préfère ne rien dire. Mais pas longtemps, juste quelques minutes. Le temps de connaître le goût de son silence.

« Alice, j'aimerais que tu saches… »

Aïcha semble hésiter quelques secondes, comme si elle avait besoin d'un temps pour prendre de l'élan, pour se jeter dans le rôle qu'elle s'est assignée. Celui d'accompagner des jeunes perdus comme moi, de créer un lieu où on serait bien, un lieu où on serait en permanence en contact avec une psychologue, dans un bel environnement, en petit comité. Celui d'avoir cru en une guérison par le simple fait de vivre dans une petite communauté d'âmes fracassées.

« J'aimerais que tu saches que jamais je ne te forcerai à quoi que ce soit. Je ne te demanderai pas d'oublier ou encore moins de faire face. Si tu as besoin de me parler, je suis là. Je répondrai à chacune de tes questions. »

Des larmes coulent sans prévenir. Non. Je m'étais pourtant promis de ne jamais, jamais m'apitoyer sur mon sort. Je les essuie rapidement avec la manche de mon gilet, espère secrètement qu'Aïcha n'a rien remarqué.

« Je veux juste que ça s'arrête.

— Je comprends, vivre avec cette…

— Maladie. C'est ça, le mot que vous cherchez. »

Je prends conscience que je lui parle avec une froideur qui ne me va pas, que je ne connais pas. Cela doit être l'habitude de répondre à Ivona. Et à tous les autres membres de notre ancien groupe.

« Excusez-moi, je suis assez tendue.

— Ce n'est rien, montre-moi plutôt ce fameux cahier de coloriage.

— Oh, mais… Ce n'est pas du tout bien colorié…

— Donne. »

Sans prévenir, elle éclate d'un rire sonore qui traverse tout le hall de gare pour revenir rebondir sur les murs et provoquer l'envolée d'un amas de pigeons. Un rire caractéristique de ceux qui ont été seuls pendant trop longtemps.

« Quoi ? Qu'est-ce qu'il y a de si drôle ?

— Effectivement, c'est très moche !

— Rohh, ça va !

— Même un enfant de quatre ans aurait fait mieux !

— C'est bon, c'est bon, on a compris…

— On se marre bien, on dirait. C'est toi, Aïcha ? »

Un garçon de mon âge se tient devant nous. Les bras ballants, le teint jaunâtre, un petit duvet au-dessus des lèvres qu'il ferait mieux de raser. Il n'a même pas emporté de valise. On ne sait pourtant pas combien de temps on va rester. Aïcha a dit que ça pouvait durer une semaine, comme tout l'été. Qu'elle est disposée à nous accueillir aussi longtemps qu'il le faudra. Aussi longtemps que nos parents le voudront, en tout cas. Il n'a pas l'air de croire qu'il va rester ici. Qu'il va pouvoir se poser pour souffler.

J'ai l'impression qu'il se tient prêt à fuir à tout moment. Je veux lui parler, prise d'une soudaine envie d'échanger, mais je me ravise vite. Il ne m'accorde aucun regard. Il observe tout. La statue de sirène en pleurs qui trône sur la place, le minuscule toboggan en forme de coccinelle, les camions de pompiers qui roulent au loin, les trains à l'arrêt, les couples qui se séparent, les éclairs qui traversent le ciel, les gens, les oiseaux, les canettes de bière. Tout sauf moi. Même quand Aïcha s'empresse de faire les présentations. Même quand je lui tends ma main pour qu'il la serre. Il m'ignore, sans pression. Il m'ignore comme si je devais savoir pourquoi. Comme si je l'avais blessé, il y a des années, et qu'il ne m'avait toujours pas pardonné. Nous quittons la gare sans un mot. Stephan met ses écouteurs et il n'est déjà plus avec nous, transporté dans une autre ambiance, une autre lumière. J'essaye de deviner la musique qu'il écoute en suivant les balancements réguliers de sa tête, l'imaginant de mauvais goût, une de ces chansons à succès que je ne peux pas supporter. De temps en temps, il me jette un regard furtif, espérant sans doute que je ne le remarque pas. On monte dans la vieille DS menthe glacé d'Aïcha. Elle lance une compile de Dalida. Stephan s'est assis à l'arrière. Je n'ose pas me retourner ni regarder dans le rétroviseur. Je préfère écouter l'album, essayer d'imaginer quelles reprises je pourrai faire, un jour, si je parviens à chanter de nouveau. Aïcha finit par se garer dans sa cour, manquant d'écraser un chat adorable qui tourne en rond autour de la voiture.

« Ça, c'est Bidule. C'est un jeune chat, il a de l'énergie à revendre. Avec lui, chaque jour apporte son lot de surprises, vous allez voir. »

Je me précipite dehors, pressée de voir là où je vais habiter. Là où je vais pouvoir guérir.

« Bienvenue chez vous. »

Longtemps, j'ai imaginé ce lieu la nuit, sur la plage principale où je bodyboardais pendant des heures. Mais jamais je ne me serais attendue à cette immense maison aux allures de villa italienne inhabitée. Recouverte de tuiles roses, envahie par la végétation et les abeilles, elle semble scintiller de toutes parts, comme constellée de minuscules lucioles lumineuses. Une forte odeur de jasmin me remplit les poumons, des bulles de savon flottent dans l'air et se posent dans mes cheveux. Je me sens déjà apaisée ici. À ma place. Comme si les étoiles s'alignaient pour me montrer le bon chemin. Je croise le regard de Stephan fixé sur moi, ne me lâchant pas, ne résistant plus. Mais qu'est-ce qu'il cherche ? Qu'est-ce qui lui prend tout à coup ? Quelque chose me dit que ce Stephan me veut du mal, que je dois me méfier de lui, m'attendre à ce qu'il me brise à tout moment. Vivement que les autres arrivent.

« Installez-vous dans la véranda. Alice, prépare du thé, tu seras gentille. Je vais monter vos affaires. Vous avez chacun votre chambre. Alice et Sarah – qui ne devrait pas tarder –, vous serez au deuxième. Toi, Stephan, tu seras au premier avec Léo, qui arrivera en retard. Camille sera au rez-de-chaussée avec moi. Ah, j'entends une voiture se garer, ça doit être elle avec sa grand-mère ! Je monte ça en vitesse et je reviens. »

Elle grimpe quelques marches, avant de se retourner.

« Si elle arrive avant moi, mettez-la tout de suite à l'aise, je la connais bien. Vous verrez, c'est un drôle de numéro. ».

Aïcha grimpe l'escalier vert en colimaçon qui traverse les différents étages, portant l'unique sac à dos sans forme de Stephan d'une main et ma valise de l'autre. Le bruit de ses talons rencontrant les marches semble emplir toute la pièce. Et on se retrouve là, Stephan et moi, debout dans la véranda, sans savoir quoi dire. Il inspecte les différents bibelots, les papillons en verre, les cages à oiseaux vides, les lampes Art déco, avant de s'assoir sur l'une des chaises qui entourent la table. Je m'apprête à briser le silence lorsque la porte s'ouvre dans un fracas effroyable, faisant trembler les pots où poussent des plantes, en suspension au-dessus de nos têtes. Une petite princesse s'installe devant nous, pose son sac sur la table, renversant au passage une bouteille de jus d'orange fermée.

« Ça n'a pas changé ici ! C'est toujours aussi grand, on dirait un château, tu trouves pas ? Waouh elle est jolie ta robe !

— Merci. La tienne aussi est plutôt pas mal. »

Camille tourne sur elle-même pour faire gonfler les jupons de son déguisement, en rougissant de plaisir.

« Je t'aime bien, toi. Tu es gentille. C'est important, la gentillesse, tu sais. »

Elle s'approche timidement de Stephan, bat des cils plusieurs fois, comme pour mieux l'observer.

« Par contre toi, je sais pas si tu as l'air méchant ou triste. C'est difficile à dire.

— Mais, ta gueule toi, je t'ai parlé peut-être ?

— Stephan ! Qu'est-ce qui te prend ? C'est une enfant !

— Mais je t'emmerde, lui répond la petite. »

Je recrache le thé que je viens juste de porter à mes lèvres. Je m'étrangle avec le peu qu'il me reste dans la gorge. Puis je m'arrête d'un coup. Quelqu'un rit avec moi, et ce ne peut pas être Stephan, trop choqué par l'insulte de Camille. Je me mets à trembler. Une crise commence de nouveau à pointer le bout de son nez, je le sens. Mes mains deviennent molles, ma tête bourdonne, mes oreilles sifflent. Je devine une présence derrière moi. Et si c'était eux ? Non. Non, non, non, non. Ça ne peut pas être un membre du groupe. Ça ne doit pas. Pas maintenant. Ils ne doivent pas débarquer comme ça, à l'improviste, dans cette maison qui ne leur appartient pas, qui doit devenir mon refuge, mon rempart contre mon passé. Non, ils n'ont pas le droit de venir ici. Ce n'est pas le lieu. Ce n'est pas le moment. Lentement, je me retourne.

« Bah quoi ? Je fais si peur que ça ? »

À l'instant où je la vois, je suis frappée par le mystère que dégage cette fille. Elle a l'air si sûre d'elle. Je l'envie pour cette force qu'elle dégage. Stephan, lui, ne m'accorde même plus un regard, se contentant de fixer assidûment Sarah. Comme s'il avait vu un fantôme.

« Quoi ? Tu veux ma photo ?

— Un peu, ouais. »

Stephan et Sarah se lancent alors dans une bataille de regards, comme ça, sans prévenir. Un sentiment commun semble les habiter, la même lueur de défi. Aïcha finit par entrer dans la pièce, clôturant ce petit jeu enfantin, un combat dont eux seuls comprenaient l'enjeu. Elle se présente à Sarah qui lui rend son sourire avant de venir prendre Camille dans ses bras. Aïcha a à peine le temps de nous servir des parts de tarte au citron qu'elle nous annonce qu'elle va chercher de quoi préparer le dîner dans le garde-manger.

On continue à discuter. L'ambiance se détend, se retend, se détend de nouveau. Je ne sais pas vraiment sur quel pied danser. Quel rythme adopter. On parle de nos villes d'origine, de nos passions, de nos séries préférées. Jamais de nos secrets. Cette règle s'est tout de suite imposée à nous comme une évidence. Aucun d'entre nous n'a envie de dire pourquoi il est là. Et c'est bien cela qui me fait dire qu'ils ont vécu des choses difficiles. Je finis par m'éclipser aux toilettes. Pour souffler un coup plus que pour autre chose. J'observe les différents colliers de perles accrochés à des clous le long du mur, lorsque je vois Esther qui me fait signe depuis la fenêtre.

« Alice, viens, quelques secondes au moins. On veut juste te parler.

— Esther ? Mais qu'est-ce que tu fais ici ? Va-t'en !

— Alice, ce n'est pas digne de toi. Je ne demande pas grand-chose, d'accord ? On veut juste s'expliquer. Viens.

— Non. C'est ici que je dois être. C'est ma seule chance de me faire soigner. Que tout redevienne comme avant.

— Mais Alice, *comme avant*, ça ne veut rien dire.

— Esther, c'est vraiment pas le moment. Sors d'ici. Tu n'as rien à faire là.

— On reviendra sans cesse te voir. On ne veut pas te perdre.

— Vous m'avez déjà perdue. »

Je cours dans le couloir, rentre dans la véranda en trombe pour m'assoir. Je suis tellement angoissée à l'idée qu'on puisse m'avoir entendue que je n'ai pas remarqué que personne ne disait rien. Je rejette un dernier coup d'œil, mais Esther est partie. C'est là que je le remarque. Un garçon aux airs d'artiste maudit, droit comme un I, la main encore vissée à la poignée. Ce doit être Léo. Il semble perdu, tripotant un carré de tissu posé sur une commode chinoise pour s'occuper. Il n'a pas l'air de savoir s'il doit parler ou non, s'il doit faire le premier pas, nous observant comme des pièces de musée. C'est assez gênant, sa manière de nous regarder. Personne ne fait d'effort pour le mettre à l'aise. Je me lève de ma chaise, m'approche de lui avec précipitation. À cet instant précis, j'ai l'impression de renaître. J'ai une seconde chance de tisser des liens, de pouvoir enfin vivre quelque chose de vrai. Je ne la laisserai pas passer. Aider les autres à se sentir mieux ici, cela me paraît déjà un bon début pour me reconstruire. Alors je lui tends ma main. Cette main qui veut lui crier : « Bienvenue. Tu verras. Tout va s'arranger. Je te le promets. Il n'y a rien que le temps ne puisse effacer. »

Stephan

Quand je descends du train, je remarque de loin les deux filles qui pouffent comme des… Comme des quoi, en fait ? Faut que j'arrête d'être agressif. Ce voyage est une sorte de nouveau départ pour moi. Pour nous tous, même. Je peux changer. Je deviendrai meilleur. Pour Louise. Pour la rendre fière de moi. Au moins, il fallait essayer. Quand j'étais gosse et que je perdais aux jeux de société, ma mère me disait tout le temps que c'était pas grave. Que l'important, c'était de participer. J'ai vite appris que c'était que des conneries. Que dans un combat, seul le résultat compte. Je me rapproche du banc, le torse bombé, prêt à me sociabiliser, à pas jouer au con pour une fois. J'attends. J'attends, devant elles, comme ça, sans rien faire. Mais elles me remarquent même pas. Trop occupées à rire de je ne sais quelle blague pourrie. Trop occupées à profiter de la vie. Encore quelque chose que je ne sais pas faire. La vieille doit être Aïcha et la meuf à côté doit être une des quatre autres avec qui je vais habiter. Je la toise. Elle est mignonne. Je vais devoir la jouer fine si je veux avoir une chance de la gérer. Je cherche une méthode dans la liste de mes rares expériences. Quelques flirts qui n'ont abouti à rien. Un baiser à une inconnue dans une soirée. Une première fois minable dans les toilettes d'une station-service, avec une serveuse de milkshakes, durant laquelle j'ai à peine réussi à bander. Rien depuis. Je me dis que je dois innover si je veux la connaître. La fille qui vaudra le coup. La technique « je t'ignore pour que tu t'intéresses à moi », ça peut marcher. Forcément, c'est inévitable, je dois quand même lui répondre une ou deux fois. Mais c'est si bon, sa manière de me regarder, mine de rien, de se demander ce que j'ai dans le crâne. Elle va craquer pour moi, c'est sûr. C'est même trop facile.

« Ah, Stephan, tu es là ! Tu as fait bon voyage ?

— Ça va.

— Tant mieux. Tu veux un muffin ? J'en ai fait au cas où vous auriez un petit creux. Les jeunes ont toujours faim après un long voyage.

— Ouais, je veux bien. Merci. »

Je l'aime bien cette Aïcha. Avec son air de vouloir en faire trop. Elle semble vraiment se soucier de nous. Pas comme cette foutue vie où le bonheur n'est qu'une illusion. Où tout finit toujours par nous filer entre les doigts. D'aussi loin que remontent mes souvenirs de gosse, je ne l'ai jamais connu, celui-là. Une seule fois, j'ai cru l'approcher. Mais le destin m'a vite rappelé que je n'y ai pas droit. C'est pour ça que je suis là, je crois. Pour voir si je peux encore essayer de l'apprivoiser. Une dernière fois. Avant d'abandonner pour de bon.

En sortant de la gare, je me sens mieux. Je sais pourquoi je suis là. J'ai besoin de me fixer des objectifs. Défoncer la gueule du destin me semble une bonne idée. Je démêle mes écouteurs. Je veux qu'on me foute la paix. Je commence à chercher de la musique dans mon vieux portable. J'ai juste oublié que rien ne me plaît. Que j'écoute devant mes potes ce qui est à la mode, histoire de pas passer pour un cas social. Alors, je ne mets rien. J'écoute les bruits du monde. La petite fille qui gueule parce qu'elle a pas eu son jouet au Relais. Les voitures qui filent désespérément dans le seul but de retrouver leur putain de quotidien. Ce groupe de vieux qui n'a rien trouvé de mieux à faire que de bloquer l'entrée de la gare pour parier sur celui d'entre eux qui crèverait en premier. Et la respiration d'Alice. Je ne peux pas m'empêcher de la regarder. Mais je m'inquiète pas. J'ai toujours été discret.

Le trajet en bagnole dure des plombes. J'ai le temps de voir mon existence défiler trois fois. Pour y voir quoi ? Des journées entières passées devant la PS3, à me demander si je ferai un jour quelque chose de la vie qu'on m'a offerte ? Des heures de cours interminables à regarder tous ces hypocrites se croyant, se sachant, meilleurs que moi, le nez dans leur contrôle, à gratter comme des malades, comme s'ils avaient des choses importantes à dire ? Des après-midi à zoner sur les parkings des supermarchés, shooté, saoulé pour faire passer le temps, ce truc dont je n'ai jamais vu l'utilité ? Seule ma rencontre avec Louise aurait pu être intéressante. Mais ce serait trop dur. Je ne supporterais pas de voir à quel point elle s'est démenée pour me sortir de ma petite vie merdique. À quel point je l'ai déçue. Et encore, c'est un énorme euphémisme. Eh oui, je connais des mots moi aussi. Je suis juste pas habitué à les utiliser. Quand on sort enfin, Aïcha nous montre avec enthousiasme son espèce de manoir de vieille sorcière perdu dans la campagne. C'est bon, c'est pas Versailles non plus. Alice est plus intéressante à mater. Et puis là, elle me regarde. Merde, merde, je me suis fait cramer, putain Stephan, merde, merde, merde. Je vais m'éclater la gueule sur les pavés. Je vais m'enfuir, je vais courir dans ce jardin d'aristo et espérer m'y perdre pour toujours. Mais je la vois me sourire. Je ne dois rien laisser paraître. Même si je fais la danse de la joie dans ma tête. Une fois installés autour de la table de la véranda et Aïcha montée à l'étage, un silence gênant s'installe. Je jette un œil à la déco poussiéreuse pour faire semblant de m'intéresser à quelque chose d'autre qu'Alice. Elle ne peut pas y mettre un peu du sien aussi ? Me dire à quel point elle a flashé sur moi, à quel point elle m'attendait, tout ce temps, que je suis au moins une raison de rester dans ce putain d'asile de fous ? Elle peut pas parler de notre coup de foudre ? Elle en parlerait bien mieux que moi, j'en suis sûr, elle trouverait des jolis mots comme il faut, elle. C'est trop injuste. Toujours au mec de tout faire. Et puis merde, j'en ai marre de ce silence. Ça m'angoisse. J'ai l'impression qu'il y a de la tension dans l'air, et je déteste ça. Dis-moi quelque chose, crie si tu veux, mais parle-moi, par pitié. En un sens, ma prière a été exaucée. Mais ce foutu Dieu a juste fait le travail à moitié, comme d'habitude. À la place d'Alice, c'est une gamine avec un sac à dos Totally Spies qui arrive en courant. Elle manque de faire tomber un vase ignoble, elle se met à poser des tas de questions à la suite. Elle me casse les couilles, avec sa voix haut perchée de dessins animés. Elle s'approche de moi et s'amuse à enlever ma casquette et à me la remettre à l'envers. Je la laisse faire. Je suis découragé. J'ai la flemme. Flemme de tout. Flemme de faire des efforts. Flemme de faire semblant que tout est normal. Je l'écoute à moitié. C'est quand j'entends qu'elle me trouve « méchant ou triste » que je décide de l'ouvrir. Je peux pas laisser passer ça. Faut que je montre à Alice que je ne me laisse pas faire.

J'aurais jamais dû ouvrir ma gueule. Comme toujours, j'aurais mieux fait de ne rien dire, de ne pas tout gâcher comme je l'ai fait avec toi, Louise. Je suis fort pour ça. La réponse de Camille me cloue sur place. Elle m'emmerde, la mioche. Rien que ça. Je ne trouve rien à répondre à une gosse de huit ans. Si je me laisse clasher par une gamine, comment je vais pouvoir impressionner Alice ? Et elle se marre bien en plus. Peut-être que je me suis trompé. Peut-être que cette fille est pas faite pour moi. Que personne est fait pour moi. Ou plutôt, que je suis fait pour personne. Peut-être que je sais pas bien aimer. Qu'on m'a jamais appris comment faire.

Et puis, le visage de Louise m'apparaît soudain en flash.

Il est si réel, si proche de moi, que je manque de tomber de ma chaise. J'ai l'impression d'avoir vu un fantôme. C'est quoi, cette vision ? Je suis peut-être en train de devenir timbré. Parce que la fille qui vient d'arriver, celle qui tend sa main vers Alice, elle ne ressemble pas du tout à Louise. Mais elle dégage quelque chose. Je sais pas comment expliquer. Quand elle s'assoit, je sais que je dois vérifier un truc. Je plante mes yeux dans les siens. Amusée, elle joue le jeu. Putain, j'ai décroché le gros lot avec ces deux-là. Mais je me concentrerai sur Alice. Draguer une fille que j'associe à Louise, même sans savoir pourquoi, je ne peux pas. Ce serait insupportable. Quand Aïcha arrive dans la pièce, Sarah n'a toujours pas lâché. Louise l'aurait fait. Elle ne supporte pas de regarder les autres dans les yeux. Elle se sent trop vulnérable. Trop exposée. Alice me calcule pas. Elle s'en fout. Putain, faut qu'elle arrête ça. Elle se rend pas compte que je pourrais lui sauter dessus, la plaquer là, sur la table, devant tout le monde, et l'embrasser comme jamais je ne l'ai fait ?

Ta gueule, Stephan. On rigole pas avec ça, putain. Je suis pas comme ça. Vraiment. Jamais je ferais ça. Je suis pas un putain de violeur, moi. Y a des gars, ça les fait bander. Moi ça me dégoûte. Faut me croire, ça me répugne. Je suis pas comme ça. Et la justice qui fait jamais rien, qui laisse des ordures en liberté. Quel pays de merde.

Et puis, Alice recommence à parler. J'espère que c'est pour moi, cette fois.

« Sinon, tu viens d'où, Camille ? »

Encore une fois, la déception. Encore une fois, le putain d'espoir d'être aimé en retour qui vole en éclats. Camille se redresse. Elle ajuste sa couronne sur ses cheveux de princesse, prête à répondre à la question d'Alice. Je regarde par terre. Elles me saoulent. J'ai envie de rentrer chez moi, et de buter des PNJ sur *Call of Duty*.

« Moi, je viens de Bordeaux. J'aime bien le nom de cette ville. C'est simple à comprendre. « Rudimentaire », comme dit Mamie. En ce moment, je vis chez elle, pas très loin d'ici. Ma mamie, c'est la plus géniale, vous savez. Elle fait les pizzas les meilleures du monde. Mais elle est un peu fatiguée maintenant. Alors, Aïcha a proposé de s'occuper de moi. Le temps qu'elle se sente mieux. »

Camille serre son doudou contre son cœur. Ça me fend le mien, mine de rien. Je sais pas ce qui m'arrive. Les gosses avec des larmes dans les yeux, ça me déprime pas autant, d'habitude. J'en vois plein. Ça doit être le voyage. Je dois être crevé. Crevé comme un rat mort. C'est tout.

« Aïcha, c'est la meilleure amie de ma mamie. Elle se sont rencontrées au club de lecture. C'est comme ça que ça s'est passé. »

Camille secoue la tête, et elle retrouve son énergie. Comme ça, d'un seul coup. Juste parce qu'elle l'a décidé. Elle est forte, cette petite. Je devrais peut-être m'inspirer d'elle.

« Et toi, Alice ?

— Oh, moi je viens d'Hendaye. C'est dans le Pays basque, juste à côté de la frontière avec l'Espagne. Mes parents sont Espagnols, ma mère travaille en France, et mon père en Espagne.

— C'est vrai ? Incroyable, moi j'adore Hendaye ! Les vagues elles sont très très grosses par contre. Mais je suis courageuse tu sais, j'ai pas peur. Sauf que mes parents voulaient pas que je me mette en maillot de bain. J'ai pas pu me baigner, du coup.

— Pourquoi ? C'est complètement con. Depuis quand les gosses peuvent plus se mettre en maillot sur la plage ? »

Et voilà. Je me sens responsable du passé de cette petite, maintenant. Faut pas que je fasse ça. Faut pas que je m'attache. Ça va m'attirer encore plus de haine. J'ai pas besoin de ça. J'en ai déjà beaucoup trop en moi.

« Je sais pas. Je crois que j'avais pas pris le bon ou je sais pas quoi. Toi tu viens d'où Stephan ?

— Je viens de Trouduculdumonde. Une très jolie ville. On y respire le bon air frais de la campagne. »

La gamine est morte de rire. Elle est à deux doigts de s'étrangler avec sa propre salive. Ça, je m'y attendais pas. Ça fait du bien, d'être celui qui a mis un sourire sur cette petite tête. Elle a pas l'air d'avoir l'habitude des gros mots. J'imagine que ses parents doivent être du genre coincés. Ça me donne envie de lui en apprendre plein. Juste pour réentendre son petit rire choqué. Juste pour foutre la haine à ses parents. Puisqu'ils ont pas l'air de s'occuper d'elle, à ce que je comprends.

« Et toi, Sarah ?

— Paris.

— T'es où exactement ?

— Dans le 16e. »

Elle se prend pour qui, celle-là ? Pourquoi elle se pointe ici ? Une petite bourge de parisienne. C'est quoi, ce foutage de gueule ? Moi, j'ai vraiment besoin d'être aidé. Je vais mal, putain. Je vais vraiment mal. Et elle, elle prétend avoir des problèmes ? Mais quelle blague. Tous nés avec une putain de cuillère en argent plantée dans le cul. Pardonne-moi, Louise. Tu n'as rien à voir avec cette pauvre fille.

« Dans le 16e ? T'es sérieuse ? Tu veux me faire croire que t'as des problèmes dans la vie ? Hein ? Tu peux me dire ce que tu fous ici ? Est-ce que tu t'es déjà réveillée la nuit parce que des clodos squattaient ton jardin ? Est-ce que t'as déjà ouvert le frigo, mort de faim, pour te rendre compte qu'il restait plus rien, que dalle, t'as qu'à te bouffer un bras, ça passera. Est-ce que tu t'es déjà préoccupée de quoi que ce soit ? À part déprimer parce que la droite n'a pas assez de pouvoir selon toi, à part trouver que les chômeurs sont tous des feignants ? Hein ? Mais tu connais rien de la vraie vie ! Dégage d'ici ! Ose, putain, ose dire que t'es dans la même galère que moi. Ose ! »

Sarah sourit. Putain, elle me sourit, la petite bourge. Elle se lève, les deux mains posées sur la table. Je croise son regard. Il me glace le sang. Autant de colère dans les yeux. Ça me cloue sur place. J'ai jamais vu ça. À part dans le miroir.

« Alors toi tu vas commencer par fermer ta grande gueule, d'accord ? Tu veux bien faire ça pour moi ? Super, merci pour ta participation. Tu me connais ? De quel droit tu penses que t'as souffert plus que moi ? De quel droit ? T'as le monopole de la douleur, peut-être ? Putain de merde, tu sais pas ce que j'ai vécu. Une simple adresse, putain, une simple adresse, ça te suffit pour te faire une idée de moi. Tu te dis, elle vit dans le 16e, elle est forcément une fille de bourge de droite, réac, accro à la manif pour tous. Tu sais quoi, Stephan ? T'as raison, putain. Je descends de tout ce que t'imagines de pire. J'ai pas choisi de naître là-bas. J'ai pas choisi d'habiter là, d'avoir un père comme ça, j'ai pas choisi de vivre cette vie, putain. On fait ce qu'on peut avec ce qu'on a. Moi, j'ai choisi de pas être ce qu'on attend de moi, de défendre ce que je pense être juste. Moi, je me salis les mains. Je me bats pour les droits des femmes, des LGBT, des réfugiés, je me fais défoncer la gueule par les flics en manif, je me retrouve en garde à vue avec des bleus sur tout le corps. Oui, moi, la pauvre Sarah du 16ᵉ. Mais toi, tout ça, ça te passe au-dessus de la tête. Toi, tu ne penses qu'à ta petite gueule. »

Un long silence. J'essuie une larme. Je ne veux pas qu'on me voie comme ça. Je suis fort, merde. Je tremble un peu. Je lui en veux de m'avoir percé à jour, sans me connaître. Je m'en veux d'avoir parlé sans réfléchir. De l'avoir blessée à ce point. Sarah est essoufflée. Je n'aurais jamais cru qu'elle pouvait faire preuve d'une telle violence. De me balancer ça à la gueule, le jour de notre rencontre. Ça me plaît. Elle a du caractère. Alice, elle, ne dit rien. Camille, t'as l'impression qu'elle attend la suite, du pop-corn plein la bouche. Aïcha me regarde. Pas de reproche. Rien, juste de la douceur, c'est tout. Juste de la douceur. Je sais ce que je dois faire.

« Écoute, je suis désolé… J'ai déconné. Je suis pas dans mon état normal. Je suis un peu à cran.

— Oui, moi aussi. Je suis tout le temps à cran. »

Sarah se détend. Elle passe une main derrière sa tête. Elle est presque timide d'un seul coup. Je la reconnais plus. Sur qui je suis tombé ? C'est qui cette meuf ? J'ai envie de la rassurer. J'ai envie de ravaler mes insultes. Je veux qu'on s'entende bien.

« Je crois qu'on est pas vraiment partis sur de bonnes bases.

— Allez, faites-vous un gros câlin. Tout se résout par la tendresse. C'est ma mamie qui me l'a dit. Et moi, je la crois. »

Elle est sérieuse ? Ce que ça peut être niais, une gamine. On est pas dans un putain de dessin animé, à se balader avec des licornes et des paillettes collées au cul. Mais le pire, c'est que je sais qu'elle a raison. Qu'on a besoin de sentir qu'on est là, ensemble. Qu'on ne pense pas tout ce qu'on s'est dit. Du moins, qu'on le regrette maintenant. Quand je me tiens devant elle, je réalise à quel point je suis plus grand. À quel point elle est plus forte que moi. On s'enlace, maladroitement. Sans trop savoir quoi faire de nos corps. Elle sent bon. Elle doit avoir la peau douce. Quand on veut se séparer, je glisse sur le tapis, et on tombe comme des gros flambys. Sarah et moi, on se regarde. On a l'air tellement cons, allongés par terre, qu'on se met à rire. Je crois que c'est le premier vrai fou rire depuis longtemps. Cinq minutes plus tard, on y est encore.

Quand Léo arrive, je sens un sentiment de jalousie grandir en moi. Ça se déploie dans tout mon corps. Les muscles de mon dos se tendent. Ma veine du lion se gonfle, comme quand je me tenais prêt à me battre contre tous les mecs qui se sont barrés dans les lycées privés. Léo, je le déteste sans rien savoir de lui. Pas besoin. Avec sa belle gueule, son air intello d'artiste et de gentleman, il aurait fait craquer n'importe qui. Il transpire la culture et le savoir, avec son questionnaire de Proust de mes deux. Il n'empêche que je pourrais donner tout ce que j'ai pour lui ressembler. Même si j'ai pas grand-chose à donner.

« Tu viens d'où toi, Léo ?

— De Bretagne.

— Non, mais tu vois ce que je veux dire. »

J'ai envie de ravaler mes paroles tout de suite. On en parle tout le temps, du racisme ordinaire. Et je tombe dedans, comme un gros mouton. Je fais que des gaffes aujourd'hui. Faut que je me reprenne. Léo soupire. Il doit être habitué à ces conneries. Putain, je suis peut-être jaloux de lui, mais je veux pas que ça soit son quotidien, d'être tout le temps ramené à ses origines par des inconnus.

« Mon père est breton. Ma mère était rwandaise. Elle a fui le génocide de 1994, pour venir en France. On m'a toujours dit qu'elle avait fui seule. Elle n'a plus de famille. Elle est morte quand j'étais tout petit, à Saint-Lunaire. »

Un long silence s'installe. Personne sait quoi répondre à ça. Heureusement, Aïcha revient, des paquets de fromage à raclette sous le bras. Le courant passe tout de suite. Elle se met à nous parler de la pluie d'étoiles filantes d'il y a deux jours. Elle nous explique qu'elle a un télescope dans la grange, qu'on pourra s'en servir quand on veut.

« La première fois que je suis allée dans un planétarium, j'ai pleuré. C'était tellement beau toutes ces lueurs... Je voulais connaître le nom de toutes les constellations, tout savoir nommer, cela devenait presque une question de respect que je devais aux cieux, vous voyez ? Mon père m'a dit que je deviendrais astronaute, et qu'il mangerait un oignon cru s'il avait tort… Quand des années plus tard j'ai reçu mon diplôme de psychologue, il s'est éclipsé dans la cuisine pour accomplir sa sentence… Il a pué de la gueule pendant des jours après ça, et ma mère lui a interdit de venir au déjeuner de famille, tellement elle avait honte de lui ! »

Elle imite la tête de son père en mangeant l'oignon, et on éclate tous de rire, parce qu'elle est franchement douée. Elle a vraiment un don pour nous mettre à l'aise. Pour qu'on l'aime. Pour qu'on sente qu'on peut compter sur elle. Malgré nos différences. Malgré l'ambiance de merde que j'ai installée en voulant jouer à ce que je ne suis pas. Malgré ma capacité à détruire ceux qui me viennent en aide.

Camille

Quand on arrive enfin, c'est la chanson de la sorcière qui passe. Je l'aime bien, parce qu'on peut faire la folle en bougeant ses cheveux, un peu comme si on était à un concert de rock. Je n'attends même pas qu'elle s'arrête pour descendre de la voiture. À chaque fois que je viens, j'ai l'impression d'arriver dans un conte de fées. Un château. Je vais vivre dans un château, un vrai, cet été.

« Mamie, tu sais, ce que j'adore chez Aïcha c'est la grande tour ! Et aussi le jardin, parce qu'il est géant. Il y a même une cabane dans les arbres, tu sais. »

Mamie sort de la voiture, elle en a mis du temps. Des fois, j'oublie qu'elle est toute vieille et que la vieillesse, ça transforme les gens en petite tortue. Elle caresse Bidule, même si elle est allergique. Je n'ai même pas besoin qu'elle me le dise. Je sais déjà ce qu'elle va me raconter, ma mamie. Et ça me plaît pas. Ça me plaît pas du tout.

« Tu veux que j'entre toute seule, c'est ça ?

— Oui, j'aimerais bien. Je crois que ça perturberait les autres jeunes, de me voir arriver. Et puis, tu connais déjà Aïcha, et la maison. Ça va aller, tu verras. »

Je baisse la tête. Je n'aime pas être en colère contre Mamie. Je n'aime vraiment pas. Ça fait tout drôle, dans mon cœur. Ça bouillonne de « je t'aime » et de « je te déteste » mélangés.

« Ça va, ma petite prune ? Tu n'es pas trop triste ?

— Tu peux partir, ne t'inquiète pas ! J'ai l'habitude de perdre ceux que j'aime maintenant. »

Je ne veux pas entendre sa réponse. J'aurais pas dû dire ça, mais ça m'a fait du bien. Mamie, elle comprendra que je ne le pensais pas. Le vent souffle sur mon visage. J'imagine que des ailes poussent dans mon dos. Je suis une fée, je peux m'enfuir d'ici quand je le veux. J'ai ce pouvoir, alors rien ne peut m'arriver. J'ouvre la porte. J'ai hâte de rencontrer mes nouveaux amis, mes grands frères et grandes sœurs pour de faux. Je vois d'abord les deux premiers habitants, le roi et la reine du château. J'ai plein de choses à leur raconter. La vie est trop courte pour ne pas dire tout ce que l'on veut. Moi je dis : « Il faut toujours aller droit au but, même quand il y a un gardien dans les cages. » Une seule fois, j'ai eu un secret. Un secret qui faisait mal, très mal, à garder. J'en ai cherché des réponses, pourtant. J'ai lu tous les contes de fées de la bibliothèque de ma chambre chez Mamie, mais aucun m'a aidée, aucun ne parlait de moi. J'ai l'impression d'être seule au monde. Mais Mamie et Aïcha me disent que non.

Une heure après l'arrivée de Léo, je demande à sortir de table. Je cours dans l'escalier, je vais ensuite dans le couloir vert du deuxième étage, je grimpe à cloche-pied les quelques marches toutes pleines de poussière. J'arrive enfin dans la tour. Elle est plus grande que ce que je pensais. J'ai l'impression qu'il y a des millions de jouets posés sur le sol. Des vieilles Barbie, un zoo Playmobil, une ferme en bois, un théâtre de marionnettes, des voitures de course, des figurines de princesses, un hôpital Pet Shop, des tas de déguisements.

« Vous savez, si vous bougez, moi je dirai rien, hein. »

J'attends, mais il ne se passe rien. On ne sait jamais, je préférais vérifier. *Toy Story*, c'est peut-être un peu vrai, même si j'y crois pas. C'est mon super-pouvoir à moi. Il suffit que je ferme les yeux, très fort, là, comme ça, et j'ai l'impression qu'ils sont vivants. Ici, je vais pouvoir m'amuser toute ma vie. C'est un monde où je n'ai plus aucun problème. Un monde où je peux imaginer que je suis encore avec mes parents. Et être sûre qu'ils m'aiment.

Sarah

Je me réveille en sursaut.
La voiture s'est arrêtée.
Étrange.
Je n'arrive jamais à y dormir d'habitude.
Pas en la présence de mon père.
Je ne veux pas
lui montrer
une part
vulnérable
de moi.
Je ne veux pas qu'il voie en mes yeux fermés
les vestiges de l'enfant que j'ai été.
À l'époque où il était mon héros.
À l'époque où je ne voyais que lui.
« Sarah…
— Oui ? »
Je me redresse sur mon siège,
prête à en découdre.
On doit y être.
Sinon, il ne me parlerait pas.
Pas comme ça.
Il n'y aurait pas d'adieux dans sa voix.

« Non. Non, rien. »
Je lui lance un sourire vengeur.
Celui qui crie que, quoi qu'il fasse,
j'aurai toujours le dessus.
« C'est bien ce qu'il me semblait. »
Mon père ne me regarde pas.
Il n'ose pas.
Je me demande à quoi il pense.
S'il est heureux d'enfin se débarrasser de moi.
« Allez, va. Je reviens quand tu veux. Tu n'as qu'à appeler.
— Alors, ne reviens jamais. Fais pas cette tête-là. T'as jamais voulu de moi. T'es bien mieux avec ta vraie famille. Je suis de trop.
— Tu y vas un peu fort, là.
— Non, je sais juste lire entre les lignes. »
Mon père soupire.
Il frotte son visage.
Sur sa main droite, une Rolex.
Le pauvre.
J'ai soudain pitié de lui.
De ce que je lui fais subir.
Je ne lui laisse aucun répit.
Aucune ouverture pour se racheter.
Pour nous rapprocher.
« Allez, Papa. On se dit rendez-vous dans dix ans.
— Quoi ? »
Il me regarde,
avec ses yeux de biche égarée.
Une de ses grandes spécialités.

« Laisse tomber. »
Pour une fois, je m'étais dit qu'il allait comprendre.
Que ça au moins, c'était à sa portée.
Mais même du Patrick Bruel,
il ne comprend pas.
Je sors de la voiture.
Je m'arrête un instant devant le bâtiment.
Je suis du regard
les cordes à linge et leurs pinces roses,
les lanternes couvertes de mousse qui éclairent le chemin,
la voiture rouge taille enfant à côté de l'arrosoir,
le parapluie orange qui trône dans le magnolia en fleur.
De folles envies d'exploration
m'envahissent,
comme quand j'avais sept ans
et que j'allais chez Edmond,
le frère de mon père.
Il habitait dans une villa
dotée d'anciens passages secrets,
de mystérieuses chambres éternellement fermées à clef,
de portes dérobées
cachées derrière des bibliothèques poussiéreuses.
Exactement comme dans les films.
Je le trouvais formidable, mon oncle.
Mais c'était avant de comprendre que c'était qu'un facho.
Qu'il était pire que mon père.
J'ai vite réalisé que la vie,
c'était un conte de fées.
Toujours des familles mal emboîtées,

des désirs de vengeance refoulés,
des secrets honteux mal gardés.
Après, la ressemblance s'arrêtait là.
Mais putain Sarah, t'es qui pour affirmer si fermement ce qu'est la vie, comme si tu détenais la vérité absolue, que tu avais découvert ce que personne n'avait compris ?
Grosse conne.
Crève.
Je me gifle.
C'est un réflexe.
Le bruit de ma main
qui rencontre ma joue
résonne longtemps
dans le jardin désert.
Seule manière de me faire revenir à la réalité.
D'arrêter de croire que je suis le centre du monde.
De me rappeler que jamais,
jamais
je ne dois oublier de me faire du mal.
Quand j'ouvre la porte,
doucement,
sans faire de bruit,
sans vouloir me faire remarquer,
je les reconnais tout de suite.
Alice, Stephan et Camille.
J'ai déjà vu leurs têtes dans le dossier de mon psy.
Il avait parlé de mon cas à Aïcha, sa marraine,
elle avait insisté pour que je vienne.
Malgré moi, ça m'a fait plaisir.

Alors, j'ai détaillé ces trois visages imprimés sur du papier glacé.
J'aimais bien ce mot, petite,
cela me faisait penser aux marrons glacés.
Je me suis soudain figée.
Ce que je voyais n'avait aucun sens.
Ce Léo, avec son air perdu, je le connaissais.
C'était lui.
L'inconnu qui apparaissait de temps en temps dans mes rêves.
Celui qui me sauvait la vie dans chacun d'eux.
Celui qui n'était pas censé être réel.

Quand je m'assois à côté de Camille,
un sentiment lointain
s'empare de moi.
Je me sens bien.
Tout simplement.
Sans vraiment comprendre pourquoi.
Enfin si,
bien sûr que si,
je sais.
J'ai l'impression que quelque chose s'est créé entre nous tous, une envie commune de ne plus être seul,
de croire qu'on pourrait aller mieux tous ensemble.
Je vois en eux tout ce que je n'ai pas.
Tout ce que j'aime.
On discute longtemps,
les mots filent,

les rires jaillissent,
les cris pleuvent.
Pour la première fois, je me sens chez moi.
En famille.

Mais,

soudain

la conversation

m'échappe.

« Et toi, Sarah ?
— Paris.
— T'es où exactement ?
— Dans le 16e. »

Après,
tout se suspend
autour de nous.
Stephan me crie dessus.
Il pleut des saloperies sur mon corps.
Mon corps que je n'aime pas.
Mon corps que je trouverai toujours trop gras.
Toujours trop plat.
Stephan me crache des horreurs,
il me dit que je ne mérite pas d'être là.
Ça, ça va.

Je le sais depuis longtemps.
Je pensais pouvoir garder mon calme.
J'imagine répondre doucement qu'il a raison,
que je ne suis qu'un imposteur.
Je suis prête à faire mon sac,
qui n'est même pas encore déballé.

Mais j'entends les mots de trop.

Moi, une conne de petite bourgeoise.

Tout devient soudain flou.
Je hurle
des choses
sans les entendre,
je ne me contrôle plus du tout.
Je ne comprends pas ce que je dis.
J'ai peur de moi.
Peur de ce que je suis capable de balancer
à un inconnu
pour me sentir mieux.
Je vais finir
par tuer quelqu'un
un jour.

Quand je me tais,
le silence.
Il ne reste plus que le grondement continu du frigo à l'allure vintage,

la cuillère en argent de Camille tournant dans sa tasse vide Winnie l'ourson,
les miaulements inquiets de Bidule dans son panier en osier,
la respiration hachée de Stephan,
la mine défaite d'Alice.
Je suis peut-être allée trop loin.
Mais c'est pas ma faute,
les mecs comme Stephan
ça me fait perdre le contrôle.
Mais je ne regrette rien.
D'un seul coup, lui et moi sommes par terre,
étendus sur le tapis marocain
on rit.
Je sens ses côtes bouger
contre ma hanche,
tout est oublié.
Pourtant.
Pourtant
je sens
que la colère
est toujours là.
Elle s'accroche,
elle se débat férocement
pour rester vivre en moi.
La bombe que je suis n'a pas été désamorcée.
Elle continue
tranquillement
son décompte,

imperturbable.
Tic
  Tac
    Tic
      Tac
Aïcha nous regarde,
fascinée par le simple fait de nous observer vivre.
Je vois en elle le père que je n'ai jamais eu.

Quand Léo arrive,
un sentiment de déjà-vu
me remplit les poumons.
J'écoute Camille parler d'un air absent.
J'espère ne pas paraître perturbée.
Je ne veux pas
qu'elle comprenne
que tout cela me trouble,
me dépasse.
Oui,
il ressemble
à l'inconnu de mes rêves.
Est-ce qu'on se connaît ?
Est-ce que j'imagine tout ça ?
Quand je l'entends
donner ma réponse préférée
au questionnaire de Proust,
je ne peux pas retenir
un
léger

regard
vers
lui.

« Bon. Pendant que je prépare le dîner, vous n'avez qu'à monter dans vos chambres. J'ai déjà déposé vos affaires. »

Stephan se lève en trombe,
il monte les escaliers,
il bouscule Léo.
Léo ne réagit pas.
Léo grimpe les marches à son tour,
sans un mot,
sans nous regarder.

Camille est partie jouer dans la tour il y a longtemps déjà.

Il ne reste plus qu'Alice et moi.

On monte jusqu'à nos chambres au deuxième étage,
en discutant de nos goûts musicaux.

Elle me promet de me faire découvrir ses chanteurs préférés, moi les miens.

Je me rue sur la première fenêtre
pour contempler le jardin tentaculaire.
Il commence à faire sombre,
mais je peux apercevoir une rivière,
tout au bout du terrain.

« Sarah ? Tu es là ? Waouh, ta chambre est sympa aussi. Dès demain, on part le visiter, ce parc. Et je dois te dire que cette histoire de carte m'intrigue. Tu crois qu'elle était sérieuse quand elle a dit qu'on pouvait se perdre ?

— Je crois que la meilleure chose à faire, c'est de l'explorer. Au moins, on aura de quoi s'occuper. »

La main d'Alice s'appuie sur mon épaule,

son corps se repose sur le mien.

Si elle savait à quel point elle fait fausse route,

à quel point je ne suis pas solide.

À quel point on ne peut pas compter sur moi.

« Bon, t'es prête pour le début de ta conquête du cœur de Léo ?

— Quoi ? Mais alors toi, n'importe quoi !

— Arrête, je vois bien comment tu le regardes. »

Je rougis, malgré moi.

Ce n'est pas ce qu'elle croit.

Je ne m'intéresse pas à lui.

Pas comme ça.

À quoi bon.

J'ai fait un trait

sur l'amour

depuis longtemps.

« Je ne vois pas du tout de quoi tu parles.

— On verra dans quelques semaines quand vous vous galocherez dans un buisson… »

Je lui administre une petite tape au creux des hanches qui se transforme en chatouille.

Elle attrape un coussin pour se défendre,

elle commence à me frapper gentiment avec.

Sans force.

Comme si c'était sa première bataille d'oreillers de sa vie.

Je veux être celle qui la lui offre.

Alors on se bat,
comme des gamines.
Je me force à rire.
Je me force à mimer
la joie, l'émerveillement, l'énergie, la rage de vivre.
Pour qu'elles finissent par s'ancrer en moi.
L'espace d'un instant.
À ce moment précis,
je veux croire que tout s'arrête là,
dans ce moment de bonheur partagé.
Une amitié qui se noue
beaucoup trop rapidement entre nous.

Nous prions tous
pour tisser des liens
assez forts
pour ne plus jamais
partir
à la dérive.

Aïcha

JOURNAL DE BORD

Liste non exhaustive des activités à faire pendant le séjour (établie avec les cinq)

Note : liste amenée à évoluer

- exposition photographie centre-ville
- randonnée forêt
- visite du jardin
- atelier d'écriture
- renforcement scolaire
- collage collectif
- roseraie
- concours photos maison/jardin
- méditation
- pique-nique à la rivière
- jeux de société
- cuisiner selon un pays tiré au sort
- entretiens personnalisés
- séance de parole libre
- séance film loué

– cache-cache géant
– concours de déguisements avec affaires grenier
– jardinage
– bouquets avec fleurs du jardin
– liste de la faune et flore du jardin
– concours d'improvisation

Compte rendu de l'exercice : raconter un souvenir joyeux

Alice

« C'est pas vraiment un souvenir précis. Mais, j'adore faire du bodyboard. Pour moi, c'est bien mieux que le surf. Moins snob. On ressent autant de sensations, voire encore plus. Je suis obsédée par la recherche d'une descente brusque. Tu vois, quand t'es en haut de la vague et que, d'un seul coup, tu t'écrases avec elle. Cette sensation-là, elle est indescriptible. On veut la chercher encore et encore. On devient vite accro. On commence à laisser passer les vagues, parce qu'elles sont pas assez bien pour nous. Alors des fois, je m'oblige à prendre des petites vagues. À apprécier ce qui vient, à pas créer de frustration. C'est important parfois de perdre ses rêves de grandeur. »

Sarah

« C'était pendant la manif des jeunes pour le climat. C'est comme si on ne formait plus qu'un. On faisait front contre la fin du monde, on était en colère, mais il y avait aussi beaucoup d'espoir. C'était si… si lumineux, nos cœurs battaient à l'unisson. Je voyais une nouvelle génération éveillée, une génération combative, qui ne veut plus se faire marcher sur les pieds. Je croyais en notre avenir, pour la première fois depuis longtemps. C'est pas rien, je crois. »

Camille

« Ma mamie, quand j'avais cinq ans, elle m'a amenée à Disneyland. C'était magique, parce que j'étais déguisée en princesse, et que j'ai rencontré la vraie Cendrillon. Bien sûr, maintenant, je sais que c'était une actrice, je suis pas une nouille. Mais, à l'époque, je croyais que la vraie m'avait fait le plus beau des compliments. Elle m'a dit : "Tu es comme moi." Je m'en souviendrai toute ma vie. »

Léo

Léo n'a pas voulu raconter son souvenir à l'oral. Il a préféré rédiger un texte. Le voici :

J'ai si souvent eu envie de m'enfuir. Loin de ma vieille maison isolée sur la falaise, hantée par la présence constante de ma mère, loin du silence, loin de mon père. Je ne pourrais compter les fois où j'en ai eu assez. Où j'ai fourré rageusement quelques affaires prises au hasard dans mon sac troué, où j'ai traversé les couloirs vides, laissant un mot sur le frigo, passant devant l'atelier de ma mère, fermé depuis sa mort, m'y arrêtant quelques instants. Je prenais mon chevalet et ma boîte de peinture dissimulés sous une montagne de vêtements et partais en claquant la porte. Je m'avançais alors sur le sentier défoncé, entre les charmes et les champs de fougères orangés. Je regardais la mer aux couleurs changeantes, comme si elle pouvait m'apaiser, aspirer ce qui devait l'être, me changer, me faire voyager. Et chaque fois que je partais, j'avançais un peu plus loin. Je m'arrêtais devant les maisons bretonnes, recherchant un mur encore vierge qui ne dérangerait personne. Quand j'en trouvais un, je m'allongeais en fermant mes paupières, serrant la photo de ma mère, celle où elle ne regardait pas l'objectif, où elle ne se croyait pas observée. Le contact de la pierre sur ma joue me faisait du bien. Me donnait l'impression de ne plus rien ressentir d'autre que le grondement des entrailles de la Terre. Pour moi, la liberté avait un goût de balades nocturnes dans des rues italiennes ou de cigarettes fumées sur des plages sauvages en hiver. J'y pensais souvent. Cela m'aidait à tenir.

C'était à ce moment-là qu'elle venait. Elle s'approchait doucement, comme pour ne pas me réveiller. Elle tourbillonnait au-dessus de ma tête, flottant autour de mon corps, me frôlant presque parfois. Alors, au moment où elle allait repartir, à ce moment précis, je l'attrapais. Elle se débattait quelques instants pour finir par renoncer. Après tout, n'était-ce pas ce qu'elle voulait ? N'était-ce pas ce qui l'avait attirée malgré tout vers quelqu'un ? Je ne sais ce qui la poussait. Sûrement le besoin d'être liée aux autres. De compter pour quelqu'un d'autre que soi. Je fourrais alors l'inspiration dans ma poche, m'emparais de ma palette et commençais à peindre. Je restais là des heures, absorbé par le mouvement du pinceau, peignant des monstres faits de rivières, des montagnes sacrées recouvertes de toriis, de visages cachés parmi les flammes violacées. Ce n'était que lorsqu'un voisin me surprenait que je partais en courant, me projetant dans ce qu'allait être mon nouveau départ. Je m'enfuyais, abandonnant mon passé, renouant avec ce que j'étais. Si seulement. Si seulement c'était aussi simple. La vérité me rattrapait rapidement. Je ne pouvais pas. Je rebroussais alors chemin, rentrais dans la maison, retrouvais le mot sur le frigo, le fourrais dans ma poche. Je le gardais toujours. Comme une sorte de promesse.

Je lui ai fait remarquer qu'il n'était pas si joyeux que ça, son souvenir. Que je le trouvais même assez mélancolique. Il m'a répondu qu'il n'était pas d'accord.

<u>Stephan</u>

« J'ai rien à raconter.

— Allez, tu peux bien en trouver un.

— Non, je te dis.

— Fais un effort. S'il te plaît. Ça te fera du bien. Je te promets. »

(Silence. Stephan réfléchit.)

« Une fois, j'ai vu un dermato. Une petite mamie. J'avais honte, parce que j'avais des verrues. Et elle, elle m'a dit que j'avais des belles boucles, comme un poète grec. Ça m'a fait plaisir. »

(Il sourit)

« Voilà. »

Observations après trois jours

<u>Léo</u>

– Ne se mêle pas aux autres.
– Dessine beaucoup dans son coin.
– Troubles du sommeil.

– Tension entre Léo et Stephan à surveiller.
– Relation avec Camille très bonne.
– Mal à l'aise avec Alice et Sarah.
– Pensées obsessionnelles.

Alice
– Moral très bon.
– Peu de crise.
– Léger trouble alimentaire.
– Force de résilience.
– Moteur du groupe.
– Essaye d'intégrer Léo.
– Désir de guérison.
– Côté maternel.
– Énergie.
– Bonnes relations avec tout le monde.

Stephan
– Gère mal la frustration.
– Mauvaise gestion de la colère.
– Agacé par Léo. Semble se sentir menacé par son côté artistique.
– Complexé par son bagage culturel.
– Tendre avec Camille. Râle mais finit toujours par jouer avec elle.
– Essaye de séduire Alice (sans succès pour le moment).
– Sarah et Stephan étonnamment proches. Toujours fourrés ensemble. Se chamaillent. Relation positive, beaucoup d'énergie.

Camille

– Parle beaucoup de sa grand-mère.

– Yeux qui brillent quand on mentionne ses parents.

– Adore la maison et le jardin.

– Très grande force morale pour son âge.

– Ne pose pas de problèmes. Attention à ce qu'elle n'ait pas le mal de sa famille à surveiller.

Sarah

– Comportement autodestructeur à surveiller.

– Lien d'amitié avec Alice = solide.

– Apprend à Camille à être plus indépendante. Lui parle comme son égale, pas comme une enfant.

– Refuse de me parler de son passé – LA SEULE – à surveiller.

– Lien entre Stephan et Sarah primordial. Je pense qu'ils se donnent de l'énergie. L'un sans l'autre, ils peuvent avoir l'air éteints. En se chamaillant, ils se battent contre leur propre morosité, leurs pensées négatives = faire attention à préserver ce lien.

– Hyperactive.

Léo

Je me recroqueville un peu plus au creux de mon lit. Je renifle l'odeur de propre des draps, celle qui subsiste malgré mes trois nuits passées ici. J'ignore quelle heure il est. Je ne veux plus calculer combien de temps j'arrive à dormir. Je préfère rester dans une douce ignorance. Celle qui me fait croire que tout va s'arranger. Je suis réveillé depuis longtemps déjà. Mais je n'arrive pas à me lever. Pas tout de suite. Je préfère écouter les bruits de la maison, essayer d'imaginer ce que les autres font. Stephan qui se débat avec ses exercices de maths, qui pousse des grands hurlements, avant de chiffonner sa feuille de rage et de la balancer sur la tête de Sarah. Sarah qui se vengera plus tard, en l'arrosant avec le tuyau du jardin, ils se battront, comme le premier jour, ils passent leur temps à se provoquer, à se chercher, à élaborer des stratagèmes pour surprendre l'autre. Sarah qui erre dans la maison, qui n'arrête pas de bouger d'une pièce à l'autre, sans s'arrêter, comme un lion en cage. Je crois entendre Aïcha et Alice qui s'activent dans la cuisine, qui débarrassent le lave-vaisselle, remplissent des thermos colorés en discutant gaiment. Et Camille. Camille qui s'approche doucement de ma chambre, à la manière d'une souris timide. Camille qui ouvre la porte pour me secouer tendrement.

« Léo ? Réveille-toi, Léo. Il faut se lever maintenant. Il fait beau dehors. T'avais promis que tu viendrais avec nous à la rivière. Il est onze heures là. Ils viennent tous de partir.

— Ah bon ? Ils ne sont pas en bas ? Je suis sûr de les avoir entendus.

— Non, ça c'était tout à l'heure. T'as dû te rendormir. »

Camille se rapproche de la fenêtre pour la fermer, comme si elle craignait que je n'attrape froid. Je me frotte les yeux, m'étire mollement. Mes pieds ne touchent même pas le bord du lit.

« OK. Oui, j'arrive. Laisse-moi deux minutes, et je te rejoins.

— Tu t'es couché avec la télé allumée ? »

Camille lance un coup de tête en direction du vieux téléviseur posé sur la commode en bois de chêne.

« Oui. Je dors avec du bruit, quand je le peux. Au foyer, je partageais ma chambre avec d'autres jeunes. C'était plus compliqué. Mais là, je ne dérange personne. C'est pratique.

— Pourquoi tu fais ça ? »

J'enlève ma couette couverte de nuages d'un coup sec. Je n'ose pas répondre. Je ne sais pas comment parler de choses tristes avec des enfants. J'ai toujours peur que cela les atteigne. Que ça crée des minuscules failles en eux qui s'ouvriront une fois adolescent. Camille semble pensive, comme si elle essayait de trouver une solution à mes réponses silencieuses. Son visage s'illumine soudain, elle prend des airs de chercheuse qui viendrait de trouver le remède miracle contre le cancer.

« C'est comme quand on me lit une histoire pour m'endormir, mais pour les plus grands ? »

Je me fige un instant. Un rayon de lumière traverse la fenêtre pour se poser sur la chevelure de Camille. Elle ne semble pas le remarquer. On dirait une poupée vivante. Qu'est-ce qu'elle a bien pu vivre ? Pourquoi est-elle avec nous ici ? Elle est si petite. Si fragile. Pourtant, c'est la plus souriante ici.

« Oui. Oui, c'est un peu ça. »

Camille a l'air satisfaite. Elle part en courant, ramasse au passage une carte postale de Saint-Lunaire qui a dû tomber de mon bureau pendant la nuit. Je titube jusqu'à la salle de bains pour me pencher sur le lavabo. Je contemple ma mine fatiguée, cette tête d'éternel tombé du lit que j'ai depuis quelque temps. Je n'ose pas parler aux autres. Ils m'impressionnent. C'est encore pire qu'au foyer. Ils semblent si soudés. Leur rôle dans la bande est déjà défini. Ils ont leurs codes, leurs blagues, leurs souvenirs communs. Je ne sais pas comment rejoindre leur groupe. Sociabiliser, ça n'a jamais été mon fort. C'est drôle. Pour une fois que des gens m'intéressent, je n'arrive pas à aller vers eux. Ça me rappelle quelque chose. Je me souviens du jour où j'ai aperçu une jeune fille au loin, sur un rocher, qui portait une robe en dentelle d'un rose pâle, presque blanc, et un chapeau de paille dont les fils de soie dépassaient de toutes parts. J'étais si heureux de voir que je n'étais plus seul sur cette plage, que quelqu'un d'autre était, comme moi, lié à cet endroit, que je l'ai peinte, dans l'espoir idiot de lui offrir la toile lorsque je la reverrais. Elle n'est jamais réapparue.

Mon tableau est resté inachevé. Comme à peu près tout ce que j'entreprends.

Je me dépêche de me préparer, rassemble à la hâte un vieux jean, un tee-shirt bleu marine froissé, et une paire de chaussettes dépareillées, soudain pressé de les rejoindre.

« C'est bon, on peut y aller ?

— Oui, je suis prêt. C'est par où ?

— Je sais pas moi. Aïcha a dit qu'il n'y avait qu'à regarder la carte du jardin.

— Ah oui… La carte… »

J'attrape en vitesse mon sac suspendu à un portemanteau crocodile, et y fourre le premier recueil de poésie qui me passe sous la main. Je suis Camille, on sort par la porte de derrière, celle qui donne sur le bois. L'air du dehors est chargé d'odeurs de bruyère, de senteurs qui me rappellent mon père. Je le revois débouler dans mon repaire ce jour-là.

Tu m'as contaminé, Papa. Tu m'as transmis tout ce que je déteste de toi. Tu m'as transformé en un individu qui ne me ressemble pas. En quelques minutes, tu m'as détruit. Tu m'as fait devenir un monstre. Je ne peux plus me regarder dans le miroir. Je ne me reconnais plus. Tu te rends compte ? Hein, tu te rends compte, Papa ?

« Léo, tu fais quoi ? Tu vas trop vite pour moi ! Attends ! Arrête-toi un peu, on va se perdre là ! Léo ! Léo ? Léo, pourquoi tu pleures ? »

Je touche ma joue, manque de trébucher sur une racine quand mes doigts rencontrent mes larmes. Je n'ai pas pleuré depuis ce jour. Pas une fois. Et voilà que ça me prend devant elle.

« Rien, c'est rien, Camille. C'est juste que… C'est juste que…

— Tu sais, si tu veux pas me dire, t'es pas obligé. »

Camille s'accroupit pour déposer une fleur d'églantier sur un champignon, un sourire béat aux lèvres.

« Merci, Camille. Allez, viens, je vais te porter jusque là-bas pour la peine. Comme une princesse.

— NNOOONNNNNNN ! »

Je recule instinctivement, jusqu'à ce que mon dos rencontre le tronc d'un arbre de Judée. Je me bouche les oreilles, j'attends que l'orage passe. Je ne comprends pas ce que j'ai pu faire de mal, ce qui a pu provoquer chez elle un tel sentiment de terreur. Je n'aurais jamais pensé qu'un tel cri puisse surgir d'elle. Son visage se chiffonne, son petit corps se contorsionne. Elle prend une apparence qui dépasse toutes les lois de la logique. Une image me traverse l'esprit. Elle ressemble à s'y méprendre à une peinture de Munch, celle que j'aime bien reproduire à l'infini en ce moment.

« OK, OK. T'inquiète pas, tu n'as qu'à marcher. »

Camille essuie une larme de ses yeux, hoche la tête pour me rassurer.

« Bon, où est cette foutue carte ?

— Dans ta poche.

— Ah, oui. Mmmm. Je comprends rien. Aïcha, elle a vraiment suivi des cours pour ça ? Alors, je dirais qu'on doit aller… Qu'on doit aller… »

Je me sens perdu. Vraiment perdu. Je n'arrive pas à réfléchir. Son cri me perturbe, plus que ce que je le pensais. Je veux la rassurer, lui dire que ça va aller, qu'on va retrouver notre chemin, mais je n'y arrive pas. J'ai pas l'habitude de jouer les chefs de groupe. Aïcha et Alice font ça très bien pour moi. Non, moi, je hoche la tête et je suis en silence. C'est ma manière d'être. Je ne peux pas la changer. Pas comme ça. Je ne sais pas jouer à celui qui a l'air de savoir ce qu'il fait.

« Et puis merde, tant pis. Je leur téléphone.

— Mais non. On va y arriver. Donne la carte. Regarde. Tu vois la grosse pierre qui ressemble à un dragon endormi ? »

Je suis la direction que m'indique son doigt recouvert d'une bague en plastique rose. Une roche semble apparaître dans mon champ de vision, entre un bouleau et un hêtre.

« Oui. Oui, c'est bon je la vois.

— Et bah elle est là sur la carte. On tourne à droite et c'est bon. »

Après avoir traversé un parterre de jacinthes et de coquelicots, un verger, et une serre dans laquelle poussent des tomates, des aubergines et des courgettes, j'aperçois soudain le dos de Sarah. Mon cœur s'accélère, j'ai la folle impression qu'il n'arrive à battre que pour elle en ce moment. C'est idiot, mais j'y crois. Dès que je la vois, mon cœur se dit : *Allez, encore une minute et j'arrête. Encore une minute, et j'arrête. Encore une minute, et j'arrête.* Elle lit *Le Monde selon Garp,* assise sur un rocher, les pieds dans l'eau. J'aurais aimé la voir en maillot de bain je crois, même si j'ai honte de me l'avouer, mais elle s'est emmitouflée dans sa serviette mauve. À sa droite, Alice feuillète d'un air distrait un magazine en tripotant la bretelle de son bikini noir. Elle jette des regards à Aïcha qui déplie la traditionnelle nappe rouge à carreaux de pique-nique, vérifie qu'elle n'a pas besoin d'aide. Stephan remonte son maillot de bain difforme, soupire en m'apercevant. Il donne un coup de coude à Alice pour la prévenir de notre arrivée, Alice qui pousse des grands cris en agitant les bras dans notre direction.

« Ah, enfin ! On vous attendait pour aller se baigner. Enfin, pas comme certaines... Hein, Sarah ?

— Oh, ça va... Mais t'as vu comme elle est bonne ? Je pouvais pas me retenir. Attention, je tiens à préciser qu'aucun sous-entendu que je pourrais qualifier de « salace » n'était présent dans cette phrase. Je préfère le dire. On sait jamais. Je veux pas d'emmerdes.

— Oh, Sarah, on sait tous ici que c'est toi la plus perverse.

— Sérieux, Stephan ? Plus que toi ? Ça m'étonnerait. Ton esprit est mal placé depuis 1895, au moins.

— Et ils sont comme ça depuis tout à l'heure..., lance Alice en soupirant. Bon, maintenant que vous êtes là, vous venez vous baigner ? »

Instinctivement, je mets mes mains dans mes poches, comme si je ne voulais leur laisser voir aucun centimètre de peau. Je n'ai aucune envie de me mettre torse nu devant eux. Je suis tout maigre, moi. J'ai que la peau sur les os, depuis tout petit. Et ces dernières semaines n'ont rien arrangé.

Stephan, lui, est bien plus musclé que je ne l'aurais pensé. Il cache bien son jeu, avec son dos voûté et ses sweats trop larges. Je me dis qu'il a dû vouloir impressionner Alice. Mais ça n'a pas l'air de bien marcher, elle ne le regarde même pas. Il passe son temps à embêter Sarah, lui jetant des petits cailloux sur l'épaule. Ils commencent à se battre dans l'eau, leur peau se touche, je sens la jalousie monter. Pourquoi c'est lui et pas moi ? Alice lui suffit pas ? Il a besoin de prouver au monde qu'il est séduisant, qu'il peut avoir toutes les filles à ses pieds ? Je ne supporte pas les mecs comme ça. Obsédé par leur ego, par leur masculinité. Je ne comprendrai jamais l'intérêt.

« Non, merci. J'ai oublié mon maillot.

— Dis plutôt que t'es une mauviette. T'as peur de l'eau ou quoi ? »

Stephan s'approche de moi, l'air menaçant soudain. Il me domine de toute sa hauteur. La chaîne en argent qu'il porte autour du cou s'agite sur son torse au rythme de sa respiration. Depuis le premier jour, il me cherche, je me demande pourquoi. Il me lance des piques pour un rien. Je laisse couler. Le plus souvent, je m'installe dans un coin du jardin, sous le saule pleureur, non loin de la maison. Je respire l'odeur de glycine qui flotte dans l'air, et je dessine ce qui me passe par la tête, des abeilles portant des paniers remplis de pollen, des renards se transformant en humains dès la nuit tombée, des esprits de la forêt guidant un fantôme vers la sortie. Je reste là jusqu'à ce qu'Aïcha me traîne à une activité de groupe. Ça peut être tout et n'importe quoi. Jardinage, confection de cabanes, balade dans la forêt, concours d'improvisation, écritures de poèmes. Aujourd'hui, c'est pique-nique à la rivière, je suppose.

« C'est bon, Stephan, laisse-le. Et toi Camille, tu viens ?

— Tu rigoles ? T'as vu comme elle est froide ! Non, je préfère jouer sur les rochers là-bas. »

Alice commence à se mordiller le petit doigt, comme toujours quand elle semble contrariée. Elle lance un caillou dans l'eau, produit un ricochet parfait.

« Bon bah, Stephan, il ne reste plus que toi et moi...

— À t'entendre, on dirait que tu préférerais te baigner avec une chèvre plutôt qu'avec moi.

— Ma parole, Stephan, je ne savais pas que tu pouvais lire dans les pensées, lance Sarah, avec un petit sourire en coin qui me fait fondre. »

Stephan la balance dans l'eau pour se venger. Alice saute à son tour en un plongeon parfait, son corps glissant délicatement, elle est dans son élément, dans son état naturel. Stephan avance sur la pointe des pieds, comme si ça allait changer quelque chose, alors que cela ne fait que retarder l'instant, grappiller encore quelques secondes avant de ressentir le froid mordant de la rivière. J'ai vécu comme ça, sur la pointe des pieds. Je redoutais le moment où mon père allait me pulvériser.

Je reste plongé un temps dans mes souvenirs avant de me redresser, subitement conscient que Stephan a plongé depuis plus d'une minute. Et qu'il ne réapparaît toujours pas.

Alice

Je nage jusqu'au dernier endroit où j'ai vu Stephan. Je souffle lentement, j'essaye vainement de garder mon calme, de me comporter comme l'aînée que je suis, ce rôle de grande sœur complice que j'ai tout de suite apprécié, que je me suis inventé. Tout ira bien. Stephan ne va pas se noyer. Aïcha est partie depuis quelques minutes avec Camille aux confins de la propriété pour cueillir des myrtilles, me laissant la tâche de les surveiller tous pendant sa courte absence. Alors que j'appelle au secours du regard, Sarah plonge elle aussi, souhaitant comme à son habitude venir en aide, qu'importent les insultes proférées plus tôt, qu'importe ce qu'on a pu lui dire. Elle est toujours présente, fidèle à son poste, elle trouve les bons mots pour apaiser ce qui doit l'être. Je ne la connais que depuis trois jours mais elle a déjà pris une place de choix dans mon estime et elle ne cesse de monter, encore et encore. Léo, je ne sais pas. Il reste là, tétanisé, avec cet air de vouloir faire bien, sans rien tenter, ni même essayer d'aller vers nous. C'est le seul que je n'arrive pas à cerner, le seul à se tenir à l'écart, méfiant, attendant que les choses se passent pour lui, que tout se remette dans l'ordre tout seul. Chaque fois que je le croise dans les couloirs, j'ai envie de le secouer, de lui dire qu'il doit y mettre du sien, comme nous tous, qu'il doit surpasser ce qui le retient de s'approcher de nous. Qu'il est égoïste de nous laisser tout faire.

Je recommence à plonger. Je prends à peine le temps de respirer, ma sueur se dilue à l'eau de la rivière, mes larmes commencent à couler sur mon visage épuisé. Les quelques libellules qui peuplaient la rivière ont fui vers la mare en contrebas, elles ne voulaient pas être mêlées à tout cela. Je suis à deux doigts d'abandonner lorsque quelque chose agrippe mon pied. Je n'ai même pas le temps de hurler que je suis emportée vers le fond. Je donne des coups de jambe à l'aveuglette pour remonter mais on me tient toujours fermement, comme si j'avais affaire à une créature aquatique voulant m'emmener dans son royaume. Je sens mes poumons se vider, mon corps se relâcher, mon cœur ralentir. Et, étrangement, je me sens parfaitement calme. Enfin portée, enfin supportée. Je jette un regard vers le fond vaseux de la rivière, la terre gluante ne m'a jamais paru si proche, presque à portée de main. Et pourtant, je sais que je ne pourrai jamais l'atteindre. Que je suis condamnée à rester dans cet éternel entre-deux. Entre profondeur et surface. Soudain, je sens un bras musclé entourer ma taille pour m'extirper hors de l'eau. Je prends une grande gorgée d'air, crachote en fermant les yeux. Quand je les ouvre enfin, la tête de Stephan hilare m'accueille en même temps que les rayons du soleil de juillet.

« Je t'ai attrapée ! Putain, si tu pouvais voir ta tête…

— Pauvre con ! »

Elle est venue toute seule. Je n'ai jamais frappé quelqu'un avant. L'idée ne m'a jamais traversé l'esprit. Je ne suis pas du genre colérique. Je n'insulte personne, je suis toujours polie, j'évite même de jurer. Je suis le genre de fille qui n'oublie pas de dire bonjour au chauffeur de bus. Le genre de fille qui dit pardon quand on la bouscule. Le genre de fille qui hait la violence. Même pour rire. Même pour jouer. Même pour de faux. En giflant Stephan, je réalise à quel point j'ai eu peur. À quel point cet idiot compte pour moi malgré tout. En seulement trois jours, ils ont pris dans mon cœur la place qu'Esther, Ivona, Lucie et Ethan ont laissée vacante. Stephan finit par s'excuser en baissant la tête, sincèrement honteux je crois. Il me ramène doucement vers le bord, là où l'on peut se tenir debout, de l'eau jusqu'à la taille. Son attitude envers moi a changé dès le premier matin. Après m'avoir ignorée, il s'est mis à me poser des questions. Sur tout. Sur mes vêtements, mon petit déjeuner, le tatouage d'Alice au pays des merveilles en pleurs que j'ai sur l'épaule. Comme si ça l'intéressait. Puis sont venus les compliments, les taquineries, les fausses provocations. J'ai du mal à comprendre à quoi il joue. Mais il m'amuse, cet imbécile. Même là, alors qu'il vient de se faire frapper et traiter de pauvre con, il tente une imitation du Grinch pour me faire rire. Il se ridiculise pour moi. Personne ne s'est jamais ridiculisé pour moi. C'est une belle preuve, de quoi, je ne sais pas. De confiance. D'amitié. D'amour peut-être.

« Roh, allez, arrête de faire ta coincée, là. Détends-toi. C'est bon, c'est pas la mort, je t'ai juste coulée quoi, cinq secondes ?

— Tais-toi, Stephan, ce n'est pas la question, faut pas plonger aussi longtemps sous l'eau comme ça, sans prévenir. »

Stephan prend un air sérieux, un air qu'il ne prend presque jamais avec moi. Il chasse de la main une nuée de moucherons, peste lorsqu'elle revient vers lui.

« Alors, t'as flippé ? Je veux dire, tu t'es inquiétée pour moi ?

— Bah bien sûr que oui. Tu me prends pour qui ? J'ai un cœur, comme tout le monde. Oh, tu me fais chier, me regarde pas comme ça ! Laisse-moi un peu tranquille pour la peine. Qu'est-ce que tu fous encore là ? Dégage ! »

Je suis surprise par mon ton, par mes mots, encore une fois. Il n'y a que lui pour me mettre dans cet état. Stephan lève les mains au ciel, comme pour se rendre.

« OK, OK, Princesse.

— Mais Stephan ! lance soudain Camille. J'en ai marre, personne ne retient jamais rien ici. Alice c'est la reine et moi et Sarah on est vos filles, c'est nous les princesses ! C'est pas si compliqué…

— Ouais ouais, c'est ça. »

Je lève les yeux au ciel, tombe sur Camille et Aïcha, perchées sur le rocher le plus haut bordant la rivière. Seuls Sarah et Stephan ont osé sauter d'ici. Ils n'ont même pas pris le temps de vérifier s'il y avait assez de fond. Ils se sont jetés dans le vide, main dans la main, en hurlant des cris de guerre.

« Alors, il n'y a pas eu de problème pendant mon absence ?

— Non. Tout s'est bien passé, je lui réponds. »

Stephan me lance un regard étonné auquel je n'ai pas la force de répondre. Il repart vers notre spot avec cet air indéchiffrable qu'il prend parfois. Sarah revient vers lui, une grenouille dans la main, prête à la glisser dans son maillot. Je continue à nager vers la petite grotte que forme la roche à cet endroit-là. J'enjambe les cailloux couverts d'algues et de mouches qui m'en séparent. Je m'installe dans un creux formant une espèce de siège, un trône naturel que Camille aurait adoré, j'en suis persuadée. Je ferme les yeux, et j'essaye de comprendre comment tout a commencé. De réaliser à partir de quel moment j'ai pris conscience de ma maladie. Et à quel point ils me l'avaient tous cachée.

« Alice... »

Avant même de la regarder, je sais déjà que Lucie est là, avec son sac à dos de camping sur le dos, les pieds dans l'eau. Je fais mine de ne pas l'entendre.

« Alice... Alice, écoute, j'ai essayé de te prévenir. Tu le sais ? Je suis la seule à avoir essayé, la seule... Accorde-moi au moins ça... Mais je n'y arrivais pas... C'était trop dur... Tu comptes tellement pour moi, Alice... Mets-toi à ma place... Tu aurais fait la même chose, pas vrai ? »

Je retiens mon souffle, les yeux toujours fermés. Et je murmure, comme pour moi-même :

« Non, ce n'est pas vrai. Je t'aurais tout dit dès le premier jour. Je ne t'aurais jamais trahie.

— Je reviendrai. Quand tu seras prête à parler, je reviendrai. Là, je vois bien que ça ne sert à rien. Tu ne pourras pas nous éviter toute ta vie. »

Je tourne la tête vers elle, mais je ne peux qu'apercevoir brièvement sa chevelure brune disparaître dans le bois. Lentement, je m'enfonce, l'eau devient ma couverture, la vase devient mon lit. Entourée de tous ces gens, je ne me suis jamais sentie aussi seule.

Alors chanter.

Chanter ce qui vient.

Chanter une autre époque, pourquoi pas.

Pour me guérir.

Pour m'apaiser.

« *Au loin les montgolfières*
Mais je ne les regarde pas
J'ai bien trop de choses à faire
Mon chat miaule, mais je ne l'écoute pas
Oui, je n'en suis pas fière

Assez,
Assez…
J'en ai assez…

Le sablier se brise à mes pieds
Ma broderie n'est pas finie
" Tu n'as toujours pas de mari ?"
Où sont passées les clefs ?
Les clefs de mon cerveau
Les clefs de mes os
"Une femme ça ne choisit rien"

Assez,
Assez…
J'en ai assez…

Un jour, je partirai
Je laisserai tomber
Mes dés à coudre, mes fils colorés
Un jour, j'abandonnerai
Mon chat, mon chien,
Mes amis, mes parapluies
"Tu veux finir vieille fille ?"

Adieu les oreillers orangés
Adieu les paniers de courges
Adieu les luges enneigées…

Assez,
Assez…
J'en ai assez
J'en ai assez. »

Stephan

Je m'écroule sur ma serviette. Je cache mon putain de sourire. Faut pas qu'elle voie à quel point elle m'a fait plaisir. À quel point je suis heureux qu'elle se soit inquiétée. Si avec ça elle s'intéresse pas à moi, je peux dire adieu à cette chienne de vie.

Alice revient. Elle tremble. Sa peau est encore plus blanche que d'habitude. On dirait presque qu'elle est malade, parfois. Sous-alimentée, un truc dans le genre. Elle commence à ranger ses affaires. Sarah lui lance un regard inquiet. Sarah, elle fait partie des gens que j'admire, avec qui je me sens bien. Avec qui je peux m'engueuler, juste pour se marrer. Avec qui je peux juste être moi-même.

« Alice, ça va ? qu'elle lui demande.

— Non, ça va pas. Je me sens pas bien, j'ai trop froid. Tu peux me passer mon magazine, s'il te plaît ? Merci. »

Aïcha nous rejoint. Elle a du mal à cacher un tremblement dans la voix.

« Oh, ma chérie… Tu te sens mal ? Viens, on va rentrer.

— Non, non, vous inquiétez pas pour moi. Amusez-vous sans moi. Je ne voudrais pas vous en empêcher. »

Je vois bien qu'elle se force à sourire pour nous rassurer. Qu'elle met une espèce de masque de gentillesse sur sa jolie petite gueule. Je vois bien qu'elle a envie d'exploser au fond d'elle. Elle se barre en vitesse. Alors moi, je cours pour la rattraper. Je sais même pas ce que je vais bien pouvoir lui dire.

« Si tu veux, je veux bien te tenir compagnie. On peut passer un peu de temps ensemble. Sans les autres. Je veux dire, si tu veux pas qu'ils rentrent à cause de toi.

— Laisse tomber, Stephan. D'accord ? Laisse tomber. J'ai besoin d'être seule. »

Et elle me plante comme ça. Elle prend la direction du manoir. Elle me regarde même pas. Je peux pas la laisser partir. Je me remets à courir. Je lui attrape fermement le poignet. Je l'oblige à tourner son visage vers moi. Elle pleure. Merde, elle pleure, Louise.

« Allez, sèche tes larmes, Princesse, je suis là, tu vois bien. J'aurais pas dû faire cette blague. J'imaginais pas que tu t'inquiéterais autant pour moi. Excuse-moi. »

Je sais pas pourquoi je lui ai répondu ça. Je me disais que ça pourrait être séduisant, j'en sais rien. On a l'impression qu'elle veut m'égorger, maintenant. Oui, c'est vrai, c'était con. Mais je mérite pas ça.

« Tu sais ce que c'est ton problème, Stephan ?

— Non mais, je sais pas pourquoi, je sens que tu vas me le dire. »

Alice s'arrête de marcher, frappe sa jambe pour éclater un moustique. Elle soupire longuement, comme si elle se retenait de me balancer un truc qu'elle savait qu'elle regretterait. J'aime pas ça. J'aime vraiment pas ça.

« Je ne te comprends pas. Vraiment, je ne te comprends pas. J'essaye, pourtant. tu peux pas savoir à quel point j'essaye. Mais je n'y arrive pas. Et tu sais ce qui est encore pire ? C'est que toi, tu ne comprends jamais rien. »

J'en reste le cul par terre. Qu'est-ce qu'il lui prend d'un seul coup ? Qu'est-ce que je suis censé comprendre à cette merde ? Alice, qu'est-ce que tu me fais ? Tu t'es crue où, là ? Dans une série pour ados attardés ? C'est quoi ce bordel ? C'est quoi ce petit discours à la con ? Et elle s'en va. Sans rien m'expliquer. Sans me dire pourquoi je comprends jamais rien.

« Alice ! Pars pas comme ça !

— Laisse, Stephan, je prends la relève. »

Je tourne la tête. Je tombe sur Sarah qui a passé une robe noire sur son maillot de bain encore trempé. Ça fait de grosses marques sur ses seins, mais elle a pas l'air de l'avoir remarqué. J'essaye de pas trop regarder.

« Sarah, t'en mêle pas. »

Je lui bloque le passage. J'ai pas envie qu'elle la rattrape, qu'elle l'enlace, qu'elles discutent entre meufs et se marrent en pensant à moi, à ce gros lourd de Stephan qui pige jamais rien.

« Mais va sucer tes grands morts, toi. Laisse-moi passer. »

Elle essaye de feinter pour me devancer. Elle n'y arrivera pas. J'anticipe tous ses mouvements. Je finis par lui faire un croche-patte pour qu'elle me laisse tranquille.

« Sarah, je te jure je vais te défoncer. Tu crois que c'est toi qu'elle a envie de voir peut-être ?

— Je sais pas. Et toi ? Tu crois que quand tu pars en pleurant, la première personne que t'as envie de voir, c'est celle que tu as giflée et qui te traite de coincée ? »

J'avoue qu'elle a pas tort. Sarah en profite pour me passer devant. Elle me nargue un temps. Elle m'adresse des doigts avec fierté avant de reprendre son sérieux.

« Allez, fais pas cette tête. Tu t'excuseras plus tard. Elle sait bien qu'on est tous timbrés, ici. Ça ne justifie pas tout. Mais un peu quand même. Va plutôt rejoindre Léo. Je crois qu'il a eu sa dose de Camille et ses figurines pour aujourd'hui. »

Je rebrousse chemin à contrecœur. Mon cerveau est tellement embrouillé que je n'arrive même pas à me mettre en colère. Je ne pose pas de questions quand le reste du groupe m'entraîne à nouveau en courant jusqu'à Alice. Ils trimbalent la nappe de pique-nique, les paquets de chips toujours fermés et les sandwichs dans leur papier alu. Je reste en retrait avec Léo et Camille pendant qu'Aïcha remplace Sarah. Je la vois enlacer Alice. Elle lui parle à voix basse. Elle se retourne pour vérifier que personne ne peut l'entendre. Je shoote dans tous les cailloux que je croise. Je bute un pauvre escargot au passage, sous les cris horrifiés de Camille. Elle court pour le ramasser, le pose sur une feuille dans l'intention de le ramener à la maison. Je ralentis pour être à la hauteur de Léo. Je chasse d'un mouvement de tête la jalousie qui commence à monter en moi. J'ai une folle envie de lui éclater la gueule à ce petit connard de poète parfait, ce snob qui vient jamais nous parler. Ça se voit qu'il pense que je suis un imbécile de bouseux. Je sais, Louise, faut que j'arrête de me croire en compétition avec tout le monde. Mais c'est plus fort que moi. Même si je sais à chaque fois que j'ai perdu d'avance.

« Dis-moi, Léo, t'es proche de la princesse ? »

Léo bat des paupières. On dirait qu'il a peur de quelque chose. Ou de quelqu'un. Pas de moi, j'espère. J'ai beau avoir du mal à le supporter, j'ai pas envie qu'il me prenne pour une grosse brute. Parce que ça voudrait dire qu'il a gagné. Je détesterais ça. Je veux lui offrir le meilleur de moi-même. Fini les conneries. Je peux faire des efforts, au moins une fois dans ma vie. Je peux avoir le beau rôle.

« La princesse... Tu veux dire, Camille ?

— Mais non, Alice, t'es con ou quoi ? »

Merde. Ça commence mal. Mais il a pas l'air de réagir. À croire qu'il s'est habitué. Putain. Je veux pas qu'il s'habitue à ce qu'on lui parle comme ça. Je commence à avoir de la peine pour lui. Il regarde par terre, comme s'il était fasciné par ses pompes toutes dégueulasses à force de marcher partout dans le jardin.

« Ouais, ça va. Enfin, un peu.

— Mais, vous discutez des fois ?

— De temps en temps.

— Vous causez de quoi ?

— Crache le morceau, Stephan, tu veux savoir si elle parle de toi ? »

Je me fige. Ramasse la canette d'Ice Tea qui vient de tomber de mon sac. Comment il fait ? Il est devin ou quoi ?

« Ouais, c'est ça.

— Désolé de te décevoir, mais non. »

Léo s'éloigne de moi. Il sort son portable pour prendre un putain de champignon en photo. Il doit croire que j'en ai fini avec lui. Mon pauvre Léo. T'es bien naïf pour un mec qui a la gueule d'un premier de la classe avec un balai coincé dans le cul.

« Mais tu penses pas que c'est une technique ? Genre, elle fait exprès de m'ignorer pour pas qu'on sache qu'elle m'aime bien ?

— Franchement, Stephan, je ne pense pas que ce soit le genre de personne à faire ça.

— Alors, c'est quel genre de personne ? Allez, dis-moi, c'est vrai, tu es tellement plus intelligent que moi, hein ? Arrête de te croire supérieur aux autres ! »

Il hausse les épaules. Il continue à prendre ses photos de fourmis, de fleurs et de lanternes, ou de je ne sais quelle autre connerie. Et en voyant le vide dans son regard, je me dis qu'on a peut-être été trop durs avec lui. Qu'on l'a mal jugé. Enfin, surtout moi.

« OK, OK, excuse. Excuse, d'accord ? Vraiment. La vérité, c'est que t'as l'air de savoir beaucoup plus de choses que moi. Ça m'intimide, les intellos dans ton genre. »

Léo lève enfin les yeux sur moi. Il me sourit. Comme s'il me connaissait. Comme s'il savait tout de moi. Comme s'il me pardonnait. Louise, les yeux qui pardonnent, c'est rare, tu sais. C'est vraiment rare. Faut les chérir longtemps.

« Tu veux savoir pourquoi Alice est partie en pleurant. Tu te demandes si ça a vraiment un rapport avec toi et si elle s'intéresse à toi. C'est ça ? »

Je m'étrangle avec mon Ice Tea. Derrière ses airs de loup solitaire, il nous observe. Il ne s'en fout pas de nous. Au contraire.

« Voilà. C'est exactement ça.

— Je pense qu'il y a trois options. D'abord, celle que tu veux entendre, elle t'aime et c'est pour ça qu'elle a réagi comme ça avec toi. Mais franchement, je pense que c'est la moins probable.

— Ouais bah ça va, laisse-moi un peu rêver.

— C'est incroyable comment on peut être à ce point à côté de la plaque. »

Et voilà. Sarah a encore débarqué de nulle part, sans prévenir. Elle va tout faire foirer, cette idiote. Faut qu'elle arrête avec ça. J'espère qu'elle n'a rien entendu. Faudrait pas qu'elle aille tout rapporter à Alice.

« Tiens, ça me rappelle ce livre, *Le*...

— On t'a pas sonnée, Sarah, dégage ! Tu parleras de tes références littéraires à la con plus tard, pour l'instant c'est moi qui ai Léo, attends ton tour.

— Je ne savais pas qu'il y avait une file d'attente. Au passage, ta braguette est ouverte.

— Ah, parce que tu regardais ?

— Prends pas tes rêves pour des réalités.

— Allez, barre-toi je te dis ! Tu vois pas que j'essaye d'avoir une discussion sérieuse avec Léo ? »

Léo ne me regarde plus. J'existe plus pour lui. Il se contente de fixer Sarah, comme s'il n'y avait rien de plus beau dans cette pute de vie. Ça me donne envie de le prendre dans mes bras, de le voir comme ça. De lui dire qu'on est dans la même galère, tous les deux. Mais qu'on va y arriver. Je finis par passer ma main devant ses yeux. J'essaye de prendre l'air le plus neutre possible. Je lui dois au moins ça.

« Oui, donc, euh, ce que je voulais dire, c'est qu'Alice a peut-être réellement eu peur pour toi. Mais qu'elle t'aime pas forcément comme tu aimerais. Et laisse-lui du temps, enfin, on se connaît tous que depuis trois jours. C'est peu. C'est vraiment très peu.

— Moi, je la sens bien, la première explication. Et c'est quoi, la dernière ? Attends, avant tu peux me rendre un service ? »

— Dis toujours. »

Il se méfie, le pauvre. Pas étonnant. À sa place, je me serais flanqué une droite depuis longtemps.

« Tu pourrais enquêter pour moi ? En mode, t'essayes de la sonder sur moi, et tout. »

Il se détend, ose un petit sourire timide. Il me fait penser à un petit lutin, avec ses oreilles pointues. Un petit lutin blasé qui viendrait de reprendre espoir.

« Je veux bien tenter.

— T'es vraiment un frère. Alors, cette dernière hypothèse ?

— C'est la plus plausible selon moi. »

Léo s'arrête quelques instants. Il plonge ses yeux dans les miens. Son regard a quelque chose de fantomatique qui ne me plaît pas. Il me donne l'impression qu'il n'est pas vraiment là. Comme si je parlais à un sourd. Comme si je parlais tout seul.

« Ça n'a rien à voir avec toi, avec nous, avec personne ici. Elle a pleuré pour autre chose. Plus précisément la raison qui l'a amenée ici. Et elle ne peut pas nous en parler. C'est ce qui me semble le plus logique. »

Léo tourne la tête vers un oiseau. Sort son portable pour le photographier. J'ose rien dire. Ça a l'air important pour lui. Quand il a fini, il se retourne vers moi. Ses yeux sont plus humides que tout à l'heure.

« Tu sais… »

J'attends qu'il continue, mais il se tait. Je le laisse respirer.

« Je crois que… »

À ses mots, le vent se lève. Ses cheveux s'affolent. Ils s'agitent dans tous les sens. Il ferme les yeux. Comme pour se concentrer à ressentir un truc dans son corps. Comme si c'était difficile pour lui.

« Je crois bien qu'on a tous oublié qu'on était tous cassés à l'intérieur. »

Camille

« Stephan, Stephan ! Je peux te poser une question ?

— Si c'est d'Alice que tu veux parler, je te préviens, là, je suis pas d'humeur. »

J'ai envie de lui expliquer que si je lui parle, c'est justement pour lui changer les idées. Pour plus qu'il ressemble à un zombie fatigué. Mais ça, je lui dis pas. Il pourrait s'énerver. Je commence à le connaître, Stephan, maintenant.

« Mais non. C'est autre chose. C'est important.

— J'espère que tu ne m'as pas dérangé pour rien, c'est quoi ?

— De toute façon tu faisais pas grand-chose. »

Depuis que Stephan a balancé un escargot avec son pied, je regarde bien par terre. J'écarte tous les insectes de son chemin. L'homme, c'est effrayant pour un escargot. On va beaucoup trop vite pour lui. Léo, il me fait penser à un homme-escargot parfois. Mais il a l'air d'avoir changé depuis quelques minutes. Il ne baisse plus la tête tout le temps. Il rigole même à des blagues. Enfin, pas toutes. Juste quand elles sont vraiment drôles.

« Donc, Stephan, c'est laquelle ta princesse préférée ? Rigole pas ! C'est un test que j'ai inventé. Ça veut dire beaucoup de choses sur toi, ta princesse préférée, tu sais. »

Stephan prend sa tête entre ses mains. Ses yeux se ferment d'un seul coup, comme s'il essayait de disparaître, là, *sur le champ de blé*, et de partir pour me laisser ici, sans répondre à ma question.

« Camille, franchement, j'en ai rien à foutre de tes princesses. Je suis un mec, ça me branche pas. En tout cas, pas de doute, toi t'es une vraie petite fille.

— Attends, je rêve, Stephan ? Qu'est-ce que tu as osé lui balancer ? Je savais que t'étais con mais pas à ce point, mon pauvre. »

J'aime bien quand Sarah et Stephan se disputent. C'est comme s'ils se battaient avec des mots à la place d'épées. J'apprends beaucoup grâce à eux. J'apprends à pas me laisser faire.

« Et c'est reparti pour un tour... Sarah, t'en as pas marre franchement de me détruire à chaque petit truc que je dis ?

— Non, ce n'est pas rien ! Tu vis dans quel siècle pour penser comme ça ? Avec ta masculinité toxique, là. Va pas lui mettre de sales idées dans sa petite tête innocente. Eh ! J'ai même pas commencé ! Pars pas ! Espèce de lâche !

— Désolé, mais tu as raison, je ne fais pas le poids contre toi et je n'ai aucune envie d'écouter ton petit discours à la con. »

Stephan profite qu'on arrive au château pour fuir dans le salon, et il monte à toute vitesse dans sa chambre. Comme dit ma mamie, « il faut savoir choisir ses batailles ».

« Putain. J'y crois pas. »

Sarah secoue la tête. Elle tripote son collier papillon noir qui pend autour de son cou. Elle m'a promis qu'elle m'en achètera un, un jour. Un rose avec des paillettes.

« Camille, y a pas de vraie petite fille. Ça existe pas, de bonnes manières d'être une femme ou un homme. On est qui on est. Tu sais déjà qui tu es, au fond de toi, pas vrai ? On vit notre vie, et on emmerde ceux qui sont pas d'accord avec ça. C'est tout. Faut pas chercher plus loin. »

Les paroles de Sarah enlèvent un gros poids dans ma poitrine. J'avais pas remarqué que ça me faisait mal, de porter tout ce plomb dans mon cœur. J'ai envie de me jeter dans ses bras. Mais je ne peux pas. Alors à la place, je prends sa main, je l'emmène dans la cabane avec son plastique orange qui brûle, son toit tout jaune et sa fenêtre toute verte et ronde, juste à côté de la maison. Sarah s'assoit sur les bancs rouges à l'extérieur. J'entre dans mon restaurant et rassemble les cuillères violettes, les petites assiettes blanches, les aliments en bois, poulet, grappe de raisin, tomate, poisson, glace et gâteau au chocolat. Je m'amuse à tourner les boutons multicolores du four en plastique. Je lui donne le menu que j'ai dessiné. Elle le regarde attentivement et elle m'annonce qu'elle veut des pâtes au saumon, un diabolo grenadine et une glace à la nectarine. Alors que Sarah essaye d'empêcher Bidule d'enlever ses chaussettes pleines de têtes de mort, je lance comme ça, pour rigoler :

« Ah ouais, donc conclusion : Stephan est vraiment con. »

Je porte ma main à ma bouche. Je commence à trembler. J'ai peur. J'ai vraiment très peur de ce que je viens de dire.

Sarah, elle ne voit pas que ça va pas. Enfin, pas tout de suite en tout cas.

« C'est ça ! Haha, toi, tu m'étonneras toujours. T'as pas ta langue dans ta poche. Bah Camille ? Bah, pourquoi tu pleures ?

— Je l'ai encore fait, j'ai encore dit un gros mot ! »

Sarah semble tout étonnée. Elle fait la même tête que Bidule lorsque je remplace ses croquettes par des fraises Tagada.

« Et alors ? Tu as le droit, il n'y a pas de problème.

— Mais, tu comprends pas, ça y est, ça commence !

— Mais, quoi ?

— Je suis en train de devenir adulte ! Je veux pas ! Je veux pas ! Grandir, ça veut dire arrêter d'être heureux. Grandir, ça veut dire arrêter de s'amuser. »

Je serre Bidule contre mon cœur pour me retenir de pleurer. Mais ça ne marche pas. Je me mouche dans ses poils roux. C'est tout doux. Ça me calme un peu.

« Moi je veux continuer à jouer toute ma vie… »

Sarah pose un bras sur moi. Elle essaye de me porter pour me mettre sur ses genoux.

« Non ! Me touche pas ! »

Qu'est-ce qu'ils ont tous, à vouloir me prendre dans leurs bras, à vouloir me porter, me faire un câlin, des bisous ? Est-ce qu'ils ont déjà tous deviné ? Non, ils ne doivent rien savoir. Je ne veux pas revivre ça. C'est trop triste, j'en veux plus, je veux plus recommencer. Non, plus jamais. Plus jamais. Jamais.

« D'accord, comme tu veux. Tu vois ? Je te laisse tranquille. C'est ma faute. J'aurais dû te demander la permission. Excuse-moi. »

Sarah attrape un gobelet, puis elle fait semblant de boire ce qu'il y a dedans et de trouver ça très bon.

« Camille, écoute-moi. Je vais te raconter quelque chose. Tu veux bien ? Moi aussi, j'ai été comme toi. Je comprenais pas pourquoi les adultes ne jouaient plus tout à coup. J'étais persuadée que jamais ça m'arriverait. Et pourtant, petit à petit, j'ai délaissé mes jouets pour autre chose. Je jouais toujours, mais moins longtemps et moins fréquemment. Aujourd'hui, je les ressors avec nostalgie. Je rhabille mes Monster High et mes Barbie, je ressors mes figurines, mes Playmobil égyptiens, mes pirates, mes chevaliers, je relis mes albums, pour finir par les ranger. À dans un an, je leur dis. C'est allé tout seul. C'est venu de moi, personne ne m'y a jamais forcé. Et pourtant, j'ai arrêté de jouer. Et puis, tu n'es pas obligée de devenir une adulte chiante. Tu peux continuer autant que tu en as envie, même si tu es devenue adulte. Et, tu peux même en faire ton métier si tu veux. »

Jusqu'ici, j'ai écouté Sarah, très sérieusement, comme si je suivais un cours de ma maîtresse. J'avais l'impression que ses mots, ils me guérissaient. Bien plus que ce qu'ont pu me dire Mamie ou Aïcha. Mais, quand je l'ai entendue parler d'un métier magique, je me suis mise à éclater de rire. Faut pas me prendre pour une nouille non plus.

« Hein ? De quoi tu parles ? Un adulte qui passe son temps à jouer, ça existe pas.

— Si. Actrice. Autrice. Réalisatrice. Comédienne. Et j'en passe. Ils font quoi de leurs journées, à ton avis ?

— Sarah, Camille ! Venez vous changer ! Vous êtes toutes trempées…

— On arrive ! Tu viens ? »

Sarah me tend sa main. Pour la première fois, je me dis que grandir, c'est peut-être pas si mal. Si ça peut m'aider à lui ressembler.

Sarah

Je toque contre la porte de la salle de bains d'Alice.
Derrière moi, je sens Stephan s'impatienter,
taper nerveusement du pied.
« On peut entrer ?
— Toi oui, lui non.
— Désolée, Stephan. Et t'inquiète pas. Elle va bien finir par te reparler, ton Alice.
— Ouais, ouais, mais bon c'est chiant. »
Stephan s'éloigne.
Il va s'enfermer quelque part
et n'en sortira qu'au lendemain,
reprenant la vie là où il l'a laissée.
Comme s'il n'avait pas eu besoin
de s'arrêter quelques heures
pour continuer.
Jusqu'ici, il n'a jamais raté
la séance de projection du film loué au vidéoclub.
Au début, je n'y ai pas cru.
Une blague d'Aïcha,
rien de plus.
Elle nous mettrait le premier film qui passait à la télé.
Nous nous endormirions tous devant

bien avant la fin,
à part Bidule
qui sauterait un peu partout
en réaction à ce qui se déroulerait sur l'écran.
Il a fallu que je voie la vitrine poussiéreuse
coincée entre la fromagerie
et la boulangerie du centre-ville
pour réaliser qu'un tel lieu existait encore.
Je glisse mes mains
dans la poche
de mon sweat.
Je trouve un morceau de papier,
comme je le soupçonnais.
C'est devenu un truc
entre Stephan et moi.
Cela ne sert à rien,
mais ce petit jeu inutile
nous fait marrer.
J'ai l'impression que cela renforce
la complicité étrange
qui nous lie tous les deux.
M'attendez pas pour le film, besoin d'être seul, à demain
Je frappe le mur
si fort
que mes jointures
se mettent
à saigner.

Je ne sens pas la douleur.
Je ne la sens jamais.

Anesthésiée
à vie
des douleurs du corps
mais pas celles du cœur.
Bordel,
je pensais enfin connaître
la stabilité.
Le plaisir
des journées quadrillées.
Nous n'étions jamais seuls.
Collés les uns aux autres
comme un monstre à plusieurs têtes.
Petit déj',
exploration du jardin,
ou d'un coin dans la région,
pique-nique, jeux de société,
retour à la villa,
temps libre,
thé,
cours,
entretiens avec Aïcha,
activités de « guérison », comme elle dit,
dîner,
film,
chacun dans sa chambre
sans extinction des feux obligatoire.
On n'aurait pas pu dormir de toute façon.
Nos fantômes qu'on essayait de dissimuler
sous des sourires,

des remarques sarcastiques
et des rires à la pelle
revenaient à la charge
aux premiers instants de solitude.
Alors
je m'incrustais dans la chambre d'Alice
dès les derniers vestiges du jour disparus.
On parlait de tout,
David Bowie,
Wes Anderson,
Black Mirror,
Kendrick Lamar,
Tim Burton,
Game of Thrones,
jusqu'à ce qu'on s'endorme
au milieu d'une phrase,
au milieu d'un sourire.

Mais
ce semblant de vie de famille
s'est fissuré.
Cette illusion parfaite
s'est abîmée.
Parce que nous ne sommes pas comme les autres.
Nous n'aurons jamais le droit au bonheur du quotidien.
J'entre dans la salle de bains.
J'ai peur
de trouver Alice
à demi morte
et de ne pas réussir à la réveiller.

Mais non.
Elle est là
recroquevillée dans la baignoire
ses cheveux mouillés
son mascara coulant sur ses joues
et ça me brise le cœur.
Je me précipite à ses côtés
pour la prendre
dans mes bras
mes bras
à moi.
Elle s'y refugie
tout de suite
elle s'accroche à moi
comme elle a pris l'habitude de le faire.

Non,
Non
Non
Non
ça ne peut pas être vrai.
Tout est inversé.
C'est moi qui dois souffrir.
Moi qui dois vouloir du réconfort,
qui dois frapper Stephan,
moi qui dois ressasser mes démons
seule dans une baignoire,
moi qui dois pleurer
toutes mes larmes

jusqu'à l'épuisement.
Et Alice qui s'agrippe
encore plus à moi,
qui semble pouvoir s'écrouler
si je ne la retiens pas.
J'ai envie de lui crier
je ne suis pas la bonne personne,
je suis faible,
je ne suis pas fiable,
tout ce que je mérite c'est une tombe.

Et encore, non.

Plutôt une fosse commune.

Un emplacement anonyme
où personne ne pourrait jamais se recueillir.

J'aurais aimé lui dire
je ne fais que détruire ceux que j'aime.
Je n'ai même pas
pu sauver
la première personne
qui a compté pour moi.
J'aurais aimé lui crier,
parfois,
souvent
je me demande
ce que ça fait

de
tomber
sans
fin.
Mais je ne trouve rien de mieux
que de glisser sur une souris rose en plastique de Bidule,
je perds l'équilibre
pour finalement basculer
sur elle.
Les yeux dans les siens.
Nos visages à un centimètre d'écart.
Elle me fixe
pendant une seconde
avec mépris.
Elle éclate de rire.
Elle imite les youtubeuses beauté,
elle présente les différents gels douche,
cerise,
abricot,
rose,
camomille et caramel.
Je suis soulagée.
J'allais me relever,
mais elle m'attrape le bras.
Pendant un court instant
me traverse l'idée folle
qu'elle va m'embrasser.

La lumière
traverse la fenêtre

pour venir jouer
dans ses cheveux noirs
aux reflets quasiment bleus,
sur sa peau impeccable,
sur ses lèvres encore rouges.
C'est si beau.
Ça me donne presque envie de vivre.
Je fouille dans ma poche
pour sortir une clope et un briquet.
Je les lui passe,
elle me colle un baiser humide sur la joue pour me remercier.
Je me sens importante.
Estimable.
Alice se redresse dans la baignoire
elle lance
avec la voix de celles qui ont pleuré trop longtemps :
« Je ne savais pas que tu fumais.
— C'est pas le cas.
— Ah bon ? Alors pourquoi tu as des cigarettes ?
— Pour faire chier mon père. Je lui fais croire que je fume depuis trois ans. Je suis asthmatique, alors forcément la cigarette c'est interdit pour moi. Mais bon, je m'inquiète pas. Il fait genre que ça l'emmerde mais en vrai, il s'en fout que je mette ma santé en péril ou non.
— Je suis sûre que ce n'est pas vrai. »
Alice sort de la baignoire,
sa clope entre les doigts,
parfaitement à sa place,

comme une autre partie d'elle-même.
Elle attrape un crop top bordeaux
et un jean accroché à la poignée de la porte.
« Tu connais pas mon père. »
Alice lève les yeux au ciel,
elle s'approche du miroir.
Remet du noir sur ses yeux,
pourquoi faire
je ne sais pas.
Sans maquillage
elle est déjà
parfaite.
« Oui, c'est vrai. Mais on est toujours dur avec ceux qu'on a trop aimés. Je suis bien placée pour le savoir. »
Elle fouille dans son énorme trousse de toilette léopard,
fait claquer
les flacons de vernis
les uns contre les autres,
pour finir par en sortir un vert émeraude.
« Tu trouves pas qu'elle est belle cette couleur ? Ça irait bien avec tes yeux. »
Je ne lui réponds pas.
J'y connais rien.
Les lisseurs,
les décolorations,
les eye-liners,
le fond de teint,
tout ça, c'est une langue étrangère pour moi.
Alice insiste pour me maquiller tous les matins,

trois fois rien,
comme elle dit,
juste un peu de rouge à lèvres
et de fard à paupières.
Je la laisse faire,
parce que c'est vrai qu'elle est douée.
Parce que ça lui fait plaisir, surtout.
« Alice... Stephan s'inquiète pour toi, tu sais.

— Je sais. J'ai eu un coup de fatigue, c'est tout. Il va s'en remettre. Faut pas exagérer, c'est un grand garçon. J'ai pas envie de parler de lui. T'en es où avec Léo ?

— Je ne vois pas ce que tu veux dire. Fais pas cette tête ! Pourquoi tu me saoules avec lui...

— Oh, je sais pas, peut-être parce que tu as rêvé de lui avant de le rencontrer, qu'il est la raison de ta présence ici...

— J'aurais jamais dû te dire ça...

— Qu'il te regarde toutes les trente secondes, que vous avez les mêmes références, que c'est tellement romantique et que malgré tout ça rien n'a avancé !

— Je ne répondrais à rien de tout cela en l'absence de mon avocat. Passe-moi plutôt le pshiit-phsiit. Ça pue la clope.

— Je crois qu'il y en a dans les toilettes. »
On sort de la salle de bains
sur la pointe des pieds,
comme si Aïcha allait nous réprimander
si elle nous surprenait.
On longe les murs

au papier peint fleuri d'orchidées,
pour arriver devant la porte.
J'ouvre,
sans hésiter.
Je ne m'attendais pas à trouver Camille,
assise sur la cuvette,
en train de compter
les brebis sur un tableau champêtre.

« AAAAAHHHH ! SORTEZ ! ME REGARDEZ PAS, ME TOUCHEZ PAS ! »

Je ferme la porte en vitesse.
Son cri
résonne longtemps
dans mes oreilles.
On regagne la salle de bains en silence.
On se plante devant le miroir,
sans un bruit,
simplement en restant là.
Elle observe ses cheveux en bataille.
Je lui tends ma brosse.
Elle est tellement plus belle que moi.

« Tu sais, Alice… J'ai surpris une conversation entre Aïcha et Camille le premier soir. Il devait être vingt-trois heures, je ne trouvais pas les toilettes alors je suis descendue au premier pour aller voir Aïcha. Elle parlait à Camille. Elle lui disait qu'à aucun moment elle devait penser que c'était de sa faute si elle était là. Que la seule raison de sa venue ici, c'était « *eux* », « *eux* » et personne d'autre.

— Attends… Tu veux dire que… Que ses parents auraient fait… des trucs sur elle. Oh, mon Dieu, rien que d'y penser ça me…

— Oui, moi aussi ça me donne envie de gerber… Mais ça expliquerait pourquoi elle ne veut pas être touchée. Ou alors, c'est quelqu'un d'autre. Quelqu'un de la famille. Mais ils se sentent coupables. Parce qu'ils n'ont rien vu. Ils l'ont confiée à sa grand-mère le temps de se pardonner et d'y voir plus clair. »

Je me plonge
dans la contemplation du carrelage,
remarque qu'une araignée
se promène
sur les carreaux verts et roses,
pour ensuite grimper
sur le radiateur
et disparaître derrière.

« Maintenant que tu dis ça… Léo m'a confié qu'il a voulu prendre Camille sur ses épaules et qu'elle a hurlé.

— Et en rentrant de la rivière, j'ai voulu la prendre sur mes genoux et même résultat. »

Alice se redresse d'un coup
comme une marionnette
à qui on viendrait de tirer
les ficelles.

« C'est bientôt l'heure d'aller au vidéoclub.

— Stephan vient pas. Il me l'a dit tout à l'heure. Même si, bon, je crois pas qu'il ait vraiment le choix… Aïcha voudra jamais le laisser tout seul. Si elle veut pas te lâcher, alors imagine lui…

— Alors, je vais devoir aller dans sa chambre. Pas question qu'il loupe ça.

— Ouh là, là, là, tu me raconteras en détail tout ça. Aïe ! Mais, enfin, il n'y avait aucun sous-entendu, je t'assure ! Mais, aïe ! Regarde, t'as cassé le miroir avec tes conneries !

— Oh, non… Mince… Je vais chercher Aïcha. »

Je ramasse
le morceau de verre
qui est tombé
à mes pieds.
Je le balance
vite
vite
au loin.
Parce que
j'ai une folle
envie
de l'enfoncer
dans mes veines.

Aïcha

JOURNAL DE BORD

Compte rendu de l'atelier cadavre exquis

Dans la montagne bleue (Léo)
Un Michael Jackson (Stephan)
Solaire (Alice)
Fleurissait (Sarah)
Une licorne (Camille)

Quand les femmes et les hommes seront égaux (Sarah)
La mer (Alice)
Croquignolesque (Stephan)
Mangera (Camille)
Une orchidée (Léo)

Compte rendu sur Camille

– Camille aime donner des défis de dessins à Léo. Elle passe son temps à lui apporter des objets de la maison, du jardin. Jusqu'ici, il y a eu : un panier de basket recouvert de fougères, une robe bleutée de Sarah, une raquette de badminton, une collection de nains de jardin, Bidule déguisé en grenouille, une mue de serpent, un cadavre de corbeau, un paquet de Dragibus, une figurine de fée, un pichet de thé glacé.

– Camille aime donner des défis chansons à Alice. Elle lui a donné une liste de mots qu'elle doit inclure dans sa chanson :

Manège/Croquettes/Melon/Mimi la souris/le roi/tarte au citron/boule à neige.

La chanson finale était très loufoque. Tout le monde a bien ri.

Retranscription de la fin de la séance psy
avec Léo de ce matin

Léo : J'ai peur…

Moi : De quoi tu as peur, Léo ?

Léo : Je suis si fatigué… Je ne dors plus… J'arrive pas y a trop de silence, trop de bruit dans ma tête… C'est comme si je n'avais plus aucune notion du temps, qu'il me fallait tout réapprendre, les minutes, les semaines, les heures… Je ne comprends plus rien au temps qui passe… J'ai l'impression que… Que mon père est mort il y a des siècles… Que le Léo d'avant, il n'a jamais existé… Il y a un an, tous les matins, j'allais peindre sur la plage, j'aimais voir la mer se réveiller… Et j'ai peur…

Moi : Tu as peur de quoi ? Tu peux tout me dire, tu sais.

Léo : Dessiner, ça va… C'est comme si je mettais… Je sais pas…

Moi : Ta douleur à distance ?

Léo : Oui, c'est exactement ça. Et quand j'entends les gouttes de pluie contre la baie vitrée, ça me rappelle ces nuits sans fin passées dans mon ancienne maison… Cette maison et le regard de mon père, son jugement imprimé partout, sur les papiers peints jaunis, sur les lampes grésillantes, sur le réfrigérateur… Sur la porte fermée de l'atelier de ma mère, surtout… Je ne veux pas être un poids pour les autres, comme mon père l'a été pour moi, tu comprends ?

Moi : Léo. Tu as peur de quoi ?

Léo : (Silence) J'ai peur d'être devenu quelqu'un de violent. J'ai peur de faire mal aux autres. J'ai peur de ce que j'ai fait. J'ai peur de ce dont je suis capable. J'ai peur de ce que je peux déclencher.

Moi : Ce que tu peux déclencher ? C'est-à-dire ?

Léo : Il y a quelque chose en moi qui déclenche la violence. Je l'ai bien vu avec mon père. J'ai ce pouvoir, de rendre fou de colère les autres.

Moi : Ce n'est pas de ta faute, Léo. Personne n'a ce pouvoir-là. Il n'y a que les hommes violents qui disent ce genre de choses pour justifier leurs actes. C'est de la manipulation ; des discours de pervers narcissiques. C'est comme les mecs qui frappent leur femme en disant : « Regarde ce que tu me fais faire, tu me rends fou. » N'entre pas dans cette logique d'agresseur. Même si c'est pour t'accuser.

Léo : Et pourtant…
Moi : Pourtant quoi ?
Léo : Pourtant, c'est moi qui l'ai tué.

Puis, Léo a recommencé à peindre, car l'heure de la fin de séance avait sonné. J'ai voulu continuer la discussion, mais j'ai compris que je n'allais rien obtenir de lui. Ce n'est pas grave. N'importe quelle psychologue sait que tout cela prend du temps. Et on a encore tout l'été devant nous.

Léo

« Allo ? Soraya ?

— Allo ? Allo Léo ? Ça va ?

— Oui, oui. Tout va bien ici.

— Tu t'entends bien avec tout le monde ?

— Oui. Je me plais ici. Rien à voir avec le foyer.

— Je suis contente de t'entendre dire ça. Bon, continue comme ça. Sois bien sage.

— Promis. »

Je raccroche, jette un regard à l'orage qui gronde au-dehors. Les fenêtres n'arrêtent pas de trembler, le vent s'engouffre dans la cheminée du salon où nous nous sommes réfugiés. Je relève la tête de ma copie pour voir où en sont les autres. Aïcha essaye depuis une demi-heure d'expliquer un problème de maths à Stephan. Il prend sa tête entre ses mains, semble à deux doigts de réduire en boule sa feuille de brouillon pour la balancer contre le mur. Sur le canapé, entourée d'une multitude de coussins rapportés d'un voyage en Inde, Camille a pris en otage Sarah pour qu'elle l'aide à apprendre sa poésie, *En sortant de l'école.* Elle inverse les vers, les mots, mais avance petit à petit, comme une exploratrice qui ferait son chemin dans la jungle, une machette à la main pour écarter les lianes.

Je mets le point final à mon commentaire sur *L'Assommoir*, me dirige vers la véranda pour y boire un thé à la menthe bien sucré et dessiner tranquillement, lorsque j'entends une voix s'élever dans cette direction. Je m'approche sur la pointe des pieds, de peur qu'elle ne s'arrête de chanter. C'est bien Alice, avec la guitare qu'Aïcha garde dans le grenier. Alice qui chante comme si elle était seule au monde.

"I follow you in the darkness of your mind
Deeper and deeper, without taking a breath
Your moles intoxicate me
Your hoarse voice kills me
I'm pretty sure I will never find out
Why you do feel so useless.
But, I guess, I can't stop to try
You're my heroin, you know that, my little Butterfly

You see, you make me forget myself so easily

What happened to you ?
There are your tears in my storm
Your tears in my storm
Why do you care, you are perfect in any case
And yet, there are your tears
In my fucking storm.

Oh, Millie..."

Alice s'arrête net, soudain consciente de ma présence. Elle pose la guitare sur la table orange, ferme son cahier gondolé, comme si elle avait commis quelque chose de honteux, de répréhensible. Je vois tellement de moi en elle dans cet instant-là. Tellement que c'en est troublant.

« Oh, pardon, je n'avais pas vu que tu étais là.

— C'est toi qui as écrit la chanson ?

— Oui, c'est moi.

— Tu chantes très bien en tout cas. C'était très beau. »

Alice glisse une mèche de cheveux derrière son oreille, ne cherche pas à me cacher son plaisir. Elle accepte le compliment, tout simplement, elle l'accueille les bras ouverts, le chérit comme on berce un enfant. Je l'admire pour cela.

« Merci. Ça faisait une éternité que je n'avais pas chanté. Avec une guitare, je veux dire. J'appréhendais un peu, je crois. »

Elle attrape un stylo pailleté dans sa trousse transparente, note quelques accords en dodelinant de la tête.

« Tu voulais quelque chose ?

— Euh oui, en fait. Tu aurais pas un chargeur de portable ? Le mien s'est cassé.

— Bien sûr, suis-moi là-haut. »

Je ne sais pas pourquoi j'ai inventé ça. C'est sorti tout seul. Il faut croire que, après deux semaines de cohabitation, je me sens enfin prêt à discuter avec elle. Je me demande si c'est parce que je l'ai vue chanter. Les choses font moins peur quand on les chante, je l'ai toujours pensé. On monte en silence jusqu'au deuxième étage, là où je ne vais jamais.

« Tu peux entrer, je t'en prie. »

J'ai souvent entendu dire que la chambre d'un individu traduit son état d'esprit, est le reflet exact de ce que nous sommes au fond de nous. Si je suis cette logique, Alice doit être parfaitement équilibrée, sait parfaitement ce qu'elle veut, ce contre quoi elle lutte. Peut classer toutes ses émotions sur des étagères. Les étiqueter minutieusement. Réussit à se comprendre entièrement. Spécialisée en elle-même. Mais je ne suis pas de ceux qui croient à cela. Je me plais à penser que nous n'arriverons jamais à décrypter l'énigme qui nous constitue, qu'il restera toujours une part de flou dans ce que nous sommes, dans ce en quoi nous croyons. Que jamais nous ne nous connaîtrons vraiment. Alice s'assoit sur son lit brodé de pissenlits fait à la militaire. Gêné, je m'installe sur le tapis tressé.

« Qu'est-ce que tu fais ? Sois pas ridicule, viens. »

J'attrape Bidule au passage pour me donner du courage, et m'installe à ses côtés. Le chat se fait une joie de tirer sur les fils de mon sweat Superdry, avant de filer. J'observe les figurines Pop de *Stranger Things* qu'elle a installées sur son bureau, les posters de Nirvana qui doivent venir de sa chambre d'adolescente, sa peluche sanglier qui gît sur son oreiller. Alice pose entre nous un paquet de chips au chorizo et me passe le chargeur que je m'empresse de fourrer dans ma poche. Nous restons un moment silencieux. Moi cherchant des mots qui ne viennent pas. Elle, appréciant l'instant. Quand je me décide à parler, le paquet est vide. Alice n'y a presque pas touché. Soudain, je remarque à quel point elle mange peu. À quel point elle est fine.

« T'étais pas du genre pom-pom girl au lycée ?

— Pardon ?

— Tu sais, la fille populaire, première de la classe, qui défend les opprimés, la déléguée mais qui sait s'amuser, enfin tu vois...

— Hahaha, tu me fais rire. Oui, peut-être. Enfin, je ne le saurai jamais puisque je suis pas allée au lycée. Ni au collège, d'ailleurs.

— Hein ? Pourquoi ?

— C'est compliqué.

— Mais tu viens d'avoir ton bac, non ? Tu vas faire quoi après l'été ?

— Je ne sais pas encore. Je n'ai pas encore décidé. »

Alice me sourit, comme pour me faire comprendre que je n'ai pas à m'inquiéter, mais qu'elle ne veut pas en parler.

« Et toi, t'étais comment au...

— Lycée ?

— Pardon, je ne sais pas en quelle classe tu es.

— Je rentre en première.

— Oh ! Sarah aussi ! Un point commun de plus avec elle.

— Oui. »

J'essaye de lui présenter un visage impassible, mais je sens mes joues s'empourprer. Je m'apprête à lui parler de Stephan comme je lui ai promis, lorsque je remarque qu'Alice scrute le jardin, l'air de chercher quelque chose, ou plutôt quelqu'un. Elle se lève soudain, me fait signe de me taire et de la rejoindre. Comme si quelqu'un pouvait nous entendre. Comme si on allait échanger un secret inavouable dont la découverte entraînerait notre perte, d'une façon ou d'une autre. À travers les rideaux de pluie, je distingue deux silhouettes, entièrement vêtues de noir, un foulard rouge qui monte jusqu'à leurs nez, des bombes de peinture à la main. Ils jettent un dernier regard sur le mur du manoir avant de s'enfuir en courant.

« Viens, Léo, on va voir ce qu'ils ont tagué ! »

Nous descendons les escaliers en courant, croisons Camille déguisée en Blanche-Neige, poursuivant Bidule, un costume pour chat à la main, Stephan encore plongé dans son problème de maths dans le salon, et enfin Sarah. Sarah qui lit *Un été 42*, une main posée sur son ventre, allongée dans le hamac accroché dans la véranda. Sarah qui esquisse un sourire de temps à autre en réponse à sa lecture, Sarah qui bat nerveusement du pied, Sarah habillée d'une robe couverte de lunes dorées, Sarah qui mord le pendentif nénuphar qu'elle porte autour du cou. Elle relève la tête dans ma direction. Comme si elle avait senti que j'étais là. Qu'elle m'attendait. C'est ce que j'aurais aimé, du moins. Elle m'adresse un petit sourire timide.

« Léo ? Tu viens ?

— Oui, oui, j'arrive ».

J'ouvre la porte, attrape un parapluie couvert de grenouilles dans le pot en acier, suis Alice vers le mur donnant sur la terrasse, le seul endroit du jardin qui est à l'abri de la pluie. Alice pousse soudain un cri strident, digne des pires films d'horreur. Je cours pour la rejoindre. Je me suis inventé tout un tas de scénarios plus improbables les uns que les autres. Une déclaration d'amour, un tag approximatif que l'on ne comprendrait pas, un slogan antifasciste, une croix gammée. Je pensais avoir tout inventé. Que je ne serais pas surpris. J'ai pensé à tout. Sauf à une menace de mort.

Alice

Je relis en boucle les phrases taguées sur le mur, pour être sûre de ne pas me tromper.

Rentre chez toi sale arabe !

Halte à l'école du Djihad

On ne veux pas de vous ici.

On et chez nous !

On va te saigné, salope

Le tout finissant par une tête de mort.

« C'est dégueulasse. »

Léo a les larmes aux yeux. C'est la première fois que je le vois aussi en colère, aussi vivant.

« Mais qui a fait ça ? je lui demande, en passant mon doigt sur les lettres rouges.

— J'en sais rien... Des gens du coin qui voient notre arrivée d'un mauvais œil. Des gens qui se méfient toujours des jeunes, surtout quand ils ne viennent pas d'ici. Des gens qui s'inventent des histoires... Des sales racistes qui n'ont jamais aimé Aïcha.

— Il faut la prévenir.

— Non ! Surtout pas ! »

Je suis surprise par son cri. Je ne comprends pas. S'il y a un danger, autant prévenir la première concernée ?

Nous ne sommes que des ados. Qu'est-ce qu'on peut faire contre ça ?

« Alice… S'il te plaît… Ne dis rien… »

Je gratte nerveusement la croûte sur mon coude en soupirant. Je me dis qu'il doit avoir des informations que je n'ai pas pour être aussi catégorique, lui qui est incapable de prendre la moindre décision d'habitude.

« Bon, très bien. Je ne dirai rien. Enfin pour l'instant. On va en discuter avec les autres, d'accord ? Prends le mur en photo. Ça pourra servir. Maintenant, faut effacer ça.

— Je m'en occupe. Je peux même peindre quelque chose d'autre à la place. Je pense que ça plaira à Aïcha.

— Super. Léo ? Attends ! Pas un mot à Camille, d'accord ? Elle est beaucoup trop petite pour gérer ça.

— Oui. Oui, bien sûr. »

Léo se précipite vers le hangar, là où est stocké le matériel de jardinage et de bricolage. Tant mieux. Je n'ai aucune idée de comment faire disparaître ces mots d'horreur. Je m'assois sur une chaise en plastique orange. Elle est trempée, mais je ne m'en soucie pas. J'inspire lentement. Il faut que je me calme. J'ai beau tenter de me convaincre qu'il ne faut pas prendre ce message au sérieux, je n'y arrive pas. Il faut que je me reprenne. Je suis l'aînée. C'est à moi de gérer. J'allume une cigarette. Je cherche Bidule du regard pour, je ne sais pas, peut-être me réconforter, l'air de rien, sans que cela se voit. J'ai au moins besoin de ça. Je vois bien ce qu'ils attendent de moi. Prendre des décisions, agir rationnellement, être celle qui garde les pieds sur terre. Ils me prennent pour le bras droit d'Aïcha, je le vois bien. En vérité, je suis constamment sur mes gardes.

Je scrute le jardin toujours assailli par la pluie. La piscine gonflable Nemo déborde d'eau, les bacs à salades sont inondés et les serviettes qui séchaient sur les cordes à linge se balancent au rythme du vent. Un vrai déluge. Mon regard se pose sur le vieux pommier où grimpe parfois Camille sous le regard inquiet et rempli d'amour de l'un de nous. Une silhouette apparaît alors entre les feuillages. Je le reconnais tout de suite. Ethan. Mon Ethan. Il s'approche de moi, et je sens mon cœur battre dans ma poitrine. Et je n'ai qu'une envie, c'est de l'enlacer. De sentir ses bras m'entourer. Le contempler, c'est comme voir des aurores boréales pour la première fois.

« Salut, ma cigale. »

L'entendre m'appeler par mon petit nom, ça me fait fondre.

« Salut. C'est pas toi qui as tagué ça, hein ? »

Je sais bien que c'est impossible, qu'il ne ferait jamais une chose pareille, mais je lui demande quand même.

« Enfin, Alice. Bien sûr que non. Tu me prends pour qui ? »

Et je me mets à pleurer. Parce que c'est celui qui aime danser avec moi sous la pluie. Celui qui n'arrive pas à manger une crème glacée sans en mettre sur le bout du nez. Celui qui m'embrasse au creux du poignet pour me dire bonne nuit. Celui qui sait exactement comment me faire jouir. Celui qui a écrit des mots d'amour dans le sable.

Celui qui me connaît par cœur. Celui que je ne suis plus censée aimer.

Il me prend dans ses bras, je n'ai pas le cœur à le repousser. Je l'embrasse, parce que j'en ai envie, parce qu'il me manque. Une douce vague de chaleur m'envahit, un sentiment de sécurité irradie de tout mon corps. Je connais cette sensation. Ce sentiment qui me fait devenir immortelle, cette petite voix qui me dit que plus rien ne compte d'autre que nos lèvres fusionnées, le monde peut bien s'écrouler, il resterait encore notre baiser imprimé partout dans les décombres. On pouvait tout faire sauter ensemble sans rien regretter. On était éternels à deux. Et rien ne pouvait nous arriver. Non, rien. On se sépare. J'avais oublié à quel point il était beau. À quel point il est doux avec moi. À quel point notre couple était parfait.

« Tu vois, me murmure-t-il dans le creux de l'oreille, on est encore bien ensemble. Tu te souviens ? Comment on était heureux ? »

Oui, oui je me souviens. Je me souviens du mensonge. De la haine que j'ai ressentie lorsque j'ai appris, de la tristesse qui m'envahit à chaque fois que je pense à lui. Je me souviens de la manière féroce dont j'ai essayé de l'effacer, de le chasser de mes pensées, lui que j'aimais plus que tout, lui que je pensais être celui avec qui je vieillirais. Je me souviens surtout de ce que je n'ai plus. De tous ces jours enfuis que je ne retrouverai jamais. Je le repousse d'un geste sec. C'est trop pour moi.

« Alice...

— Désolé, Ethan. Mais je… Je ne peux pas. C'était une erreur… Excuse-moi. Je ne voulais pas te donner de faux espoir. Pardon.

— Tu as le droit de changer d'avis, tu sais.

— Merci…

— Ne me remercie pas. Je t'aime, Alice. T'aimer, c'est aussi te respecter. C'est partir quand tu veux que je parte. Alors voilà. Je m'en vais. Mais je ne suis pas loin, tu sais. Si tu as besoin de moi. Si tu veux de moi. Je serai là. Je serai toujours là. Et si ce n'est pas en tant qu'amour, cela sera en tant qu'ami… Un ami qui t'aime de loin. »

Il se retourne une dernière fois avant de partir en courant. Je m'effondre contre le tronc du pommier, scrute le jardin sans vraiment le voir. C'est irréel d'être à l'abri de la pluie sous cet arbre, à l'abri de tout.

« Rien ne se perd
Rien ne reste
Les étoiles de mer
Les filles de l'Est
Rien ne reste
Rien ne se perd
Les marées célestes
Les mots de travers »

Je me relève. Léo m'appelle, et je dois le rejoindre. Ils ont besoin de moi. Mets-toi de côté, Alice, comme tu l'as toujours fait. Il y a plus important à présent. Chanter ne va rien régler. Je cours vers la terrasse, indifférente aux gouttes qui coulent sur mon maquillage, indifférente aux voix qui me disent de rattraper Ethan, de fuir avec lui, de lui pardonner, de tout oublier. Je retrouve Léo en train de repeindre le mur. Les mots sont presque effacés, c'est comme s'il ne s'était rien passé.

« Dis, Alice… On est d'accord qu'Aïcha, elle adorait les glaces à l'italienne quand elle était petite ?

— Oui, c'est ça. Elle les trouvait magiques. Tu pourrais rajouter un voilier, elle a toujours voulu faire le tour du monde en bateau. Et une constellation, celle du loup. C'est sa préférée.

— Tu as raison. Je peux essayer de peindre un oignon dans un coin. Pour son père. »

J'ébouriffe les cheveux de Léo. On va tout arranger. Mais oui. On va tout arranger.

Stephan

Putain de merde. Je peux pas y croire. J'ai fait répéter trois fois Alice pour être sûr de pas comprendre à l'envers, comme je le fais parfois. Tout ça, ça me rappelle de mauvais souvenirs. Ces mois à traîner avec des gars capables de trucs aussi dégueulasses. Des choses si horribles que ça me réveillait en sursaut la nuit. Je tremblais, crachais mes poumons, descendais dans le salon, m'affalais sur les canapés moelleux, allumais la télé pour chasser le visage de Louise qui revenait me hanter. Et pourtant, j'ai été l'un des leurs. J'oublie trop souvent que j'ai été un vrai connard, moi aussi.

« Stephan ? Tu veux bien aller chercher le courrier s'il te plaît ? Tu serais gentil.

— Bien sûr, M'dame. »

Je descends l'escalier. J'ai envie de retrouver les salauds de tagueurs, et de leur mettre une balle entre les deux yeux. Je suis à deux doigts de partir faire une chasse à l'homme, façon *The Hunt*. Mais je me retiens. Je dois pas changer mon comportement. Pas avant d'avoir décidé ce qu'on va faire. Je cours comme un taré sous la pluie pour rapporter ces saloperies de lettres. Mon tee-shirt est trempé et mes chaussures couvertes de boue. Tout ça pour des pubs destinées à des vieux pétés de thunes, des factures énormes pour des trucs indispensables à la vie et deux lettres provenant sûrement de personnes cupides, donnant des nouvelles seulement pour se sentir exister. Je regarde par curiosité le prénom de l'auteur de l'enveloppe rose. Je trébuche sur le paillasson. Je glisse sur un des jouets de Camille et je tombe en me cognant la tête sur un tiroir vieux de trois mille ans.

Louise.

Ma Louise.

Mon cœur bat à toute allure. Je crois qu'il va exploser. Je retiens mon souffle. Je décolle l'enveloppe. Je n'ai pas eu de nouvelle d'elle depuis ce jour où je suis devenu le plus gros enculé que cette terre ait porté. J'allais sortir la lettre, lorsque Sarah déboule comme une furie dans l'entrée. Elle se jette sur moi et m'arrache le papier d'un geste sec.

« Mais putain, qu'est-ce qui te prend ?

— Je ne fais que récupérer ce qui m'appartient.

— N'importe quoi, t'es bigleuse ou quoi, t'as vu le nom ?

— Louise Vincent. C'est une pote à moi, alors donne-moi la lettre, bouffon. Retourne l'enveloppe. Regarde le destinataire, toi aussi tu t'appelles Sarah Delanuit ? »

Je me fige. La mienne, elle s'appelle Louise Watanabe. Quel con. J'ai lu trop vite le prénom. J'ai pris mes rêves pour des réalités. Mais je sens qu'il y a quelque chose d'autre. Quelque chose d'encore plus flippant. Son nom de famille. *Delanuit.* Ça résonne dans mes oreilles comme quelque chose que je connaissais mais que j'ai oublié avec le temps. Je sais pas pourquoi, mais j'ai des flashs de ce nom inscrit dans un journal.

« Attends, t'as dit quoi ? Delanuit ? Ça me dit un truc... Je l'ai sur le bout de la langue...

— Cherche pas.

— Mais si ! J'ai déjà entendu ça quelque part.

— Ça m'étonnerait.

— J'y suis presque...

— Stephan, arrête ! »

À ses mots, je stoppe net. Elle a les larmes au bord des yeux. Elle serre la lettre contre sa poitrine. Elle me fixe comme si j'avais commis un meurtre. Ou que j'avais essayé de la violer. Il y a de la détresse et de la violence dans son regard. Pour une fois, je me résigne. Je suis pas con à ce point.

« OK, OK, du calme. Je suis juste déçu. J'ai cru qu'elle était pour moi, la lettre.

— Pourquoi ? C'est ton ex ?

— Pas du tout. C'est ma meilleure amie. Enfin, c'était.

— Je suis désolée pour toi... Je sais pas ce qui s'est passé, mais elle devait beaucoup compter pour toi. Elle a de la chance de t'avoir. »

Je m'attendais à tout sauf à ça. Sa douceur me surprend tellement que je me mets à tout lui raconter. Sans réfléchir. Sans penser à notre promesse de ne jamais nous dévoiler nos passés. Je lui balance tout, j'essaye de rien oublier, de rien changer. Mon récit avance, je fixe le parquet pour me concentrer. Quand j'ai fini, j'ose enfin lever la tête.

Et je regrette tout de suite. J'ai envie de remonter en arrière, et qu'elle ne sache plus rien de mon passé.

« Stephan... Je pensais pas que... Je pensais pas que t'étais comme ça... Putain, mais qu'est-ce qui t'as pris ? »

Elle me regarde comme si j'étais une pauvre merde. Comme si elle me connaissait pas. Et aucun regard ne m'a jamais fait aussi mal. Je savais pas que ça existait. Je savais pas qu'on pouvait se sentir se faire couper en deux, comme ça.

« Non Sarah... Non Sarah, je te promets...

— Ne m'approche pas !

— Sarah... Non, je t'en prie...

— Je me bats contre les mecs comme toi, tu comprends ? Tu comprends que... Tu comprends que ça change tout ?

— Sarah, reste, écoute-moi... Chaque fois que je pense à ce que j'ai fait, j'ai envie de me flinguer... Pardon, OK ? J'en peux plus de m'en vouloir. Louise a été la seule personne qui a voulu m'aider. Je savais pas que c'était elle ! Je te promets je savais pas. Je savais pas que... Je savais pas... »

Je m'effondre sur le sol. Étrangement, que Sarah me voit pleurer ne me dérange plus. J'ai gardé cette sale tristesse si longtemps en moi. Je n'ai jamais lâché prise. Je chiale, je chiale comme un gosse. Je tremble aussi un peu. Sarah s'approche de moi et s'accroupit. Je me prépare à la douleur que va recevoir ma joue. Mais, elle me prend dans ses bras. Je réussis à articuler encore quelques pardons. Je la serre le plus fort possible. Comme si ça pouvait faire en sorte qu'elle me croie sincère comme ça.

« Si tu es si désolé… pourquoi tu t'es pas dénoncé ?

— Sarah, je me suis dénoncé. J'ai témoigné, les autres sont en prison maintenant… Enfin en préventive, en attendant le procès.

— C'est vrai ?

— Bien sûr que c'est vrai. Je voulais qu'ils payent. Il faut me croire. Je te mentirais jamais. Pas sur ça, je pourrais jamais. »

Elle semble étonnée. Je crois que ça la rassure aussi. Un peu.

« Stephan… Si quelqu'un d'autre m'avait raconté ça, je crois que je lui aurais foutu une sacrée raclée. Mais voilà, il y a un problème. Je te connais. Je te connais, et j'aime déjà trop ta sale tête. Je sais à quel point tu es perdu. J'ai envie de croire en tes larmes. J'ai envie de croire que tu t'en veux. Je vois bien que t'es pas le pire dans cette histoire. T'es pas comme les autres, t'es loin, très loin d'avoir fait la même chose qu'eux, ceux qui sont en prison. En partie grâce à toi, je l'oublie pas. Je l'oublie pas, faut que tu le saches. Sans ton témoignage, ils seraient encore en liberté. J'en suis bien consciente. Et pour moi, ça change tout. Ça change tout, Stephan. Mais ça n'empêche pas que tu as merdé. Tu as vraiment bien merdé sur ce coup-là. »

Elle me serre encore plus contre elle. Je sens sa poitrine se presser contre la mienne. Ça me trouble. J'ose pas respirer. Je veux pas l'interrompre. Je veux pas qu'elle s'arrête de parler. Parce qu'après, la réalité va nous rattraper. On aura toute une vie à vivre. Une vie où elle saura ce que je fous là. Où, quoi qu'elle dise, elle aura maintenant un sacré avantage sur moi.

« Stephan… Moi aussi, j'ai fait quelque chose d'impardonnable. Je vaux bien moins que toi. Beaucoup moins. Si tu savais… Alors, pour le moment, je vais faire comme si cette discussion n'avait jamais eu lieu. Ça vaut mieux pour tout le monde. »

Sarah me tend son petit doigt, en signe de réconciliation. Je souris en reniflant. Parce qu'on a l'air bien fins tous les deux. Évidemment, c'est ce moment que choisit cet abruti de Léo pour se pointer.

« Pardon, je vois que je dérange… »

Et merde. Merde, merde, merde. Une embrouille de plus à gérer. Il faut vraiment qu'il arrive à ce moment-là, alors qu'on se tient dans les bras ? J'hallucine.

« Vous montez au grenier ? Faut qu'on discute de ce qui s'est passé. Et de ce qu'on décide de faire.

— Quoi ? Il s'est passé quoi ? »

Sarah nous regarde. Les sourcils froncés. Un petit pli se forme entre les deux. La pauvre. On lui épargne rien, ici. Avec tout ça, j'ai oublié de lui expliquer pour la menace.

« Alors ? Il s'est passé quoi ? Stephan ? Tu m'expliques ?

— Vaut mieux que tu restes assise, je crois. Et évite de cogner le mur. J'suis pas sûr qu'il tienne le coup, cette fois. »

Camille

C'est Léo qui m'a dit de rester enfermée dans la tour. Au début, j'ai pas compris pourquoi. Mais après, il m'a expliqué qu'ils me préparaient une surprise, alors j'étais contente. Je me demande ce que ça peut bien être. Mon anniversaire, c'est pas tout de suite. Peut-être qu'ils veulent m'emmener quelque part. Dans un parc d'attraction sûrement. Oui, ça doit être ça. Je suis trop excitée pour jouer maintenant. Je me vois déjà dans les montagnes russes, celles pour les grands. J'ai pas peur, moi. On dirait pas, mais j'ai peur de pas grand-chose. Je sors une grande feuille pour dessiner. En ce moment, j'aime bien dessiner des scènes de ma vie ici. Pour pas les oublier. Stephan qui réveille Sarah avec un seau d'eau glacé. Alice qui m'apprend à faire des grues en papier coloré. Léo qui recoud ma robe de fée Clochette. Aïcha qui me lit un conte tous les soirs avant de m'endormir. Mince. Je dois faire pipi. J'ai dû boire trop de jus d'abricot. Je suis obligée de sortir. Tant pis pour la surprise. Je marche jusqu'aux toilettes et, tout à coup, je croise Aïcha dans son bureau rose. Elle est au téléphone. Elle a pas l'air très heureuse. Elle a l'air même plutôt fâchée. Peut-être que le parc d'attractions est complet.

« Non, Madame, elle ne changera pas d'avis. Hum… Non, je ne suis pas là pour la changer, c'est à vous d'accepter. Hum, hum… Eh bien, si c'est ça que vous attendez d'elle, je crains qu'elle ne doive rester là pour toujours. Oh, vous voulez me coller un procès ? Mais allez-y. On verra bien ce que dira le juge. Mais mon petit doigt me dit qu'il sera de mon côté, croyez-moi. Je vous rappelle que c'est vous le problème, pas elle. Attendez, vous vous fichez de moi ? Après tout ce qui s'est passé, vous ne pouvez pas dire ça ! Enfin, c'est ridicule… Votre fille est à côté de moi, je vous la passe ? Vous êtes sûre ? Juste quelques mots… Je ne vous demande pas de la revoir… Juste d'échanger quelques mots… C'est dur pour elle… Non, madame, je ne pense pas que ce soit dur pour vous. Au revoir. »

Aïcha shoote dans un tas de *Spirou.* J'entre dans le bureau pour les ramasser. Moi, j'aime bien *Spirou.* C'est très pratique pour les collages. Je veux pas qu'ils soient abîmés.

« Ma chérie. Viens là. »

Je m'assois sur la chaise qui est juste en face de son bureau. Elle est marrante, quand on appuie sur un bouton, elle se met à descendre d'un coup et ça fait des guilis dans le cœur. Aïcha me prend la main. Les siennes sont très belles, j'aime bien leur couleur caramel. Ses cheveux aussi sont très beaux. Parfois, elle me laisse les coiffer. Je n'écoute pas ce qu'elle va me dire. Je le sais déjà.

« Tu vas devoir rester ici encore un bout de temps, je crois. »

Sarah

Léo me fixe depuis qu'il m'a vue avec Stephan.
D'habitude, il évite tout contact avec moi,
je me demande pourquoi.
Il doit aimer être seul.
Dommage.
Je pourrais venir lui parler.
Mais je n'ai jamais l'impression que c'est le bon moment.
Il a toujours l'air ailleurs.
Et moi,
je n'ai toujours pas réussi à comprendre
comment j'ai pu rêver de lui
sans le connaître.
J'ai fouillé dans ma mémoire trouée
sans pouvoir démêler
le songe
du réel.
J'ai bien cette image
de nous deux
sous un érable grillé par l'été,
s'échangeant des secrets
que j'ai maintenant oubliés.
On ne prenait pas en compte

la foule d'enfants
autour de nous,
ni nos pères
nous observant à peine.
Un instant comme découpé
aux ciseaux de gaucher
qu'on collerait
sur un carnet de souvenirs.
Un instant que j'ai sûrement inventé.
Je regarde Alice croiser ses bras,
comme pour se donner plus d'importance,
plus d'autorité.

« Bon. Maintenant que vous êtes tous là, je pense qu'on peut commencer à parler de ce que Léo et moi on a découvert. D'ailleurs, merci Léo d'avoir tout recouvert à temps. »

Léo marmonne un « de rien » à peine audible.
Il s'est placé au fond du grenier,
juste en dessous d'une toile d'araignée.

« Et je vais vous répéter ce que j'ai dit à Léo. Je pense qu'il faut qu'on prévienne Aïcha. C'est le choix le plus sûr. Elle décidera de ce qu'il faut faire. Les menaces la concernent. Elle doit être au courant.

— Et moi je pense qu'il faut qu'on enquête, et qu'on aille leur péter la gueule en représailles. Ou, je sais pas, au moins leur faire peur. Leur montrer qu'on se laisse pas faire. Sinon, ils vont revenir. C'est une question d'intimidation.

— Stephan, moi vivante, on ne fera jamais ça. C'est non. Je pose mon veto. C'est beaucoup trop dangereux. Et enquêter ? Tu entends ce que tu dis un peu ? Tu te crois dans *Riverdale* ou quoi ? »

Stephan et Alice commencent à se disputer.
Stephan argumente pour qu'on lance
une opération « vengeance »
comme il dit.
Alice essaye de le raisonner.
Je n'ose pas intervenir.
Tout se mélange dans ma tête,
Je n'arrive pas
à réfléchir.
Je ne sais pas quoi faire.
Je suis encore trop secouée
par ce que m'a confié Stephan.
Je ne sais pas ce que j'en pense,
et je déteste ça.
« On ne va rien dire. »
C'est Léo qui a parlé,
d'une voix rauque qui lui va bien,
qui me fait frissonner.

« On ne va rien dire, parce que, sinon, ça va attirer des problèmes aux mauvaises personnes.

— Qu'est-ce que tu veux dire par là ? »

Alice se retourne vers lui,
Bidule dans ses bras,
Stephan assis près d'elle,
contre l'accoudoir

du fauteuil en cuir défoncé.
C'est vrai qu'ils vont bien ensemble
dans leurs différences.
Les deux faces
d'une même pièce.

« Ce que je veux dire, c'est que si on lui dit pour les menaces, elle préviendra la police, pas vrai ? On la connaît. Elle voudra qu'on soit en sécurité. On sera renvoyés chez nous pour les uns, Dieu sait où pour les autres. Une enquête sera ouverte, j'en sais rien, je sais pas comment ça marche. Quoi qu'il en soit, on sera séparés, ça, c'est sûr et certain. Mais je veux pas prendre ce risque. Je veux pas qu'on parte d'ici. Je veux qu'on reste ensemble. Ça peut paraître égoïste… Mais on est là pour guérir. Et si on n'est plus là, je crois qu'on reviendra à la case départ. Et c'est pas ce qu'on veut. C'est pas ce qu'Aïcha veut non plus… Si on parle, c'est eux qui gagnent. On partira, on fera exactement ce qu'ils nous demandent… Et j'en ai pas envie. J'en ai vraiment pas envie… »

Alice n'avait pas pensé à ça.
Elle plonge sa tête
dans le pelage de Bidule
qui ronronne de plaisir,
comme si ça allait l'aider à réfléchir.
« D'accord. On ne dit rien. »
Léo lève
ses yeux transparents
vers moi,
ses yeux qui me sourient,

ses yeux qui me disent merci,
merci pour tout.
Mais il ne me doit rien.
Il n'a pas à me regarder comme ça.
Il a raison.
C'est tout.
Si Aïcha perd ce projet,
alors ils gagnent.
Et ça, je crois que personne ne peut le supporter.

« Je suis d'accord avec vous deux, lance Stephan. On n'a pas besoin des flics, on peut se défendre tout seuls. De toute façon, à mon avis, ça n'ira pas plus loin, ils ont pas assez de couilles pour ça. Vaut mieux garder ça pour nous. Elle a déjà trop de soucis à se faire avec nos sales têtes. Tu marches avec nous, Alice ? »

Alice mordille
la peau de son pouce,
semble hésiter
encore un peu.
Elle est butée Alice.
Quand elle a une idée en tête,
elle lâche rien.
Elle me ressemble
sur ce point-là.

« C'est d'accord. Mais au premier autre truc suspect, je vous préviens, je lui dirai. Je lui dirai tout, et personne ne pourra rien y faire. Compris ? Et comme dit Stephan, avec un peu de chance, ça s'arrêtera là. Ça n'ira pas plus loin. Et à ce moment-là, autant qu'Aïcha n'en sache jamais rien. »

Je sens soudain
ma respiration
se bloquer.
Une multitude de poussières
se collent
aux parois
de ma gorge.
L'air
semble
m'échap-
per,
mes poumons
plus
d'air
Je
tousse,
sans
fin.
Ils
se rapprochent
de moi,
mais
je n'entends
pas
ce qu'ils
disent.
Ils cherchent
mon Airomir.
Dans mon sac à dos noir

imprimé de méduses,
près de l'ordinateur rond vert pomme
à disposition dans le grenier,
dans la cuisine
fleurie.
Sur ma table de nuit,
jonchée de pages
du manuscrit sans titre
que je garde secret,
que personne n'a lu jusqu'alors.

En plein milieu
de ma crise d'asthme
je les aide à chercher.
Enfin, je fais semblant.
Je ne veux pas leur révéler
qu'il est en réalité sur la caisse
remplie de carnets à dessin.
Je ne leur dirai rien.
Pas tout de suite.
Pas encore.
Parce que je le mérite.
Chaque crise
est une sorte de punition.
Je sais bien
que je ne devrais plus
être en vie.
Que c'est injuste
que je sois encore

de ce monde.
À cause des quarante-trois.
Autant de personnes qui ne sont plus,
qui ont été éjectées violemment de leur vie.
Autant de personnes
qui rêvaient d'ailleurs,
d'avenir meilleur
ou seulement de doux lendemains.
Sans vagues.
Ni tempêtes.
Juste un jour paisible de plus.
Rien d'autre.
Autant de personnes
qui ne se souciaient pas de l'issue,
qui poursuivaient leur route
sans penser
à leur destination finale.

Autant de personnes

mortes

par ma faute.

Aïcha

JOURNAL DE BORD

Pensées du matin :

Voyez-vous ça. En trois semaines, ces cinq-là se sont soudés comme jamais je ne l'aurais espéré. Ils se protègent. Prennent soin les uns des autres. Ils se disputent parfois, je le vois bien. Mais j'ai l'impression qu'ils pourraient mourir les uns pour les autres. Tuer pour les autres. C'est à la fois réjouissant et inquiétant. Comment ils vont faire quand ils sortiront d'ici ? Quand l'été sera fini ? Est-ce qu'ils peuvent vivre seuls, désormais ? Je savais bien que c'était le risque de les réunir. J'essaye de pas trop y penser, de voir les progrès qu'ils font jour après jour, sans songer au lendemain. Et je crois qu'eux aussi fonctionnent comme moi.

Liste de scènes attendrissantes que je ne veux pas oublier :

– Léo qui recoud le jogging de Stephan. Stephan qui l'enlace pour le remercier.

– Alice et Sarah qui font le mur pour s'offrir un bain de minuit. En pensant que je ne le remarquerais pas.

– Alice et Camille qui passent un temps infini à observer les poissons dans la mare.

– Sarah malade. Stephan est resté toute la journée à son chevet, à faire des imitations pour l'amuser.

– Camille qui raconte ses jeux imaginaires à Léo, Léo qui écoute vraiment.

– Stephan apprend à Léo à jouer au basket. Léo lui avait confié qu'il était nul au collège, et que ça l'avait beaucoup complexé. Les autres sont arrivés, on a fini par faire un match à trois contre trois. Des cris de joie emplissaient toute la cour.

– Un soir, il faisait bon sur la terrasse. Alice a commencé à chanter avec sa guitare. Camille a dansé avec Léo. Stephan et Sarah se sont mis en tête de se lancer dans des chorégraphies façon *Danse avec les stars.* Léo avait l'air jaloux de cette proximité des esprits et des corps entre eux. Il n'a pas osé l'inviter à danser, pourtant, ça se voyait qu'il en mourait d'envie.

Je suis témoin de leurs sentiments naissants. Ce n'est pas mon rôle de m'en mêler. Mais, je ne peux pas m'empêcher de me demander ce qu'il ressortira de tous ces bouillonnements adolescents. Je me revois au même âge, ne sachant pas quoi faire de tout cet embrasement. Un regard échangé pouvait me faire tenir des semaines.

Qui sait. Peut-être que des peines de cœur leur feront du bien.

Ils se sentiront comme des ados normaux, au moins.

Compte rendu de l'atelier collage

Sur une même feuille, chacun à tour de rôle devait ajouter des images découpées dans un magazine :

– Léo a choisi des tableaux qu'il aimait, trouvé dans un article sur les impressionnistes.

– Camille a pioché dans un catalogue de jouets.

– Alice a inséré des citations qu'elle trouvait inspirantes, type développement personnel.

– Sarah a trouvé des photographies inspirées d'Hopper.

– Stephan a combiné plusieurs images farfelues, un ministre de la justice, un chiot avec un kiwi sur la tête, des personnages de la série *Squid Game* et de *One Piece*.

On a accroché le collage dans l'entrée.

Il était moche, ça, on ne pouvait pas dire le contraire.

Mais ils en étaient fiers.

Léo

« Léo ? Je peux m'assoir ici une minute ? »

Je relève la tête du poulpe ensanglanté que je suis en train de dessiner. Je suis surpris de trouver Aïcha dans ma chambre. Elle ne vient jamais me voir d'habitude. Pas ici en tout cas. Ce matin, elle porte une tunique bleu azur qui cache l'intégralité de ses jambes. Elle s'est maquillée, mais très légèrement, un peu de rouge à lèvres rose et de mascara noir, rien de plus.

« Oui, bien sûr. »

Elle s'installe au bord de mon lit encore défait, range mon pyjama rayé sous mon oreiller pour mettre un peu d'ordre, se penche vers mon bureau pour mieux voir mon cahier.

« C'est sombre, ce que tu dessines.

— Oui, peut-être. Je ne fais plus vraiment attention.

— Tu devrais. »

Je me tourne vers elle et son regard d'ambre, celui qui ressemble à s'y méprendre aux yeux de Soraya. En plus apaisé, peut-être. Aïcha me fait l'effet d'une danseuse étoile qui aurait raccroché et qui pourtant ne regretterait pas ses années de gloire, préférant inspirer de nouvelles ballerines à la place de se désoler du temps perdu.

« Je vais te raconter quelque chose. Quand mes parents ont quitté le Liban, je n'avais que cinq ans. Je n'ai rien vu des fusillades, des attentats. Je me souviens un peu des bombardements, mais tout est assez flou. Une fois en France, quand mes parents parlaient de la guerre, il n'y avait rien de dramatique dans mon cœur d'enfant. Cela ne résonnait pas en moi. Enfin, c'est ce que je me disais. Des années plus tard, j'ai vu un feu d'artifice. À l'instant où la première fleur a explosé, j'ai commencé à trembler. Ce soir-là, j'ai fait ma première crise de panique. Depuis, je tremble au moindre bruit trop fort. C'est pour ça que je me suis installée ici. C'est tranquille. »

Aïcha embrasse ses doigts et effleure les murs au papier peint couvert de cèdres.

« Le corps se souvient toujours, tu sais. Il faut l'écouter. »

Aïcha m'administre une petite tape sur l'épaule avant de s'en aller vers la cuisine pour préparer le déjeuner. Des brochettes de poulet mariné aux abricots du marché, me précise-t-elle, avant de disparaître dans le couloir. Je regarde mes dessins, les examine comme je le ferais avec une œuvre que je devrais analyser pour les cours, comme si elle ne m'appartenait pas. Je frissonne. Comment j'ai pu être aussi aveugle ? Mon père est partout. Ses yeux, ses mains, sa silhouette, l'alcool, les falaises, ses vêtements, le sang, la mer, sa moustache, la mallette, l'Ardèche, tout me ramène à lui. Tout. Je reste longtemps immobile, à contempler mon carnet. Et je cours. Je cours, ignorant Stephan qui me crie dessus alors que je le bouscule pour aller plus vite encore, qui me demande ce que je fous là, ce qui se passe dans ma putain de tête, alors que moi-même je n'en ai aucune idée. Je cours à travers le jardin, dépasse la rivière où Stephan a fait semblant de se noyer, passe le rocher où Sarah a encore laissé un livre à moitié entamé, traverse un champ de blé et de ronces mêlés. Je ne sais plus où je suis. Je continue. Je pense à mon père qui est la cause de tout, à ma mère qui m'a abandonné avec lui, à Aïcha qui m'a fait voir que je suis encore plus obsédé par ce jour que je ne le pensais. Tout se confond dans ma tête. Je me dis bien sûr, pauvre con, que t'es responsable. C'est bien toi qui as tué ton père. Puis je me raisonne. Je me dis que je n'ai pas eu le choix, que c'était inévitable.

On a toujours le choix.

Je m'arrête soudain, intrigué par une voix. L'entendre me fait revenir les pieds sur terre. Je regarde autour de moi. Un lac entouré de cerisiers se dresse devant mes yeux. J'ai sûrement dépassé les limites du jardin. La voix reprend. Je scrute l'allée de rosiers blancs, tente de distinguer l'origine de ces éclats de rire que je perçois non loin de là. Je suis à deux doigts de perdre espoir lorsque je la vois. Je la reconnais tout de suite. C'est elle. La fille de la plage. La fille de mon tableau, celui que je n'ai jamais fini et que j'emporte partout depuis. J'y vois un signe. Je refais le chemin inverse à toute vitesse, je photographie le paysage pour pouvoir retrouver mon chemin lorsque je reviendrai. Car oui, je lui donnerai ce tableau. Qu'importe si ce n'est pas vraiment elle. Qu'importe si elle me remercie en serrant les dents, une main sur le téléphone prête à le dégainer pour appeler les secours au moindre geste suspect de ma part. Qu'importe si elle le brûle, si elle le fout à la cave. Qu'importe si cela ne change rien pour moi. Je dois le faire. C'est tout. Le corps se souvient toujours. C'est quand on commence à l'écouter qu'on peut guérir.

Une fois à la maison, je m'enferme dans ma chambre. Je m'imprègne de son visage qui est toujours là, quelque part, que je n'ai pas oublié. Je sors la toile en retenant mon souffle. Et je peins. Sans réfléchir. Sans penser. Automatiquement. Je me détache de moi-même. Je laisse mes mains me guider. Je leur fais confiance. Quand je donne le dernier coup de pinceau, quelque chose cède en moi. Et en m'écartant de la toile pour une ultime vue d'ensemble, je prononce ces mots à voix haute, pour moi-même, pour Aïcha aussi. Pour mon père surtout.

« Encore un pas en avant. »

Alice

Je chante. Je chante le refrain de la chanson que j'ai écrite, *Oh Millie*, et je ne sais pas quoi penser. Je chante pour nos trois semaines passées ensemble. Pour ces menaces effacées, mais bien présentes dans nos cœurs. Je chante pour Sarah qui semble s'absenter parfois, comme si quelqu'un avait éteint sa lumière intérieure, que j'imagine vacillante mais tenant toujours bon, pour revenir aussi joyeuse qu'auparavant. Pour Léo qui a peint cette fille si semblable à Esther. Pour Camille qui attend devant le téléphone des heures durant, l'espoir débordant de ses grands yeux noisette, puis finit par abandonner, apportant cependant ses jouets tout près du combiné. Pour Stephan qui me trouble. Je chante. Je ne sais même plus quoi désormais. Un chant dénué de sens, à l'image de mon existence, un chant mêlé de nostalgie et d'une violente envie de grandir.

« Waouh ! Tu chantes trop bien ! »

Mon sang se glace. Camille est déguisée en pirate devant moi, ses Polly Pocket à la main. Deux choses que je ne peux plus supporter. Deux choses idiotes qui me rappellent mon passé. Je ne peux plus tenir. Mon sang se glace, des gouttes de sueur coulent dans mon dos, ma mâchoire me lance. Je m'enferme à temps dans les toilettes pour vomir.

Je me débarrasse de tout. Même si j'ai l'intime conviction que je vais réussir à guérir un jour, ces crises me mettent à terre à chaque fois. Elles me rappellent que le chemin est long. Et que tout l'espoir du monde ne suffit pas toujours. Je ressors une heure plus tard, lorsque je sens que mon envie de vomir est passée. En la cherchant sans le vouloir près du téléphone fixe, je tombe sur Camille qui colorie une image imprimée de Raiponce coiffant d'interminables cheveux. Je lui adresse un sourire timide pour lui signifier que je vais mieux. Je descends lentement dans le salon, une main sur le visage pour me cacher du soleil éblouissant à cette heure de la journée. Je passe devant le piano laqué que personne n'utilise, effleure du doigt l'absence de poussière sur la bibliothèque en bois et m'effondre sur les coussins qui recouvrent le canapé. Stephan est là lui aussi, lisant, portant son jogging kaki et son débardeur blanc cassé. Il me jette un petit regard intrigué avant de reprendre sa lecture. L'impensable me frappe soudain. Stephan lit. L'information doit tourner plusieurs fois dans mon esprit pour que je puisse la digérer.

« Bah, Stephan, ça va ? T'es malade ? Ah, non, je sais, on t'a échangé avec ton double angélique.

— Vas-y, continue, t'es très drôle…

— Non, sérieux, qu'est-ce qui te prend ? »

Stephan se redresse, pose son roman sur ses genoux, faisant bien attention à marquer la bonne page. Il n'ose pas plier le papier, comme s'il n'était pas digne d'abîmer un livre, que c'était un sacrilège qu'il n'osait pas commettre.

« C'est la faute de Sarah ! Elle m'a provoqué en disant que je tiendrais pas trente secondes en lisant un bouquin. Alors j'ai relevé le défi. Elle m'a passé ça, *Au nom du bien*, en me disant que j'allais kiffer. Et tu sais c'est quoi le pire ?

— Tu as des migraines ?

— Elle avait raison, l'emmerdeuse. Je suis à fond, là. C'est génial. Elle a trop bon goût. Ça craint. »

Je me lève et lui donne un baiser sur la joue. Je ne sais pas ce qui me prend. Je repars en roulant des fesses, comme je savais si bien le faire pour attirer l'attention d'Ethan, quand je le sentais trop perdu dans ses pensées. Je me sens désirée. Et cette sensation est délicieuse. Comme si, pour la première fois depuis longtemps, je pouvais imaginer une histoire avec quelqu'un d'autre. Comme si Ethan n'avait jamais vraiment compté.

Stephan

Je ne trouve plus mon portable. En un mois, je n'ai reçu que quelques messages faux-culs de gars de ma classe que je connais à peine et une dizaine de mon père qui me donne de ses nouvelles. Il ne me demande jamais comment je vais. Ce connard n'a jamais pensé qu'à lui. Même pas capable de retenir ses pulsions de dégénéré. Même pas capable d'aimer sa famille. Même pas capable de faire semblant. Ma mère, elle ne m'a rien envoyé. Comme si mon père suffisait. Comme si lui et elle n'étaient qu'une seule putain de personne. Mon cœur commence à battre trop vite. Comme le jour de la menace de mort. Cette histoire, elle me rend dingue. C'est incompréhensible. Merde, ça peut pas finir comme ça. J'ai besoin de savoir la suite. Je sais, Louise, je crains. Je ne pense qu'à moi. Qu'à mes petites envies de merde. Je ne réfléchis même pas aux risques, focalisé sur mon petit feuilleton. Comme la fois où j'ai défoncé cette vieille télé parce que mon personnage préféré avait crevé. Mon père est descendu en courant dans le salon. J'ai vu dans ses yeux qu'il essayait de se retenir. Qu'il aurait voulu me buter, là, sur le carrelage. Que c'était tout ce qu'il souhaitait, ce dont il rêvait, qu'il aurait réalisé son vœu le plus cher en me fracassant le crâne. J'ai attendu. Ça finissait toujours par s'arrêter. Il suffisait juste de pas se mettre à chialer. C'est une règle que j'avais apprise très vite. Quand il est parti, ma mère s'est approchée de moi. Elle m'a caressé la joue et est repartie dans sa discussion sur l'augmentation du prix des laitages avec sa pote. Je me suis toujours demandé si, au fond, je ne lui ressemblais pas. Si, moi aussi, je vivais si simplement. Si, comme elle, je laissais faire sans un bruit, sans réagir. Si j'étais aussi lâche qu'elle.

« Stephan ? Ça va ? »

Aïcha entre dans le salon. Ses cheveux sont ramenés en chignon. Je lève la tête, histoire de voir si elle est pas accompagnée. Mais non. Elle est seule, on dirait.

« Ouais, nickel.

— Je suis allée chercher le courrier. En chemin, j'ai trouvé une chose très intéressante.

— Ah ouais ? »

Pendant un instant, je me sens tomber sans fin. Les tagueurs se sont encore manifestés. Elle a tout découvert, rien qu'en lisant dans mes yeux. On va partir, quitter cet endroit incroyable. Je devrai retourner dans mon putain de quotidien. Je redeviendrai cet enculé que je déteste, ce connard qui ne fait rien de sa vie, qui attend juste que les jours passent en espérant trouver de quoi s'occuper. Je ne verrai plus Sarah, ni cette gamine si attachante, ni ce snob de Léo avec qui je n'ai pas assez passé de temps. Ni Alice.

« Tu vas pas me croire, mais tu avais oublié ton portable dans le jardin ! Non mais quelle tête en l'air… Bon, au moins, ça me rassure, ça veut dire que vous êtes bien ici.

— Merci, Aïcha… Oui, c'est vrai que je l'avais complètement oublié. De toute façon, je ne reçois plus vraiment de messages.

— Tu es sûr ? Parce que j'ai cru voir que tu avais une notification… Je dis ça, je dis rien. »

Et elle s'éloigne avec un air malicieux. Je m'attends à voir un texto de Sarah, à ce qu'elle me fasse une blague ou qu'elle me provoque par message. Faut dire qu'elle est drôle, Sarah, j'ai jamais vu quelqu'un avec autant de repartie. Et d'un coup, mon cœur saute dans ma poitrine. Le nom de Louise est inscrit sur l'écran. Je me pince. La douleur se diffuse dans tout mon bras. C'est bien réel. Putain, c'est bien réel. Louise a pensé à moi. Eh merde. Et si son message était rempli d'insultes ? Et si ça allait me donner envie de me flinguer de lire ça ? Peut-être que je délire. Peut-être bien qu'elle va me dire qu'elle me pardonne. Qu'elle ne m'en a jamais vraiment voulu. Que je suis toujours sa girafe. Je le supporterais pas. Je mérite pas tout ça. Je veux juste qu'elle me reparle. Comme avant. Pas qu'elle oublie. Après quelques secondes, je me risque à ouvrir le message. Je fonds en larmes sans le vouloir. Du Louise tout craché. Elle sait dire exactement les choses que j'ai besoin d'entendre. Je chiale, de la morve coule de mon nez. J'ai l'impression d'être un gamin de quatre ans. Aïcha me sourit. Je ne ressens aucune honte. Au contraire, je suis content qu'elle me voie comme ça. Qu'elle comprenne que je suis pas qu'un gosse paumé insolent et provocateur. Que je peux éprouver de la tendresse, moi aussi. Ça, trop de monde semble l'avoir oublié.

Je sors de la pièce. Je me répète en boucle cette simple phrase. Ces mots qui ont tant de sens pour nous deux. Ces mots qui veulent rien dire.

« *Il a recommencé à faire beau là-haut.* »

Les dire à voix haute, ça fait redoubler mes larmes.

Camille

« Allo ? Mamie ?

— Allo ? Comment ça va, ma petite prune ? Tu te plais ici ? Les autres ils sont toujours aussi gentils avec toi ?

— Oui, très. Je suis bien ici. On fait plein de jeux. On travaille aussi, mais j'aime bien. C'est mieux qu'à l'école. Aïcha elle fait bien à manger, et elle m'apprend plein de trucs. C'est la personne la plus intelligente du monde. Alice, elle m'aide beaucoup aussi, tu sais. Sarah et Stephan, ils se disputent tout le temps, mais c'est marrant. Et Léo il dessine tout ce que je lui demande. Il dessine très bien les présidents.

— C'est bien. Je suis très contente pour toi, mon lapin.

— Dis…

— Oui, ma puce ?

— Tu viens quand ?

— Je croyais que tu étais bien, ici…

— Oui. Mais ça serait encore mieux avec toi… Mamie ? Allo, Mamie ?

— Oui, je suis là. Écoute… C'est difficile pour moi de venir, d'accord ? J'ai… J'ai quelques petits soucis de santé. Ne t'inquiète pas, c'est pas grand-chose, d'accord, mon cœur ? Je dois prendre encore un peu de force avant de m'occuper de toi de nouveau, tu comprends ?

— Et après ?

— Quoi, après ?

— Quand tu auras retrouvé des forces. Je vivrai chez toi ? Je reviendrai jamais chez mes parents ?

— …

— Hein ? Quand est-ce que je retournerai à la maison ?

— Je ne sais pas, mon cœur… Je ne sais pas. »

Sarah

Je peux savoir pourquoi vous évitez de vous tenir dans la même pièce que moi ? Je fais si peur que ça ? Avouez, vous flippez. Vous avez peur. Peur que j'explose. Peur à chaque fois que vous me croisez. Je vois bien comment vous me regardez. Vous pensez que je vais me barrer. Que je peux m'enfuir à chaque seconde. Je vous terrorise, je le sais. Vous savez pas quoi faire de moi. Vous ne cessez de me fuir. Mais, moi, je ne le ferai pas. Je ne tenterai même pas de m'évaporer. Parce qu'au fond, ça vous ferait trop plaisir. Ça vous rassurerait. Vous vous sentiriez moins parano. Moins à côté de la plaque. Vous pourriez enfin vous dire que vous aviez raison depuis le début. Mais vous n'en direz rien. Si on vous interrogeait, vous raconteriez votre incompréhension. Votre trouble. Vous expliqueriez que j'avais toujours l'air calme. Personne n'aurait pu prévoir ça. Comme tout le monde, vous me pleureriez. Même si, pour vous, je serais à jamais cette pauvre fille qui ne voulait pas être aidée. Rien de plus.

C'est le genre de choses que j'aurais aimé lui dire.
Le genre de choses qui me passaient par la tête.
Je ne sais pas trop pourquoi.
Je l'aime, pourtant, Aïcha.

Vraiment.

Mais je crois que j'ai des excès de violence en moi.

Même pour ceux que j'aime.

Peut-être aussi parce que je me trouve dans un bureau.

Que ça me rappelle
les séances interminables d'interrogatoires,
à choisir mes mots soigneusement
à chaque question posée.

Aïcha finit par relever la tête
de son livre sur le cinéma sud-coréen.

« Oui, Sarah ? Tu voulais quelque chose ? Tout va bien ? »

Tu te fous de moi ? Tu crois que quand on porte cette gueule, quand on doit supporter d'être moi, on va bien ? Sérieusement ? Parce que chaque jour qui passe, lorsque je me regarde dans le miroir, et que je vois la gueule d'échec que je porte tous les jours, j'ai envie de me fracasser la tête contre le mur. Je sais faire qu'une chose, crier que je ne suis qu'une lâche, que je suis coupable. Puis après, je regarde mon corps, et je me demande bien qui serait assez fou pour pouvoir le toucher un jour. Et puis après, je me dis que si j'ai quelqu'un un jour, il me trouvera pas assez bonne au lit, je le sucerai pas bien, je le branlerai pas bien, je serai pas assez étroite, enfin, j'en sais rien, alors il me trompera, et ça me brisera. Et pourtant, la vie est belle. C'est ça, le pire. Elle est putain de cruelle, mais pour rien au monde je la quitterais. Je me tuerai pas, j'en ai pas envie. Comme si je pouvais pas vivre pour les autres. Comme si la vie ne se résumait qu'à moi. Non, ce dont j'ai vraiment peur, c'est de savoir qu'un jour je me laisserai tomber. Tu appelles ça les phobies d'impulsion, mais moi je sais que c'est plus profond que ça. Je m'approcherai de la fenêtre ouverte, sans réfléchir, avant de sauter sans la moindre hésitation, un magnifique sourire sur mes lèvres. Comme si c'était la seule issue possible. La seule manière de me racheter.

« Oh oui tout va bien. Cool Raoul. À l'aise Blaise. Tout ça, tout ça.

— Tu es sûre, Sarah ? Je suis là pour toi, tu sais. Tu peux tout me dire. N'importe quoi. Tout ce qui te passe par la tête. »

Elle a une drôle de façon
de prononcer mon nom.
Comme si elle n'était pas sûre
qu'il m'appartienne,
qu'elle doutait de ma présence.

« Aïcha… Je me demandais… Pourquoi vous avez créé cet endroit ? Je veux dire, qu'est-ce qui vous a décidé ? »

Aïcha attrape
un oiseau en verre bleuté
sur son bureau en bois,
elle se lève pour le reposer
sur une étagère poussiéreuse.

« J'ai fait des études de psycho. Mon diplôme en poche, j'ai bossé dans un hôpital, puis avec des foyers, pendant des années. Mais, au bout d'un moment, j'ai commencé à faire un burn-out. J'avais l'impression de ne faire de progrès avec personne, je voyais tellement d'ados, si tu savais… Impossible de faire un véritable suivi, la plupart des jeunes, je ne les voyais que quelques fois et je n'avais plus aucune nouvelle d'eux. Tout est devenu très abstrait. Et puis, il y a eu un suicide dans un des foyers avec lequel je travaillais. On a eu beau me dire que ça arrivait, que ce n'était pas de ma faute, moi j'ai eu l'impression que je n'avais pas eu l'occasion de lui donner le temps qu'il méritait, parce que mon planning était déjà trop chargé. J'ai compris que je ne pouvais aider personne en profondeur, pas dans ces conditions-là en tout cas. Je me suis alors dit que je préférais m'occuper bien de cinq jeunes que de mille en surface. Je me suis jamais mariée. J'aime ma propre compagnie. Mes parents ont mis du temps à accepter qu'ils n'auraient jamais de beau-fils, ni de petits-enfants. Ils m'en veulent pour ça, je le sais bien. Mais j'apprécie ma vie comme elle est, avec ma maison, mon chat, mon jardin immense. J'en ai eu des aventures. Mais rien de sérieux. J'aime trop ma liberté pour ça. Et cette liberté m'a permis d'imaginer un lieu comme celui-ci. J'avais les diplômes, j'avais ma maison, j'avais les autorisations. Il ne me restait plus qu'à dénicher des parents d'accord pour placer leurs enfants ici, le temps d'un été. Trouver des jeunes qui avaient besoin de mon aide. »

Les yeux d'Aïcha
se perdent dans le vide,
comme si elle cherchait des choses invisibles
dans les rayons de soleil
qui se posent sur les livres de sa bibliothèque.

Elle semble se ressaisir,
elle attrape un manuel de mathématiques
pour préparer les exercices
qu'elle va donner à Stephan.

« Et puis la grand-mère de Camille m'a parlé de son cas. Cette pauvre femme a un cancer. Camille ne le sait pas, et elle ne doit rien savoir. Je lui ai proposé de l'accueillir, le temps de son traitement. Je me suis rendu compte qu'elle allait avoir besoin de compagnie. C'est ça qui m'a vraiment décidé, pour être honnête. Le reste est venu naturellement. Ma nièce m'a parlé de Léo, mon oncle d'Alice, mon amie de fac de Stephan, mon filleul de toi. Tout est parti de Camille. Et maintenant, vous voilà. »

Elle plante son regard dans le mien.
Pour une fois,
j'ai envie de me dire
que je suis digne de le soutenir.
Que je le mérite.

« Oui, nous voilà.

— Sarah. Tu sais, si tu veux parler de ta mère, je suis là.

— Est-ce que les autres viennent se confier sur pourquoi ils sont ici ?

— Oui. Pas à la même fréquence, mais on discute de leurs traumatismes, bien sûr. Vous êtes aussi là pour ça, tu sais.

— Qui en parle le plus ?

— Léo. Puis je dirais Camille et Stephan. Et après Alice. Tu es la seule à ne pas avoir prononcé un mot sur le sujet.

— Je ne veux pas parler de ce que j'ai fait.

— De ce que tu as fait ? Qu'est-ce que tu entends par là ?

— Oui, ce que j'ai fait.

— Sarah…

— Non, putain, Aïcha. C'est non. Je ne veux pas aborder ce sujet, ni aujourd'hui, ni demain, ni jamais. Tu peux… Vous pouvez pas me forcer. Je dois affronter ça seule. C'est ma punition, d'accord ? C'est comme ça que je fonctionne depuis un an, alors laissez-moi faire.

— Et ça t'as réussi, tu crois ? »

Je sais qu'elle pense
à ma TS.
Je ne veux rien en dire.
Je n'ai pas réfléchi, c'est tout.
J'ai sauté, j'ai pas réfléchi.
Pourquoi personne comprend ça ?
Je m'apprête
à claquer la porte
mais quelque chose
me retient.
La pudeur,
l'angoisse de l'après,
le respect,
oui, c'est ça, le respect,
et puis, un peu d'espoir aussi.

« Je veux pas en parler. Mais peut-être qu'un jour j'y arriverai. »

Aïcha

JOURNAL DE BORD

Compte rendu de l'exercice : raconter quelque chose qui vous rend fier ; dans votre passé, puis ici et aujourd'hui

– Avant :

Léo

De ne jamais avoir arrêté de peindre. De m'être accroché. Malgré tout.

Sarah

Ma première garde à vue. C'est bête, mais ça a été comme une sorte de médaille pour moi.

Alice

Une fille se faisait embêter par un homme un soir. J'ai fait comme si j'étais son amie qui la croisait par hasard. Et je l'ai raccompagnée jusque chez elle.

Camille

D'avoir toujours été gentille avec ma grand-mère. J'ai jamais fait de caprice. Jamais.

Stephan

Une fois, j'ai gagné un concours de poésie, dans mon école primaire. J'ai cru qu'ils s'étaient trompés. Mais non. J'étais fier. Si fier.

– Ici et maintenant :

(long silence avant qu'ils se lancent)

Léo

Pour la première fois, j'ai réussi à peindre des mains. Vos mains, plutôt, parce que vous m'avez servi de modèle, vous avez accepté de poser pour moi. Avant, je me débrouillais pour les cacher, ou alors je les ratais. Je suis fier de ça. Je n'y serais pas arrivé sans vous.

Sarah

Arrêter de cacher les miroirs de la salle de bains quand je prends ma douche.

Alice

La discipline me fait du bien. Chaque matin, je m'oblige à faire de la méditation, à pas regarder mon portable. Et je vois les effets. Je vois que j'atteins un état de sérénité.

Camille

J'ai enfin réussi à faire mes lacets ! C'était drôle comme moment, parce que tout le monde m'applaudissait, comme si j'avais gagné un match de foot ! C'était chouette.

Stephan

Devenir l'idole de chacun. (rires) Non, juste vous rencontrer. C'est tout. D'avoir réussi, je sais pas, à pas me braquer, pas trop je crois. Avant de venir ici, je croyais que j'allais chez les dingues, honnêtement. Alors, j'étais parti du principe que j'allais pas m'ouvrir, que vous alliez rester que des connaissances. (silence) Mais en fait, on est bien plus que ça.

Léo

« Léo ? Oh, Léo ? C'est pas possible d'être tout le temps dans la lune à ce point-là. Je te promets, je n'ai jamais vu ça. C'est pas pour te vexer, hein. C'est pour toi. Sois un peu avec nous. Je veux dire, vraiment. Ça te fera du bien. »

Je lève les yeux vers Alice et son chapeau de paille. J'essaye de ne pas être vexé par sa remarque, par ce ton maternel qu'elle utilise avec moi. Qu'est-ce que ça peut lui faire, si je préfère les silences aux cris, le calme aux tempêtes ? Elle voit pas que je suis en train de lutter contre l'agitation ambiante ? Que je suis pas à l'aise, là, dans ce marché où on s'alpague, où on se serre, où la foule peut nous emporter à n'importe quel moment ? Elle voit pas que je me concentre pour pas craquer face à tout ce bruit ?

« Enfin, bref. Je te demandais d'aller choisir des fruits avec Sarah.

— Avec Sarah ? Tu veux dire, que nous deux ?

— Oui. Allez, courage. Faites pas trop de bêtises.

— Je vois pas de quoi tu parles…

— Change un peu de disque, tu veux ? Ça commence vraiment à me taper sur les nerfs. »

Alice se dirige vers Camille, sa liste de courses raturée à la main, qui vient de faire tomber son panier rempli de parts de tarte à l'abricot, de fromage blanc au coulis de fruits rouges, de mangue séchée, de parts de cheesecake à l'Oreo et d'assortiments de macarons multicolores. Alice prend tellement son rôle de leader à cœur qu'elle saisit des expressions d'Aïcha sans s'en rendre compte. Je rejoins Sarah qui rêvasse à l'ombre du stand de savons de Provence. On ne s'est jamais retrouvés seuls tous les deux, et cette idée me terrifie. Ça me rappelle mon amour de collège. J'étais dingue d'un mec, Mathis il s'appelait. Je n'ai jamais eu le courage de l'aborder. Je l'observais en silence, terrorisé à l'idée de lui parler. Je voulais qu'il me remarque. J'ignorais s'il aimait les garçons. Chez moi, la bisexualité a toujours été une évidence, je n'ai jamais cherché à la combattre, ni la renier. Pourtant, je n'en ai parlé à personne. Je n'avais pas d'amis. Pas de père capable de m'écouter. Une fois, j'ai dû accompagner Mathis à la vie scolaire. Je n'ai pas réussi à décrocher un mot.

Sarah me lance un petit regard en coin, l'air embarrassé, mais avec une légère excitation dans les yeux, comme s'ils pétillaient finement. Je rougis, bien conscient qu'elle est la seule à me faire ressentir quelque chose. La seule qui me sort de cette sensation de flotter loin de la réalité, depuis que j'ai tué mon père. On marche en silence parmi les étals de miel, de saucissons et de confitures. Je réfléchis à toute vitesse, essaye de trouver des choses intéressantes à lui dire. Je bredouille un vague « il fait beau aujourd'hui », et elle hoche la tête en guise de réponse. Alors qu'on arrive devant le marchand de fruits frais, un vieil homme passe près de nous, hilare, le pas lourd et fort. Il bouscule brutalement Sarah au passage, comme ça, sans aucune raison. J'aurais aimé lui courir après pour l'obliger à s'excuser, mais je remarque que Sarah est en train de perdre l'équilibre. Elle ferme doucement ses paupières, son corps se détend, prête à affronter la douleur. Cette attitude chez elle me trouble. Elle ne cherche même pas à se rattraper. Elle n'esquisse pas le moindre geste pour amortir sa chute, comme si elle se résignait. Je jette mon panier de légumes par terre, m'empresse de la rattraper. Je vis la scène au ralenti. Quand Sarah ouvre les yeux, elle braque un regard rempli d'incompréhension sur moi. Elle me sourit, comme si elle n'attendait que ça, d'avoir quelqu'un qui l'empêche de tomber. Je sais ce que je dois faire, là, tout de suite, si je veux donner un sens nouveau à ma vie. Je la serre contre moi. Je devrais être terrifié, mais je la prends dans mes bras, comme si ce n'était pas la première fois. Je sens les battements de son cœur se mêler aux miens dans un vrombissement sourd. On reste longtemps ainsi. Des passants s'arrêtent pour nous observer. Mais je n'en ai strictement rien à faire de tout ça aujourd'hui. Je sais bien que rien ni personne ne peut perturber cet instant. Ce moment parfait. Je me demande quelle expression a le visage de Sarah alors que sa tête est enfouie dans ma poitrine. Peut-être qu'elle est honteuse. Que si elle me serre si fort, c'est pour disparaître, se fondre en moi et ne plus jamais exister dans le regard des autres. Peut-être qu'elle a peur. Que je la terrorise comme ces pauvres gens dans le métro gueulant qu'ils veulent être aimés. Au bout d'un moment, elle se décide à lentement se dégager de moi. Elle se dirige vers l'étal de fruits, impassible. Elle me tourne le dos. Et tout se tait autour de nous, comme si la foule s'était mise d'accord pour m'offrir cette minute de calme et me permettre d'enfin me lancer. J'inspire longuement. Il faut que je lui dise. C'est maintenant ou dans un futur qui ne sera jamais aussi parfait que ce qui se passe au marché à présent.

« Je ne suis pas fou, hein ? Je veux dire, on s'est bien déjà croisés avant, non ? »

Elle se retourne doucement. Sa robe noire couverte de fleurs rouge sang claque contre ses jambes. Un sourire flotte sur ses lèvres rosées.

« Je crois bien, oui. »

Elle accélère le pas. S'arrête tout de suite. Et me murmure ces mots :

« Je crois aussi qu'on est bel et bien fous. »

Alice

Je le retrouve là, planté au milieu de la foule, un sourire béat illuminant son visage. De le voir aussi heureux, aussi vivant, ça me donne envie de chanter.

« Alors, vous avez choisi quels fruits ?

— De quoi des fruits ? »

Il se frappe soudainement la tête avec sa main.

« Ah oui, mince. On a oublié, désolé. »

Il faut absolument que j'interroge Sarah. Ce matin, alors qu'on rentrait de l'une de nos balades matinales dans le jardin, je lui ai raconté mon plan pour les laisser seuls tous les deux, au marché.

« Si tu fais ça, t'es morte.

— Et après, tu me dis que tu n'éprouves rien pour lui…

— Mais tu te rends pas compte, enfin, c'est malaisant ! Ah, putain, pourquoi je dis un mot que je déteste !

— Change pas de sujet, Sarah. Ouvre les yeux. T'es dingue de lui.

— Mais toi tu as un gros problème, t'es une putain de grande malade, en fait. C'est quoi cette obsession, là ? On ne tombe pas amoureux comme ça aussi vite. Pas moi, en tout cas.

— Et tu ne veux pas passer plus de temps avec lui ?

— Bien sûr, mais bon…

— Tu vois, je te l'avais dit.

— Mais, qu'est-ce que tu racontes ? Y a pas que l'amour dans la vie, l'amitié, c'est très bien aussi.

— Mais c'est le seul avec qui ça ne va pas de soi. Le seul qui te fait rougir. Fais pas cette tête, c'est normal de ressentir ça quand on crush sur quelqu'un.

— Je ne recherche pas la normalité.

— Ah, oui. Tout le contraire de moi. »

« Alice, on fait quoi, du coup, pour les fruits ? »

En avisant l'énorme file d'attente devant le stand, je lui fais signe de laisser tomber. Léo semble encore plus absent que d'habitude. Il est encore en train de rejouer la scène qui s'est déroulée quelques minutes, secondes peut-être, avant mon arrivée. Je sens mon portable vibrer dans la poche de mon pantalon rose taille haute, mon préféré. Je le sors difficilement, jongle avec le panier rempli de fromage frais, de paella, de boulettes de viande et d'aubergines rôties. J'ai deux messages, le premier d'Aïcha, qui me dit qu'elle part devant avec Camille et Sarah et qu'elle me laisse le soin de raccompagner Léo. Le deuxième de ma mère. Je clique avec appréhension, je redoute toujours ses textos. Elle s'inquiète trop, sans jamais oser entrer dans le vif du sujet. Je crois bien qu'on n'a jamais vraiment parlé de ma maladie, juste toutes les deux. Mon père, lui, c'est le contraire. Il est toujours en alerte, me demande chaque jour un compte rendu détaillé de la journée que je remplis sérieusement. Il me fait croire que tout va bien se passer, et j'ai envie de l'écouter.

« C'est qui ?

— Ma mère. Elle demande des nouvelles. La routine, quoi. »

Mais quelle idiote. Dire ça à un mec qui a perdu sa mère, c'est pas la meilleure idée du siècle.

« Oh, c'est pas ce que je voulais dire…

— C'est pas grave. »

Léo secoue la tête, ne semble pas troublé par mes paroles. Comme si évoquer le sujet ne lui faisait rien.

« Elle te manque, des fois ?

— Ma mère ? Non, pas vraiment. On ne peut pas éprouver du manque pour quelque chose qu'on n'a pas connu.

— C'est ce que tu racontes à Aïcha pendant vos rendez-vous ? Qu'elle ne te manque pas ?

— C'est différent. Il y a des choses que je ne peux dire qu'à elle. Des choses que seule une psy peut comprendre.

— C'est drôle, je ne vois pas vraiment Aïcha comme une psy.

— Pourtant, c'est ce qu'elle est. Et une très douée, en plus. Je ne sais pas pour vous, mais elle m'aide beaucoup, tu sais.

— Oui. C'est vrai, tu as raison. Mais, tu peux nous confier des choses, à nous aussi. Tes doutes, tes peurs… On est là pour ça, non ? »

Il ne répond pas. Il n'y a rien à répondre à cela, je suppose. Soudain, j'aperçois une silhouette dans la marée d'inconnus.

Ou plutôt c'est son regard posé sur moi qui m'interpelle.

Dur, glacial.

Dénué de la moindre émotion.

Un regard que j'ai déjà croisé quelque part.

« Léo, regarde, là, c'est un des tagueurs !

— Quoi ? Mais comment tu peux le reconnaître ?

— Son tatouage sur l'épaule, c'est le même. »

À ces mots, Léo fonce dans les allées étroites qui mènent à la place de la fontaine. Quand j'essaye de le rattraper, il est déjà trop tard, je l'ai perdu de vue. Qu'est-ce qui lui prend de vouloir jouer au héros tout à coup ? Avec son corps de crevette, il est bon qu'à se faire casser en deux. Je marche au hasard dans les rues. Mon regard inquiet parcourt les moindres recoins du périmètre. Je commence à sentir la panique monter en moi, elle vient battre contre mes tempes, je déteste ça. Je dois rester calme si je veux le retrouver. Ou, pire, si j'ai besoin de lui venir en aide. Au bout de cinq minutes j'aperçois enfin Léo. Il est recroquevillé sur lui-même près d'une poubelle qui s'est déversée sur le pavé. Et il saigne.

Stephan

Je reste longtemps assis sur le banc. Juste comme ça. À rien foutre. Cette sensation si familière. Pourtant, tout est différent. Il y a un mois, j'aurais eu la nausée. L'impression que je passais à côté de ma vie. Que ça ne devait pas se passer comme ça. Aïcha m'a dit que je pouvais rentrer à pied à condition que j'arrive à la maison pour treize heures. J'aime cette liberté qu'elle nous donne. Elle a confiance en nous. Je me mets à courir. Tellement vite que je ne sens plus le sol. J'ai l'impression qu'on passe notre vie à faire ça, nous cinq. Comme si en s'élançant assez vite, on pouvait remonter le temps et retrouver ce que nous avions perdu. J'arrive devant la barrière qui annonce le début du jardin. Je choisis d'emprunter le chemin des fantômes. C'est Camille qui a trouvé le nom. C'était il y a deux ou trois jours. On a échappé à la surveillance d'Aïcha après vingt-et-une heures avec les autres pour mater les lucioles de l'étang aux pruniers. On était bien. Mais Alice s'est soudainement mise à hurler et à se griffer le visage. Ça m'a fait tellement mal au cœur de la voir comme ça. On l'a assise par terre, on lui a donné de l'eau, on savait pas quoi faire d'autre pour la calmer. Son regard s'est perdu dans le vide pendant au moins une minute, rien à faire, on pouvait pas la réveiller. C'était flippant. On n'aurait pas dit Alice. On aurait dit quelqu'un d'autre. On allait appeler Aïcha, quand elle s'est réveillée. Elle nous a rassurés, elle nous a raconté que ça lui arrivait, parfois, de faire des malaises vagaux, qu'il fallait pas s'inquiéter. Elle nous a dit qu'elle avait cru voir des potes de son ancien groupe de musique, et que ça l'avait stressée. Elle nous a avoué qu'ils étaient en vacances dans le coin. Elle a eu l'air soulagée d'en parler. Camille a demandé s'ils ressemblaient à des monstres pour qu'elle crie comme ça. Alice, elle a pris un air étrange qui m'a perturbé. Elle nous a dit que c'était plus des revenants qu'autre chose. Je me suis mis à réfléchir. Est-ce que ses potes lui avaient fait quelque chose ? Est-ce que c'est à cause d'eux qu'elle est ici ? Mais qu'importe. Depuis, dès qu'on passe dans le coin, on se met à hurler comme des gamins. On répète : « Au secours, à l'aide, arrêtez d'enculer des mouches – ça, c'est plutôt moi et Sarah, en fait –, venez nous sauver. Vous voyez pas qu'on est en train de mourir ? »

C'est incroyable à quel point un truc aussi stupide peut nous faire marrer. On est désespérés à ce point ?

Quand j'ai vu Alice rentrer avec Léo qui pissait le sang, j'ai senti quelque chose exploser dans ma poitrine. J'ai tout de suite repensé aux tagueurs, à ces fils de pute de racistes. L'un d'entre eux avait attaqué Léo, ça pouvait n'être que ça. J'entendais à peine les explications d'Alice. Je pensais qu'à buter ces enculés. Elle a beau me répéter qu'il a juste glissé et s'est cogné la tête contre le bitume en essayant de rattraper l'un de ces salauds, je ne l'écoute pas. Je ne la crois pas. Je ne peux pas le croire. Je me mets à foncer. Alice essaye de me rattraper, de me raisonner. C'est peine perdue. Je vais le retrouver. Trouver où il crèche et le défoncer à coups de batte. Je lui crèverai les yeux. Je lui ferai bouffer sa cagoule. Quand j'en aurai assez, je foutrai le feu à la baraque. Rien à foutre qu'il ait des gosses. Rien à foutre s'il est aussi brisé que nous. Aucune excuse que ce monde de cons pourrait justifier. Alice finit par m'attraper. Elle m'entoure de ses bras. Elle essaye de me retenir. Je continue de me débattre mais elle tient. C'est quand je l'entends chialer que je me calme. D'un seul coup. Je n'éprouve plus rien. Putain, Louise, qu'est-ce que je fais ? Je peux pas m'empêcher de tout faire exploser, hein ? Je n'ai pas changé. Je changerai jamais. On se regarde dans les yeux. Et je l'embrasse. Elle se laisse faire. Sa bouche s'ouvre, elle répond à mon baiser. Je ne sais pas ce que je ressens. Ça ne devrait pas se passer comme ça, quelque chose ne va pas, je ne sais pas quoi.

Elle finit par me repousser.

Pourquoi arrêter ? On attend ce moment depuis le début, non ? Tous ces sourires, ces rires, ces confidences pas si secrètes que ça finalement, ne peuvent que déboucher sur ça, je me trompe ? N'est-ce pas, Louise ?

« C'est parce que je suis plus jeune que toi ?

— Écoute, Stephan, je suis désolée. Vraiment.

— Mais, l'autre jour tu disais que l'âge n'avait pas d'importance…

— Pour une fois, Stephan, écoute-moi jusqu'au bout. Je t'en prie. Juste pour une fois, ne reste pas bloqué sur ton avis. Je suis désolée, OK ? J'ai un copain. Enfin, j'avais, mais c'est... C'est dur de l'oublier. Je suis perdue en ce moment, je ne sais pas où j'en suis. J'ai besoin d'un peu de temps. Je suis vraiment désolée. »

Elle s'éloigne pour rentrer dans la maison. Je ne prends pas le temps de lui dire que j'attendrais. Toute une vie, s'il le faut. Parce que je sais plus quoi faire d'autre.

Camille

« Aïcha ???

— Putain, Camille, tu sais bien que la vieille fait sa sieste !

— Ah oui, c'est vrai. Pardon, je suis désolée.

— C'est bon, c'est bon. Tu voulais demander quoi ?

— Stephan ?

— Ouais ?

— Ça veut dire quoi « insensé » ?

— C'est quelque chose qui est dépourvu de sens.

— C'est-à-dire ?

— Bah, qui a pas de sens, quoi.

— Ah… »

Je ne vois pas bien son visage. Il le cache derrière sa grosse casquette de rappeur moche.

« Mais, Stephan ?

— Putain, quoi encore ?

— Le sens, ça veut dire quoi exactement ?

— Bah, euh… Comment dire, c'est quand, euh… Et puis merde, tu vois bien.

— Pas grave, oublie. C'était pour tester un truc.

— Et c'est quoi, ton truc ?

— Je voulais savoir si on parlait comme dans les Disney dans la vie. Je voulais savoir si on avait vraiment des réponses *philosopophiques* avec des discours ultra-longs quand on demandait le sens d'un mot qui est un peu, tu vois, *philosopophique*.

— Camille ?

— Oui ?

— Des fois, tu me fais peur. Mais dans le bon sens du terme.

— C'est gentil, merci. Mais bon, je pensais que tu allais être méchant avec moi, que tu te moquerais de moi, que tu...

— Casse-toi, toi ! Et vite ! Si tu veux pas que je te mange ! »

Stephan sort de sa poche des fausses dents de vampire jaune fluo en plastique et il se met à quatre pattes pour me poursuivre. On descend les escaliers en courant, on fait les fous. Stephan fait semblant d'être un loup-garou. C'est pas très crédible, vu qu'il a des dents de Dracula, mais bon je dis rien, parce qu'on rigole bien. Il faut que je trouve une cachette. Je choisis ma chambre. Je décide de prendre le coffre pour le mettre contre la porte. Il y a plein de Lego, de poupées, de faux ustensiles de docteur dedans. Il est trop lourd, alors je laisse tomber. Mon cœur bat fort comme du roquefort. J'ai l'impression d'avoir pris une machine à remonter le temps. Je suis revenue dans le passé, je joue avec Papa au méchant ogre, je sais qu'il m'attaque que pour de faux. Que mon papa, il pourra jamais me faire de mal. La porte s'ouvre, je retiens mon souffle, bien cachée sous ma couette qui sent bon le yaourt à la vanille. C'est bizarre. Je ne reconnais pas le pas de Stephan. J'ai appris à connaître le son de chacun, leurs pieds font pas la même musique, j'ai fini par remarquer. C'est mon super-pouvoir à moi. Les yeux fermés, je peux tout deviner. Mais là, je n'y arrive plus. La personne s'approche. Et si c'était Papa et Maman ? Peut-être que c'est pour ça que je ne reconnais pas leur pas. Ça fait longtemps que je ne les ai pas vus. J'ai peut-être oublié. Je sens la couverture se soulever tout doucement. Je n'ose pas ouvrir les yeux.

« Camille, je te trouve enfin !

— Aïcha ? Tu joues à cache-cache toi aussi ?

— Avec toi, je joue toujours à cache-cache, j'ai l'impression…

— Il est où, Stephan ?

— Je lui ai demandé d'aller réviser son histoire. Il faut qu'on répète la formule magique. On l'a pas encore fait, aujourd'hui. Tu es prête ? »

Je mets ma main contre mon cœur. Il paraît que ça marche mieux, comme ça. Je me demande bien pourquoi.

« Rien n'est de ma faute. Rien n'est de ma faute. Rien n'est de ma faute. Rien n'est de ma faute. Rien n'est de ma faute. Rien n'est de ma faute. Rien n'est de ma faute. Rien n'est de ma faute. Rien n'est de ma faute ! »

Sarah

Je sors de la douche.
Alice me lance un clin d'œil,
elle me balance sur le lit,
surexcitée.
Elle déboutonne sa chemise
à la manière d'une stripteaseuse,
elle répète en imitant vaguement la voix de Léo :
« Oh, Sarah,
je t'aime tellement, Sarah,
embrassons-nous au marché,
oh, Sarah ».
Je la laisse faire.
Ça l'occupe
de croire
que je suis amoureuse.
J'ai aimé être avec lui.
J'ai aimé
qu'il me prenne dans ses bras.
J'ai aimé
cette sensation de calme
dans la poitrine.
Quelque chose

s'apaisait
se taisait.
Mais ça ne veut rien dire.
Ça ne veut rien dire.
Une fois en pyjama,
je descends au deuxième étage,
pour toquer à la chambre
de Léo.
Qu'est-ce que je vais bien
pouvoir lui raconter ?
Putain, qu'est-ce qui me prend ?
Venir le voir comme ça,
dans sa chambre,
en pleine nuit,
alors que je n'ai cessé d'essayer de l'éviter
jusqu'à présent.
Je crois
        que j'ai peur
                de vivre
                        quelque chose
                                de trop lourd
                                        pour ce cœur.

Ce cœur
qui vient à peine
de commencer
à cicatriser.
J'ai du mal à accepter
qu'il essaye de se régénérer
tout seul

au contact de ceux
que j'aime plus que tout.
Mon cœur n'est plus en cavale.
Mon cœur est affranchi.
Mais moi, moi, je n'y crois pas.
La plaie
            va se rouvrir
                        bientôt.
Trop tôt.
« Sarah ? »
Camille est là,
debout devant moi.
Les yeux rougis,
elle serre la poupée anglaise
qu'Alice lui a achetée au marché.
Sa petite main agrippe
le bas de ma chemise de nuit.
Sans chercher à comprendre
pourquoi elle est si fragile,
je lui prends la main.
Elle me laisse la guider
jusqu'au salon.
Je lui prépare
un chocolat chaud fumant
dans sa tasse préférée.
Celle qu'elle a rapportée de chez elle,
avec une photo d'elle imprimée dessus,
bébé,
vêtue d'un pull bleu marine,

les cheveux courts,
souriante
dans les bras de son père.
Sa mère en arrière-plan
mime une pose
de top model.
Tellement d'amour se dégage de cette simple photo.
À chaque fois que je la surprends
en train de la contempler,
des envies de meurtre me prennent.
Cela fait trop pour une si petite personne.
Je finis par le lui rendre,
ce foutu mug brûlant à la con.
Je fouille dans la pile de DVD de la semaine,
écarte *Oseam*,
Titanic,
L'Odyssée de Pi
et *Bambi*,
je trouve enfin ce que je cherche.
« *Kiki la petite sorcière*, ça te va ?
— C'est parfait. Ça fait longtemps que je l'ai pas vu.
— Combien de temps ?
— Au moins deux semaines. »
Je me blottis contre elle.
Je l'écoute commenter
ses scènes favorites.
Elle m'indique quels nourriture,
maisons,
vêtements,

— surtout la nourriture, en fait —,
elle aimerait posséder en vrai.
Je me revois au même âge,
regardant en boucle
Charlie et la chocolaterie.
Je me cachais sous la couette
dès que venait la scène
où Violette Beauregard
se métamorphose en myrtille.
Les transformations non consenties
me terrorisaient.
Camille s'est endormie,
des larmes bordent son visage
de poupée fatiguée,
sa tête sur mes genoux.
Je lui caresse les cheveux
je me dégage doucement
pour m'éloigner
sur
la pointe
des pieds.

Et puis.

Et puis il y a ce trou noir qui envahit mon esprit, qui obscurcit tout. Je ne vois plus rien pendant quelques secondes, je sens mon corps bouger, mais je ne sais pas ce que je fais, j'ai plus le contrôle de rien. Des flashs me viennent en tête, des cris me traversent, je vois des éclats de verre, j'entends les bips d'un cathéter, des étoiles tombent du ciel, les arbres chantent ou pleurent, je ne sais plus très bien, je vois un homme violer Camille, je me vois tuer son agresseur, lui tirer une balle dans la tête, comme si j'avais fait ça toute ma vie, je suis bonne qu'à ça, qu'à décharger de la violence, alors autant tout lâcher, ne plus rien retenir.

Et le brouillard se dissipe.
Enfin.
Et il y a moi
qui ne peux que contempler
la tasse
que je viens
de briser sur le parquet.
Il y a moi
qui me penche sur leurs visages fracturés,
les pauvres faces démantibulées
de ces parents
qui ont abandonné leur fille.
Je les regarde.
Je leur crache dessus.
Avec la terrible impression
qu'ils se ressemblent plus ainsi,
souillés et sales.
C'est ce qu'ils méritent.

C'est peut-être ce que moi aussi,
je mérite.

Aïcha

JOURNAL DE BORD

Liste de moments privilégiés avec les cinq :

– J'ai remarqué que Sarah avait un penchant pour les tasses, les belles céramiques, les services à thé. On s'est donc rendues dans un vide-grenier, je lui ai confié un budget, et je lui ai dit que j'avais toute confiance en elle. Elle a fait de belles trouvailles. Une théière en forme de maison, une assiette décorée de mandarines et de colibris, une tasse ornée de lapins en salopette, des coquetiers cerfs et corbeaux, ainsi qu'un plateau turquoise imprimé de citrons et d'oranges. Une fois rentrées, on s'est amusées à trouver une place à chaque objet. Ça nous a occupées une bonne partie de l'après-midi.

– Un soir, j'ai sauté avec Camille sur le trampoline. Ça m'a fait un bien fou, alors elle m'a demandé pourquoi je ne le faisais pas plus souvent. « Je ne vais pas sauter dessus toute seule, je suis trop vieille. » « Et alors ? C'est pas une raison, non ? Si t'en as envie. Et puis, personne ne te regarde. Tu peux faire ça en secret. » Depuis, je vais sauter tous les matins.

– Avec Stephan, on a fait un marathon de thrillers coréens. *Parasite, Dernier train pour Busan, The Murderer, The Chaser*… Si j'avais le temps, j'écrirais un mémoire sur le sujet. Stephan était juste intrigué au début. À la fin, il s'est mis à argumenter sur les codes du genre, m'expliquer comment tel réalisateur s'inscrivait dans une lignée ou innovait. Je lui ai dit qu'il devrait se renseigner sur des études de cinéma. Il a répondu qu'il y réfléchirait.

– Ma voiture est tombée en panne. J'ai commencé à la réparer, j'ai toujours eu la fibre mécano. J'ai la fibre pour beaucoup de choses, je dois dire. Un peu touche-à-tout. Alice était intriguée par ce que je faisais. Elle a voulu apprendre, alors on est restées toute la matinée dans le garage. Deux semaines plus tard, quand ma voiture a encore fait des siennes, c'est Alice qui a pu la remettre sur pied toute seule.

– Léo est venu me voir. Il m'a demandé de lui apprendre à dessiner des cartes. Je lui ai donné des cours particuliers. La cartographie est ma passion depuis toute petite. Je pouvais passer des heures le nez dans mes atlas. Alors, partager ça avec lui, ça a compté. Beaucoup compté.

Léo

On s'absente de plus en plus, Sarah et moi. On se lance un regard et on est partis. On marche jusqu'à la bibliothèque, nos mains s'effleurent simplement du bout des doigts, comme si on craignait de se toucher plus. Elle me conduit vers tous les livres qu'elle a aimés, je l'écoute pendant des heures me parler de chacun d'eux avec des étoiles dans les yeux.

« Pourquoi tu aimes autant lire ?

— Lire nous aide à comprendre le monde. Lire, c'est comme avoir droit à des vies supplémentaires. Je pense que, quand je mourrai, je me sentirai remplie. Parce que j'aurai assez lu, assez vécu.

— Je n'avais jamais pensé comme ça. Pour moi, lire, c'est échapper au monde, pas tenter de le comprendre. C'est un refuge. C'est, je sais pas, partir loin. C'est synonyme de fuir.

— L'un n'empêche pas l'autre, tu sais. »

Et elle me sourit. On sort une heure plus tard, les bras chargés de romans et de promesses. Quand je lui propose d'illustrer quelques scènes de sa dernière lecture, la fossette de sa joue droite apparaît aussitôt.

« Tu ferais ça pour moi ?

— Bien sûr. Si ça te fait plaisir. »

Elle se met à tousser, je lui tapote doucement le dos en lui caressant les cheveux. Je lui tends l'Airomir que je garde toujours sur moi pour elle, et elle m'adresse alors un regard qui me fait me sentir invincible. Parfois, c'est moi qui l'entraîne vers des coins inconnus du jardin, la laisse se moquer de moi quand j'avoue en bougonnant qu'une fois de plus je me suis perdu. Je crois bien que je fais exprès, au fond. Pour prolonger ces moments passés avec elle.

Un jour, Sarah et moi trouvons une bouteille de vodka recouverte de poussière, oubliée dans un coin du garage. On se la partage, sans prévenir les autres, on commence à pouffer pour un rien, nos épaules se touchent, on regarde des sketchs sur son portable, je lui montre mes humoristes préférés. Et quand elle rit aux éclats, je me sens fier. Je n'ai qu'une envie, la voir sourire, encore et encore. J'ai envie de la rendre heureuse. L'alcool me monte à la tête, les couleurs deviennent plus éclatantes et je sens que les mots m'échappent.

« Tu es vraiment proche de Stephan. Parfois, je me demande s'il n'y a pas quelque chose entre vous. »

Je regrette tout de suite d'avoir bu. J'ai peur d'avoir tout gâché, juste pour une ivresse passagère. Sarah évite mon regard, comme si elle avait dessoûlé d'un coup.

« Non, tu te trompes. On s'entend très bien, c'est tout. Et puis, de toute façon, il est sur Alice. »

Je devrais en profiter pour changer de sujet, me contenter de sa réponse, mais j'ai l'impression de m'être transformé en ces gens dans les métros qui se lancent dans des logorrhées, en espérant que quelqu'un en saisira le sens caché.

« Je le pensais, au tout début. Mais j'en suis plus très sûr, maintenant. Je vois bien comment il est, quand il est avec toi. Il ne regarde pas Alice comme ça.

— N'importe quoi, tu te fais des idées. Ils se sont embrassés. Ça s'est mal fini, mais quand même. Et elle lui a dit de l'attendre. Ça veut dire quelque chose, non ?

— Si tu le dis. »

Dans un moment de lucidité, je lance un clip parodié du Palmashow, Sarah laisse échapper un petit rire, et tout semble être oublié. Quand je la vois partir pour rejoindre les autres en fin d'après-midi, j'ai l'impression que nous nous sommes manqués trop longtemps. Je pense à toute la vie que je dois rattraper avec elle. Je n'ose pas penser à notre futur. Je vis au jour le jour, un pas devant l'autre, pour éviter de tomber. Je lance un dernier regard à Sarah avant de rejoindre la solitude de ma chambre. La vérité, c'est que j'ai peur. L'idée de lui faire du mal un jour me pétrifie. Et au fond de moi, je sais que je finirai par la briser. Comme mon père. Comme ma mère. Et comme tous ceux que j'ai aimés un jour.

Alice

« Il fait chaud
La plupart du temps
Les cigales meurent
Meurent et pleurent
Les fourmis se promènent
Sur les pots de confitures
Ouverts sur la table
Et je souris

Mais toi
Toi tu n'es plus là
Tu es partie
De cette vieille maison
Qui hurle
Qui hurle, qui crie
Je t'attends
Tu ne pars jamais trop longtemps

Il pleut
La plupart du temps

La cheminée crépite
Crépite et s'ennuie
Une odeur de cannelle
Flotte dans l'air
Moite de l'automne
Et je souris

Mais toi
Toi tu n'es plus là
Tu es partie
De cette vieille maison
Qui hurle
Qui hurle, qui crie
Je t'attends
Tu ne pars jamais trop longtemps

Il neige
La plupart du temps
J'ai froid
Si froid de n'être plus avec toi
La couverture jaune
Ne me suffit plus
Pour me faire croire
Me faire croire que c'est toi

Mais toi
Toi tu n'es plus là
Tu es partie

De cette vieille maison
Qui hurle
Qui hurle, qui crie
Je t'attends
Même si je sais
Que quand tu pars
C'est toujours pour longtemps. »

Stephan

Salut Louise,

Je sais ce que tu vas te dire. Tu vas examiner cette lettre une vingtaine de fois, les yeux écarquillés sous tes lunettes trop grandes. Tu vas te marrer nerveusement. Vérifier que cette adresse est bien la mienne. Hausser les épaules en soufflant. Te répéter que je n'ai rien compris. Que je n'aurais pas dû te répondre. Que tu n'aurais finalement jamais dû m'envoyer un signe. Mais voilà, c'est trop tard. Ça m'a fait un bien fou. Je me suis rendu compte à quel point tu me manquais. À quel point je te parle sans me rendre compte. Je pense à nos après-midi au terrain vague. À quand on faisait nos devoirs ensemble. On se marrait bien.

Je sais que je suis un connard, un salaud, un fils de pute qui mérite de se tirer une balle dans la tête, de s'empaler sur une pique rouillée, de s'arracher le cœur et de se le faire bouffer. Que jamais tu ne pourras me pardonner. Alors, même si tu m'accueilles en me jetant des pots de fleurs à la tronche, même si tu me gueules dessus tout ce que tu rêves de me dire, même si tu ne me laisses pas prononcer un mot, j'ai quand même envie de te voir. Je ne peux pas supporter un jour de plus sans entendre ta voix cassée. Sans t'écouter parler des heures de séries que, je t'avoue, je n'ai jamais regardées. Sans te voir fuir mon regard. J'ai rencontré des gens formidables cet été. Je te promets, je les aime trop, je pensais pas que c'était possible, de s'attacher aussi vite. J'aimerais tellement que tu les connaisses. J'ai hâte que tu me cries dessus. Hâte de t'avouer en chialant toutes les horreurs que je pense de moi.

À bientôt, j'espère.

Ce con de Stephan.

Camille

« Allo ? Maman ? Papa ? Pff, je suis trop bête, je suis sur messagerie, vu que vous ne me répondez jamais. Je sais que je ne devrais pas faire ça. Je sais bien que j'ai pas le droit de faire ça. Que vous, vous devez *accepter,* comme le dit Aïcha, avant de me revoir. Mais vous me manquez trop. Même si vous me détestez, moi je vous aime. Je n'ai jamais arrêté de vous aimer. Vous savez, même quand vous étiez méchants avec moi, même quand vous me parliez mal, je vous aimais quand même. Je vous aimais comme vous étiez. Je sais, cette phrase, elle fait un peu « clichée », comme dirait Sarah, même si je sais pas trop ce que ça veut dire, mais bon, elle est vraie. Vous, dès que vous avez appris mon secret, vous m'avez abandonnée. Je pensais que vous aviez raison. C'était moi le problème. Aujourd'hui, grâce à ma nouvelle famille, je sais que c'est faux. C'est comme ça que je devrais vous appeler : « mes anciens parents ». Vous savez, j'arrête pas de refaire une histoire dans ma tête. Vous vous rappelez, quand vous me répétiez que je serais toujours votre enfant à vous, votre petit bout de chou ? Pourquoi vous avez menti ? Je croyais que je serais toujours avec vous, moi. C'est comme ça que ça marche, les parents, normalement. Papa ? Maman ? Vous êtes vraiment pas là, hein. Vous serez plus jamais là. »

Sarah

Je ne bouge pas.
Près de ce peuplier déraciné,
j'attends.
Je laisse voguer mon esprit
dans le vide.
J'apprécie l'instant.
Le vent joue dans mes cheveux,
les plaque contre ma figure.
J'arrête pour une fois
de penser à moi.
J'ai l'étrange impression
d'être forcée d'apprendre à connaître
l'inconnue qui habite mon corps
et mon esprit.
Ces cinq-là ont changé mon quotidien,
presque aussi radicalement
qu'après la mort de ma mère.
Et simplement
en vivant ensemble.
Rien de plus.
J'ai du mal à croire que cela soit si facile.
Qu'on puisse se retrouver de cette manière.

Mais malgré cela,

elle revient toujours me hanter.

Elle toque à ma fenêtre
lorsque je m'y attends le moins.
Elle ne m'offre aucun instant de répit.
Elle me rappelle
le rôle que j'ai joué.
Ça me terrifie,
de me contempler
dans les trous béants
qui remplacent ses yeux.
Et pourtant, dans ces moments-là,
je ne peux m'empêcher de nous revoir
à l'époque où j'étais encore innocente,
dansant et chantant,
pouffant avec *elle* pour un rien.
À l'époque où tout était parfait.

Au bout d'un certain temps,
Léo relève enfin les yeux de son tableau,
les joues recouvertes de traces de peinture bleu mer.
Il me sourit en levant son pouce.
Il est tendu.
J'ai l'impression qu'il peut s'écrouler
au moindre commentaire négatif.
Il me tend sa toile,
tout en observant

une colonie de fourmis
emportant vers leur tanière
les quelques miettes du brownie aux noix d'Aïcha.
On les avait laissées exprès
Avec un amusement partagé.
Je sais que là,
en posant mes yeux sur mon portrait,
je me contemplerai avec les siens.
Et je sais que je ne pourrai jamais décrire cette toile,
elle n'appartient qu'à nous deux,
qu'à cet après-midi dans le jardin passé ensemble.
Je ne laisserai personne s'emparer de ce souvenir.
Je peux juste dire que j'ai serré Léo dans mes bras.
Et qu'on est restés un long moment ainsi.

Aïcha

JOURNAL DE BORD

Bilan après 1 mois et demi de cohabitation :

Les améliorations

– Excellente entente. Une « deuxième famille ». Esprit de meute. Là les uns pour les autres. Solidarité. Empathie. S'inquiéter pour quelqu'un d'autre que soi-même. Impression de revivre, malgré leur passé, de s'en extirper un peu. D'ouvrir un nouveau chapitre.

– Baisse significative des TOC, de l'anxiété, du stress post-traumatique, des troubles alimentaires et des pensées suicidaires.

– Léo est plus sociable. Il regarde les autres dans les yeux. Il participe aux conversations.

– Alice s'occupe du groupe comme une cheffe. Les crises sont rares.

– Stephan maîtrise mieux sa colère, ses frustrations. Il se laisse approcher. Parvient à exprimer ses sentiments.

– Camille devient plus autonome.

– Sarah semble moins à fleur de peau, plus apaisée.

Mais

– Sarah ne veut toujours pas me parler de son passé.

– Léo a toujours des troubles du sommeil.

– Stephan nourrit un complexe d'infériorité.

– Les parents de Camille lui manquent, j'ai peur que ça ne devienne trop dur pour elle.

– Alice me cache ses crises ? Je commence à avoir des doutes. Ce serait son genre de les garder pour elle pour ne pas inquiéter. Son état s'améliore-t-il vraiment ?

Ils sont sur la bonne voie. Je le sens. Ils ont fait le plus dur. Ils ne peuvent que progresser encore et encore.

Je le sens.

Ces dernières semaines d'été sont pleines de promesses.

II

La vie derrière soi

Léo

Salut, P'a. Tu dois te demander ce que je fais là, à te chercher dans l'air, alors que tu n'y es plus. Je devrais plutôt m'adresser à la mer. C'est là que tu es, après tout, parmi les embruns, le sel et l'écume. Mais voilà, Papa, je n'ai pas le temps de revenir chez nous. J'ai merdé. Encore une fois. J'ai déconné. Et je ne trouve rien de mieux à faire que m'adresser à toi. C'était quand la dernière fois qu'on s'est parlé ? Je veux dire… Pour de vrai. Comme un père et son fils qui discutent autour d'une table de petit déjeuner couverte de bols de céréales, de verres de jus d'orange et de tasses de thé. Comme une famille normale. Je ne sais plus. Je n'arrive pas à m'en souvenir. Alors, oui, je me rattrape là, maintenant. Parce que tu es le seul à pouvoir me comprendre. Le seul à savoir ce dont je suis capable.

Sarah pleure.

Sarah a explosé.

Sarah s'est enfuie.

Et tout est de ma faute. Tu connais ça. Ce sentiment d'avoir brisé un équilibre. Cette sensation de s'être métamorphosé en quelque chose de monstrueux. On est les mêmes. Même si je ne veux pas me l'avouer, on est les mêmes. Tel père, tel fils. Écoute-moi, Papa. Écoute ce que j'ai à te dire. C'est tout ce que je te demande. Juste, entends. Ne dis rien.

Il faut me comprendre. Quand j'ai vu Sarah arriver devant moi dans le jardin, avec ses poignets couverts de griffures ensanglantées, et son air perdu, j'ai paniqué. Je lui ai dit que tout allait bien. Qu'elle n'avait pas le droit de se faire du mal comme ça. Je pensais bien faire. Je pensais que c'était tout ce qu'elle voulait entendre. On pouvait surmonter cette épreuve. Je pouvais guérir son mal-être. Je le croyais.

Mais je n'aurais dû rien dire. Elle m'a hurlé dessus, Papa. Pire, elle m'a déballé son désespoir à la figure. Sans filtre. J'ai eu l'impression de faire partie d'une mauvaise tragédie basée sur un quiproquo. Le terrible sentiment qu'une part de toi avait survécu en moi le jour où je t'ai tué. Parce que oui, tout est de ma faute. Comme toi, j'ai le pouvoir de faire du mal à ceux que j'aime. J'ai blessé Sarah, parce que ton sang malade coule dans mes veines. J'ai trahi sa confiance. Et maintenant, elle est partie je ne sais où. Elle ne veut plus entendre parler de moi. Et elle a bien raison.

Si quelques mots de moi peuvent autant la faire souffrir, alors je ne dois plus la voir. C'est mieux pour elle. Je ne veux que la protéger, tu sais, Papa.

Je ne peux pas l'aider. Je ne peux aider personne.

Et maintenant, je marche. Sans but. Je traverse le champ de verveine, m'engouffre dans le petit bois de hêtre, longe le poulailler qui indique la frontière avec le territoire des voisins. Je recherche la fille de la peinture, celle que j'ai croisée il y a des années, sur la plage de Saint-Lunaire, et que j'ai retrouvée ici. Peut-être qu'elle pourra m'aider. Je cueille des trèfles à quatre feuilles, sens des bosquets de camomille, prends en photo une coccinelle posée sur une capucine, je m'imprègne du dehors pour ne plus penser à rien. Je sais, Papa. Je chasse la vérité. Je la repousse comme un simple insecte.

Et maintenant, Stephan arrive.

Il vient, et je ne crois pas avoir la force de lui répondre. Je ne crois plus avoir la force de faire quoi que ce soit.

« Léo ? C'est toi ? Enfin je trouve quelqu'un, merde. C'est la putain d'apocalypse ce soir ou quoi ? Sarah a disparu, Alice est roulée en boule sur son lit, et Camille…

— Quoi, Camille ?

— Camille s'est enfermée dans les toilettes et ne veut pas sortir…

— Je m'en occupe. »

Je me dirige vers le sentier qui mène à la porte de derrière. J'ignore un énième appel journalier de Soraya, ceux que d'habitude je ne manque jamais. Les feuilles tourbillonnent autour de moi dans une tornade orangée et jaunissante. Elles recouvrent tout sur son passage, de la terrasse déserte à la mare aux nénuphars et aux carpes koï. J'ouvre la porte ornée de moulures de bois et d'araignées sculptées, traverse le garage poussiéreux. Je monte l'escalier, m'attarde un instant sur la fenêtre mauve et la vue sur le jardin, emprunte le couloir au plancher gémissant au moindre pas du premier étage.

Décrire. Tout enregistrer. Pour ne plus jamais réfléchir.

Je toque à la porte. Plus fort que je ne le voulais.

« Camille, ouvre.

— Non ! Jamais ! Vous êtes tous méchants ! Je vous déteste ! »

Je me fige, appuie fort sur la poignée, sans succès. Je sentais bien que Stephan me mentait. Qu'est-ce qu'il a encore fait, celui-là ?

« Arrête ton caprice et sors.

— Et toi, arrête de crier ! Moi aussi j'ai le droit de ne pas être toute joyeuse de temps en temps ! Chacun son tour !

— Non. Toi, t'es la seule normale ici. Y a pas plus normale que toi. T'es la petite fille parfaite. Un vrai cliché. T'as pas le droit de nous faire ça. Alors, sors. On va pas rester là toute la soirée.

— Non ! Je ne veux voir personne !

— Comme tu veux. Je m'en fous de toi. Je m'en fous de tout le monde. »

Je m'attarde un instant devant mon reflet dans la glace. Je n'y vois que le regard injecté de sang et embrumé de mon père.

Alice

Cette journée commençait bien pourtant. Je pouvais pas me douter qu'elle allait mener à une crise aussi violente, aussi destructrice.

J'avais passé la journée avec Sarah, à me promener dans le jardin, riant de tout, discutant de Léo qui passait de plus en plus de temps avec elle, de Stephan qui m'avait embrassée, d'Aïcha qu'on admirait.

« Mais, tu vas faire quoi avec Stephan ?

— Rien pour l'instant. Je crois que je ne suis pas prête pour une nouvelle relation.

— Ça ne veut rien dire. C'est une excuse pour te protéger. Ou pour pas avouer que tu ne l'aimes pas, enfin, pas de cette manière-là.

— Peut-être que tu as raison.

— Raison sur quelle partie ?

— Les deux. »

Bidule nous avait menées à une sorte de sanctuaire, parsemé de fleurs de dahlia, de statue de fées et de coquillages orangés, et on ne voyait pas l'heure tourner.

« Mais ça t'arrangerait bien, non ? je lui ai demandé, sur le ton de la blague. Si je n'ai pas de sentiment pour

Stephan, ça veut dire que tu as le champ libre. Tu aurais les deux mecs rien que pour toi. »

Mais elle n'a pas répondu à ma provocation. J'ai trouvé ça étrange, parce que ce n'est pas le genre de choses qu'elle laissait passer d'habitude.

« Sarah, faut qu'on y aille. J'ai super froid. »

Elle a tout de suite repris ses couleurs, et cela m'a rassurée.

« Tu exagères. Il fait pas du tout froid. C'est parce que t'es une beauté du sud que tu dis ça.

— C'est raciste, ça. C'est pas ma faute si j'aime avoir chaud. Et je n'ai rien dit, là, fais pas cette tête d'obsédée sexuelle ! T'es vraiment perverse, c'est dingue.

— C'est toi qui tires des conclusions mal placées, moi, j'ai rien dit. Je suis restée totalement stoïque, figure-toi. »

Sarah s'est soudain frappé le front, comme si elle avait fait la plus grande bourde de sa vie.

« Merde, j'ai oublié mon livre. J'y vais, m'attends pas. À tout à l'heure.

— À tout à l'heure, beauté. »

J'ai continué mon chemin sans elle, marchant plus lentement, sentant un nœud se nouer dans mon ventre à l'idée de rentrer. Depuis que j'ai repoussé Stephan, j'essaye de l'éviter, juste le temps d'y voir clair, de savoir ce que je veux vraiment. Je me suis approchée de la maison, respirant l'odeur de dattes, de coriandre et de zaatar provenant de la cuisine où s'affairait déjà Aïcha. J'ai guetté le moment précis où les cris de vie de l'intérieur me parviendraient, en l'occurrence ceux de Stephan et de Camille cette fois-ci.

Une fois arrivée dans ma chambre, j'ai balancé mon sac sur la chaise rouge de mon bureau, et sans prendre le temps d'enlever mes chaussures, je me suis écroulée sur mon lit. Je me suis dit que je commençais à préférer ce lieu à ma propre maison. Étrangement, je me voyais plus vieillir dans ce lit que celui qui m'attendait à Hendaye. C'était peut-être ça, prendre son indépendance, couper le cordon. S'imaginer mourir autrement que dans les bras de ses parents.

C'est à ce moment-là que je les ai sentis près de moi. Je ne les avais même pas vu arriver.

« Alice ? Alice, écoute-nous. On est tous là. On ne restera pas longtemps, ne t'inquiète pas. On veut juste te parler. Tu nous as ignorés, Alice. D'une manière cruelle. Tu as brisé toute une vie d'amitié. D'amour. Regarde ce pauvre Ethan. Regarde comme il a le cœur brisé. Tout ça pour quoi ? Ça en vaut vraiment la peine ?

— Tais-toi, Ivona.

— Non, on ne se taira pas. Je suis ton alliée, moi. Je ne mérite pas ça.

— Tu es aussi coupable que les autres, Lucie.

— Du calme, du calme. On peut trouver une solution, pas vrai ?

— Ferme-là, Esther.

— Et nous ? Notre amour ne compte pas pour toi ? Ce qu'on a vécu ensemble, ce lien magique qui nous unit, il est mort pour toi ?!

— Vos gueules, putain ! »

Et à cet instant, alors qu'ils me prenaient dans leurs bras, refusant de partir une fois de plus, j'ai su que j'avais atteint mon point de rupture. J'avais été courageuse trop longtemps. J'avais souri trop longtemps. Parfois c'était facile. Parfois non. Qu'importe. Je n'en pouvais plus. J'ai répété sans cesse les paroles de cette chanson d'Amy Winehouse dont j'ai oublié le titre. Je ne voulais plus penser qu'au texte. Les mots perdaient leur sens, se transformant en une sorte de langage qui m'échappait, une prière dont j'avais autrefois compris la valeur. Et maintenant, maintenant je ne savais plus en quoi croire.

Il me semble bien qu'ils sont partis.

Il me semble bien que Stephan a ouvert la porte, et qu'il l'a refermée, très rapidement, trop, sûrement. Il a dû me prendre pour une folle. Je ne voulais pas qu'il me voie comme ça, que personne ne me voie comme ça. Je l'imagine arriver devant ma porte, s'attendant à être accueilli avec un sourire, comme toujours. Je me demande ce qu'il a bien pu penser quand il m'a vue ainsi, les yeux exorbités, de la bave au coin de la bouche, fredonnant un air presque inaudible. Il allait devoir oublier cette image d'une pauvre gamine hurlant à la mort. Celle d'une arnaqueuse de vie. Celle d'une malade mentale.

Stephan

J'ai beau rejouer des centaines de fois la scène dans ma putain de tête, je sais toujours pas ce qui m'a pris. Quoi que je fasse, je décevrai toujours quelqu'un. Qu'importent mes efforts. Qu'importe mon envie de devenir un type bien. Un type dont je serai fier. Juste une fois.

J'étais avec Camille à mater un Disney, vers 17 h 30, je crois. Elle s'émerveillait avec des tas d'étoiles dans les yeux en regardant un prince avec une gueule de Playmobil galocher une princesse anorexique. Je sais pas pourquoi, mais ça m'a gonflé. J'ai pris la télécommande et j'ai éteint. Elle m'a crié dessus. Gentiment, hein. Elle m'a demandé ce qui me prenait. Je lui ai raconté que rien ne comptait plus que la vraie vie. Que tout ce qu'on voyait à la télé, c'était que des conneries. Des histoires à dormir debout. Elle m'a répondu que je disais n'importe quoi. Comme d'habitude. Elle m'a dit qu'elle, ça la faisait bien rêver de les voir danser comme ça. « Tu sais, si on se concentre assez fort, on peut croire que tout est vrai. Que la magie, ça existe. Sinon, la vie, ça serait trop triste. » qu'elle m'a dit. J'ai ricané. En amour, rien ne sert de rêvasser. Faut passer à l'action, c'est tout. Elle m'a demandé qui j'étais pour parler d'amour. Je lui ai retourné la question, et elle l'a fermée.

C'est là, à cet instant précis, que j'ai déconné. J'aurais dû faire un pas en arrière. Et j'ai foncé droit dans le mur, à deux cents à l'heure. Un vrai rodéo urbain.

Je lui ai demandé si elle avait un amoureux.

Elle a rigolé.

Elle m'a dit que non. Que ça l'intéressait pas.

« Parce que c'est les filles qui t'intéressent ? Non ?! Tu veux dire que t'es une lesbienne ! Le prends pas mal, mais je t'imaginais pas comme ça. Je m'en fous, tu fais ce que tu veux hein, mais waouh, c'est dingue. Elle s'appelle comment alors ton amoureuse ? Elle aime les filles elle aussi ? Tu sais pas ? Tu sais, je serais toi, je changerais direct. C'est trop dur à vivre au quotidien. J'ai rien contre, hein, j'emmerde bien profond tous les homophobes je te rassure, mais je suis bien placé pour savoir que c'est hyper chaud. Je ne peux pas te dire pourquoi je te dis ça, parce qu'on s'est promis de rien raconter sur notre passé, mais crois-moi, ta vie, elle devient tout de suite un enfer. Eh, Camille, tu vas où ? Chiale pas comme ça, c'est pas ce que je voulais dire. J'aurais pas dû dire ça, je suis juste en train d'imaginer ce que je ferais si je découvrais que moi aussi, j'étais gay. Je sais bien que ça ne se change pas, qu'on choisit pas, je me suis mal exprimé… J'essayais juste de te prévenir que la vie, c'est pas un conte de fées pour les gens comme toi. C'est tout. Comment ça, je comprends rien ? Me parle pas comme ça ! Ouvre ! Tu vas faire quoi, passer ta vie aux chiottes ? Attends, tu vas voir, je vais appeler Alice, elle saura te calmer. Hein ? Si on va te juger pour ça ? Bah ouais, forcément. On va te voir différemment. Pas moi, hein, je te rassure. Pas nous. Je parle des autres. Y aura toujours des cons pour te juger, et beaucoup, hein. Bienvenue dans le monde. Mais t'inquiète, je vais rien dire. Ce sera un secret. Hein ? Comment ça, ça n'a rien à voir ? Putain mais explique-moi alors ! J'y connais rien, moi ! Je sais pas quoi faire dans cette situation, on m'a pas appris ! »

Comme elle répondait pas, je suis allé voir Alice. Elle chantait toute seule. De la bave coulait de sa bouche. Ses yeux étaient presque blancs. Elle avait l'air possédée. C'était *Conjuring*, le truc. Un vrai enfer. J'ai pas insisté. Ça m'a fait flipper, alors j'ai couru dehors pour chercher Léo. J'étais sûr qu'il pourrait l'aider. Bien plus que moi en tout cas.

Camille

Alice me demande d'ouvrir la porte des toilettes. Ça tombe bien, c'est elle que j'attendais. Je fais comme elle a dit. Alice, elle a l'air toute triste. Elle ressemble à l'âne dans Winnie l'ourson. Je crois qu'elle a pleuré. Moi aussi, j'ai beaucoup pleuré. Ses cheveux sont tout décoiffés, on dirait qu'elle a une botte de foin sur la tête. Je me jette dans ses bras, mais elle n'a pas l'air d'avoir envie de me faire un câlin, alors je repars. Je pense à ma maman. Elle fait des chocolats chauds tout doux, ma maman. Elle me donnait toujours une sucette au citron à la sortie de l'école, parce qu'elle sait que c'est ma préférée. Maman, elle connaît plein de choses, alors peut-être qu'elle a raison. Peut-être que je ne suis pas normale. Je m'installe au bureau d'Aïcha. Il est grand, et sévère, c'est comme si j'étais la présidente du monde quand je suis sur sa chaise. J'ai envie de me dessiner en maîtresse de la planète, alors j'ouvre son tiroir, mais il n'y a plus aucune feuille blanche, j'ai déjà tout utilisé. Je sais plus où sont les autres. Je suis toute seule. La maison est toute silencieuse, et j'aime pas ça. Ça fait tout drôle dans mes oreilles. Je prends une chaise et je la mets devant la porte. Il fait froid dehors, mais c'est pas grave, je faisais déjà ça quand j'attendais mes amis pour ma fête d'anniversaire, à la maison. Ils vont bien finir par revenir. Pas vrai ?

Sarah

Je vais vous raconter comment je me suis enfuie.

Je ne voyais mon livre nulle part.
Ni près du transat jaune poussin
que j'avais traîné jusque-là dès le premier jour,
ni autour de celui vert pomme d'Alice,
qu'elle avait installé à son tour.
Je me suis décidée à escalader
le mur en pierre
qui marquait une des frontières avec les voisins
pour avoir une meilleure vue.
Si seulement c'était possible.
Prendre du recul sur sa vie
quand on en éprouvait le besoin.
S'observer en simple spectateur.
Peut-être que je serais moins cruelle avec moi-même.
Peut-être que je me foutrais enfin la paix.
Je l'ai repéré
sous un érable du Japon.
Il suffisait de traverser
un buisson de ronces
pour y accéder.

Je suis descendue doucement,
je me suis avancée
et les épines se sont enfoncées
le long de mes bras.
J'ai regardé mes poignets ensanglantés
et j'ai souri.
Aussi étrange que cela puisse paraître,
j'y ai vu un signe d'espoir.
Va savoir pourquoi.
On ne contrôle pas nos croyances.
J'ai ramassé mon livre
comme on attrape un talisman,
quelque chose de précieux
et de sacré.
Je l'ai serré contre mon cœur,
avec la conviction nouvelle
que je pourrai un jour me supporter.

Sarah.

Ma tendre et chère Sarah.

Tu as oublié le plus important.

Les quarante-trois.

Tu te souviens ?

Bien sûr que je me souviens.

Comment oublier, Maman.

Comment.

« Sarah ? Pardon, je ne voulais pas te faire peur. Qu'est-ce que tu t'es fait aux bras ? Non, Sarah... C'est pas vrai... Mon Dieu... Écoute, tout va bien, OK ? On va trouver une solution. Je suis avec toi, d'accord ? Ne fais plus jamais ça. Je t'en supplie, ne te fais plus jamais du mal. Sarah, réponds-moi... Tu ne peux pas me faire peur comme ça... Je te l'interdis... Je te l'interdis Sarah, tu m'entends ? »

Léo me secouait.

Il me faisait mal.

Il serrait mes épaules avec force.

Comme s'il m'en voulait.

Oui, c'est ça.

Comme s'il me reprochait quelque chose.

J'avais peur de lui.

Une lueur de violence

brillait

dans ses pupilles.

Je me suis écartée.

Je suis restée

quelques secondes comme ça.

À dévisager Léo.

Sans rien dire.

À me demander si je ne rêvais pas.

Les yeux secs,

j'ai observé

les moindres parcelles
de son visage déchiré.
Je ne sais pas combien de temps cela a duré.
Assez en tout cas pour la sentir venir.

La colère.

Brusque et plus désespérée que jamais.

Je l'avais tue pendant plus d'un an.
Je ne la laissais éclater que de temps en temps.
Je m'en servais pour jouer
à mon club de théâtre
la *Chanson pour Patrick Dewaere* de Raphaël.
Je ne cessais de me cacher
sous une multitude de masques
trop nombreux,
trop différents les uns des autres
pour qu'on puisse découvrir mon vrai visage.
Longtemps,
longtemps,
j'avais imaginé le jour où elle exploserait.
Sur qui, surtout.
Sur qui, ça, ça me faisait peur.
Je voulais être seule.
Je voulais bien tout accepter.

Gueuler sur mon père, sur Aïcha, sur mes grands-parents, sur les enquêteurs, sur une boulangère, sur un flic, sur Alice, sur Stephan (il y avait toujours quelque chose d'excitant à s'engueuler avec lui, c'était peut-être pour ça que je le cherchais, j'en sais rien), sur Camille, sur mon psy, sur un prof, sur ma mère morte, sur un inconnu. Sur quelqu'un qui le méritait, surtout. Sur n'importe qui.

Tout le monde.

Sauf lui.

« C'est vraiment ce que tu penses de moi ? C'est vraiment ce que j'inspire ? Vraiment ? T'as autant pitié de moi que ça ? »

Arrête. Ça ne changera rien. Il n'a rien à voir avec ça.

« Putain de merde, en fait, tu m'as jamais aimée ! Comme tous les autres sur cette putain de Terre tu fais semblant, hein ?! Juste parce que vous avez peur d'avoir ma mort sur la conscience, vous me mentez, vous me mentez tous ! »

C'est toi qui es fracturée. Toi qui t'accroches désespérément aux autres pour ne pas sombrer. Rien n'est de sa faute.

« Réponds, espèce de connard ! »

Qu'est-ce qui te prend ? Pourquoi tu l'insultes ? C'est toi la connasse dans l'histoire.

« Comment tu veux que je te fasse confiance, à toi, et aux autres, maintenant ? Comment savoir si chaque mot, chaque confidence, chaque rire, c'était que du flan ? Je ne sais plus en quoi croire, merde, combien de fois tu m'as menti pour ne pas me froisser ? C'est pour ça que tu ne me parlais jamais de ma mère, pas vrai ? Pourquoi, toi, t'as le droit de parler de tes morts et pas moi, hein ? Je suis trop fragile, c'est ça ? Je suis trop imprévisible ? Réponds-moi, putain ! »

Tu ne te parles qu'à toi-même. Il n'y a rien de plus faux que toi.

« Tu ne sais pas quoi dire ? »

Il est encore temps de tout stopper.

« Eh bien, t'as raison. Qui pourrait répondre à cette pauvre Sarah sans qu'elle le prenne mal ? Sans qu'elle ait envie de passer de l'autre côté, sans qu'elle veuille sauter par la fenêtre. »

Pars, ne reviens jamais, ça vaut mieux.

« Je veux juste la vérité. Je ne demande que ça. Parle, allez, combien de mensonges ? Combien de putains de réunions entre vous quatre pour trouver un stratagème pour ne jamais me laisser seule, combien, réponds ! »

Tu es en train de détruire la seule chose qui ait donné un sens à ta vie.

« Eh oui, j'ai remarqué. Comme si, au moindre instant de solitude, j'allais partir. Me tirer une balle. Vous seriez soulagés, non ? Eh bah, vous savez quoi, je n'abandonnerai pas. Je me laisserai pas tenter. Parce qu'au fond, ça vous ferait trop plaisir. Vous voulez quoi, que je devienne folle et seule ? »

Tu es déjà folle et seule.

« Tu sais quoi, je vais me barrer. »

Oui, fuis, ne lui brise pas plus le cœur, tu en as assez fait.

« Vous me verrez plus jamais. Et je suis sûre que vous m'oublierez en quelques heures, parce que c'est tout ce que je mérite. Oubliez-moi. Je ne veux plus aucune trace de mon putain de passage sur cette Terre. »

Et voilà comment je me suis enfuie.

Léo

J'attends. J'ai marché une heure environ, quelque chose comme ça, je ne sais pas, je n'ai pas compté. J'ai eu du mal à trouver une station de bus qui me ramènera à la gare. Je prendrai ensuite un train pour la Bretagne. Je débarquerai chez Soraya. Elle saura quoi faire de moi. Elle saura tout réparer. Elle sera sans doute déçue que le projet de sa tante ait échoué. C'est sûr. Mais je ne peux plus. Je ne vois pas comment je pourrais revenir. Les regarder tous en face, et faire comme si de rien n'était. Comme si on avait pas tout gâché en une soirée. Je m'assois sur le banc. J'ai presque envie de pleurer, pour une fois.

Je le savais. Je l'avais expliqué à Aïcha. Je lui avais bien dit que je pouvais pousser les gens à bout. Ce mal-là, je le tiens de mon père, je le sais, il me l'a transmis à sa mort. Ma capacité à détruire est juste plus subtile. Elle passe par les mots. Et Sarah en a été la victime. Je dois partir, avant de faire plus de dégâts.

C'est ça, ma vie, maintenant ? Va-t-elle vraiment se résumer au meurtre de mon père ? Jusqu'à la fin, ça sera ça, l'acte qui résumera tout ? Est-ce que je vais pouvoir me pardonner ? Est-ce que je peux lui pardonner ? Est-ce que je le dois ? Tendre l'autre joue, oublier, panser les plaies, accorder le salut, un regard nouveau, le pardon, toutes ces conneries, est-ce qu'elles peuvent s'appliquer à moi ? Je veux faire les choses bien, je veux être bon, je veux être quelqu'un de sage, je vais être moralement irréprochable. Donnez-moi la recette du pardon, je l'applique à la lettre. Mais tout seul, je ne sais pas comment faire. Alors j'essaye de trouver le beau là où il se cache, le traquer, c'est encore ce que je sais faire de mieux. Je regarde le vent jouer dans les feuilles, délicatement, exactement comme je le faisais avec les boucles parfaites de Sarah, avec ses marguerites plantées dans les cheveux comme des fleurs posées sur une tombe. Non, je ne dois pas penser à elle. Le néant est tout ce que je maîtrise, tout ce dont j'ai besoin. Le vide ne laisse pas de place pour la pensée, ni pour les regrets. Le bus 3 finit par arriver, les pneus crissent sur la route poussiéreuse. Je m'empresse de monter, avant que je ne change d'avis. Je jette un dernier regard vers la maison, invisible à cette distance, avec la sensation étrange qu'on me retient, qu'on a encore besoin de moi. Je secoue la tête et pose le pied sur la deuxième marche. Je balaye l'intérieur du regard, le couple qui s'embrasse au fond du bus, le nourrisson qui pleure dans les bras de sa mère, l'adolescente qui écoute de la musique, capuche noire sur la tête, le grand-père avec sa canne en forme de flamant rose.

Et la fille de la peinture. La fille de la peinture qui se tient au deuxième rang. La fille de la peinture qui a ma toile à la main. Et c'est à ce moment-là que je me rends compte qu'elle ne ressemble en rien à la fille croisée un matin sur la plage glacée de Saint-Lunaire. Que ma mémoire me joue des tours. Et que je n'ai peut-être jamais vu Sarah avant de la rencontrer.

Alice

J'ai envie de vomir. La crise ne passe toujours pas, depuis que mon ancien groupe est parti, je n'arrive pas à l'arrêter, ça ne m'était encore jamais arrivé. Je vois des signes de mon passé partout, je n'arrive pas à retrouver mon calme, alors je sors de mon lit, je ne peux plus rester enfermée une seconde de plus. Mon cœur bat trop vite, j'ai l'impression qu'il va exploser, qu'il va me sortir par la gorge, que je vais me vider de moi-même. Je ne vois pas ce qui m'entoure, les arbres et la nuit se confondent, je ne vois que des ombres et des brumes. Je cours jusqu'à la rivière, j'ai chaud, terriblement chaud et si froid à la fois. Je plonge dans l'eau tout habillée, mon corps s'emplit d'une douleur fulgurante, mordante, mais étrangement agréable, revigorante presque. Je suis atrocement bien, enfin coupée de tout, enfin apaisée.

« Coquille de Vénus
Crabe d'été
Méduses de mai
Céphalopodes
Limaces de mer
Apprenez-moi

Casque tricoté
Escargot limoneux
Oursins de mes poumons
Auget à nuages
Rayon de soleil pourpre
Mentez-moi

Jaune d'œuf
Crinoïde
Anémone de nuit
Siphonophore
Crustacés cicatrisés
Térèbres et bulles anciennes
Mangez-moi
Illuminez-moi
Oubliez-moi »

Je resterai là le temps qu'il faudra, jusqu'à ce que je doive reprendre mon souffle. Je prendrai une grande bouffée d'air pour le restant de mes jours, une ultime recharge d'oxygène. Je ferai tout pour ne plus jamais me noyer en surface.

Stephan

Vivre est un jeu solitaire. Je le savais. Toute ma vie je me suis fié à cette simple phrase. Comme une putain de religion. Je crois pas en Dieu, mais je croyais à ça, oui. Alors, pourquoi je m'étonne de les avoir tous perdus ? Je m'attendais à quoi ? À ce qu'on vive heureux et qu'on ait des tas d'enfants ? À ce qu'on se guérisse vraiment, hop, un petit Doliprane, un bisou magique, et ça redémarre ? À ce qu'Alice m'aime en retour ? Qu'est-ce que j'ai en commun avec elle ? D'accord, elle est mignonne, mais ça fait pas tout. L'alchimie, la tendresse, l'humour, l'impression de vouloir vivre plus fort avec quelqu'un, ça, ça c'est quelque chose, c'est plus important. C'est le principal. Sarah est belle, peut-être bien plus même, parce qu'elle est belle, mignonne et sexy en même temps. Et drôle en plus de tout, putain, qu'est-ce qu'elle est drôle. Et ça, ça, j'ai rarement vu ça. J'ai jamais vu ça, plutôt. Je n'y avais pas pensé.

Je reçois un message d'Aïcha. *Rendez-vous au feu de camp dans une demi-heure,* qu'elle me dit. Elle a craqué son string ou quoi ? On n'est pas des putains de scouts. Je nous imagine bien tous les cinq en uniformes kaki, griller des chamallows, chanter une chanson sur le petit Jésus ou sur des écureuils de la forêt. Ça me fait marrer. Je me dirige vers la porte principale. Je tombe sur Camille endormie. Elle est recroquevillée sur le paillasson. Son doudou Totoro dans les bras. Un oreiller posé sous sa tête. Je la secoue doucement. Elle bat des paupières. Elle se frotte les yeux en s'étirant. Ses mains retombent doucement le long de sa robe bouffante. Une vraie petite princesse, celle-là. Son regard se pose sur moi et je vois naître une pure lueur d'espoir, un truc chauffé à blanc, dans ses yeux de poupée. Et elle se jette dans mes bras, Louise. Dans les miens. Si tu pouvais savoir, Louise, comment je me sens bien tout à coup. Je la serre à mon tour, et je lui dis que je suis désolé. Que bien sûr, rien n'a changé. Qu'elle sera toujours ma petite Camille à moi. Que je tuerai tous les connards qui voudront lui faire du mal. Que parfois, je m'exprime mal, et que je m'en excuse si ça l'a blessée. Elle me répond que j'ai rien compris. Que c'est pas grave. Elle me prend la main et m'entraîne vers le lieu de rendez-vous. Camille. Ma petite sœur. Mon ange gardien.

Camille

Je prends la main toute sèche de Stephan, parce qu'il a pas l'air bien lui non plus. Il arrête pas de regarder dans le vide. Ça me fait penser au serpent du *Livre de la jungle*. Stephan m'avait dit que ce pouvoir, il existait, et que tous les *politiliciens* étaient en réalité des sortes de Kaa. J'ai pas vraiment compris ce qu'il voulait dire, mais il me faisait peur, ce serpent avec ses yeux tout grands. Stephan et moi, on traverse le jardin, j'imagine qu'on est des aventuriers qui cherchent un trésor gardé par des fantômes très puissants. On arrive à un feu de camp, je vois Aïcha qui me fait coucou, il y a tout plein de troncs tout autour, comme dans les films. Je sens mon cœur battre très très fort, parce que je me dis que c'est un soir de fête, et qu'on va bien s'amuser. On va peut-être tous danser autour des flammes. Oui, ça, ça serait bien.

Sarah

Combien d'entre nous sommes figés dans la glace ?
Incapables du moindre mouvement,
résignés à ne plus avancer.
Ne tentant plus rien.
Combien d'entre nous
avons perdu une part de ce que nous étions ?
Essayant vainement de la retrouver.
Dressant l'inventaire de ce qui demeure.
De ce que jamais nous ne pensions égarer.
Combien d'entre nous sommes brisés ?
Observant notre propre destruction.
Nous voyant nous évaporer petit à petit.
Il ne resterait bientôt plus de nous qu'un léger brouillard.
Rien que de l'écume.
Je me demande bien ce qu'il reste de moi.
Alors j'avance mon pied dans le vide.
Juste pour voir ce que cela me fait.
Si cela m'inspire une quelconque peur.
Si j'ai toujours en moi la rage de vivre.
Me voir aussi passive me fait frissonner.
Je suis juste au bord d'une falaise.
Je ne savais pas qu'il y en avait une dans le jardin.

Le terrain en dessous doit appartenir à un voisin.
Je me dis qu'encore un pas,
et tout prendra fin.
Un instant de folie
et tout peut basculer.
Une grosse rafale de vent
balaye la plaine.
Je ferme doucement les yeux.
Les paupières closes,
j'oublie ce que je m'apprête à faire.
Je ne sais même plus si j'avance ou si je recule.

Aïcha

D'abord, il y a Camille. Elle arrive, le sourire aux lèvres, chantonnant une comptine que son père avait inventée rien que pour elle. Elle s'assoit sur une des bûches, rajuste son déguisement de Belle. Je me redresse pour paraître plus assurée, plus professionnelle aussi. Ils doivent me croire forte, sans faille, pour pouvoir m'accorder leur confiance. Ils doivent penser que les choses finissent par s'arranger. Qu'être adulte ne veut pas seulement dire qu'on feint tous de savoir qu'on sait ce qu'on fait. Qu'on évolue, qu'on mûrit, qu'on se fortifie. Même si ce n'est pas toujours vrai.

Camille m'adresse un petit clin d'œil adorable, comme pour me consoler. Je ne sais pas comment me comporter avec cette petite. Toujours peur qu'elle pense que je veux remplacer ses parents. Toujours peur de ne pas être à la hauteur. Toujours peur qu'elle craque. Qu'elle vienne un jour me voir, les yeux rouges, la gueule déconfite, pour me dire que c'en est assez. Qu'elle a renoncé. Qu'importe si elle doit faire semblant d'être une autre. J'espère lui apporter du réconfort, un brin de chaleur dans son petit monde gelé. Ne serait-ce qu'un peu. Je crois que je me souviendrai toujours de ce jour de brouillard avec elle. On avait prévu du jardinage. Elle a insisté pour sortir malgré tout dans le froid humide du dehors. Elle m'a dit que c'était injuste, qu'on n'allait pas discriminer le mauvais temps pour quelques nuages. Que ce n'était pas de sa faute s'il était triste. Elle a passé l'après-midi à me raconter ses souvenirs, avec une nostalgie cruelle. Ce n'est pas normal. La mélancolie, c'est pas pour les enfants.

Stephan s'avachit, le dos voûté, les mains pendouillant mollement à côté de son corps. Il se met à jouer avec Camille qui rit de bon cœur. J'en ai les larmes aux yeux, de le voir comme ça, aussi tendre avec elle. J'ai toujours su qu'il était le plus doux d'entre tous. Sous l'extrême fragilité qu'il peine à cacher, c'est un être doté d'un amour rare, puissant, je le vois bien. J'espère qu'ils s'en rendent tous compte. Qu'ils arrivent à voir à travers sa carapace.

Alice arrive quelques minutes après. Elle s'est changée, a revêtu une énorme doudoune rose fluo que j'ai portée dans ma jeunesse, lorsque je ne désirais rien tant que plaire aux autres plutôt que me plaire à moi-même. Elle s'assoit à côté de Stephan en frissonnant. Je l'ai invitée ici en entendant parler de son cas par mon oncle médecin à Biarritz, avec l'espoir que sa maladie puisse la quitter un jour. J'ai essayé de m'en convaincre, de me bercer d'illusions en me disant que c'était bien possible, après tout, ça ne coûtait rien d'essayer. Je me demande si je n'ai pas empiré les choses, si elle n'aurait pas dû rester près de ses médecins, loin de toute forme de sociabilité. Mais lorsque je vois Stephan lui frotter le dos pour la réchauffer et elle lui sourire, je me sens fière d'avoir réussi à créer ce que je voulais, fière de ce qu'ils sont tous devenus les uns pour les autres en si peu de temps, fière de constater qu'ils se guérissent mutuellement, comme je l'ai tant espéré en créant cet endroit. Je ne sais pas ce que je ferais ici sans Alice. Elle est le ciment qui les réunit tous.

Et Léo apparaît enfin, provenant d'une direction étonnante, complètement essoufflé. Il raconte qu'il a failli partir, mais qu'il est là maintenant, et qu'il n'ira plus nulle part. Je lui souris. Léo, lui, n'a jamais réussi à intégrer totalement le groupe, je le vois bien. Mais je sais qu'ils s'aiment, même de loin, qu'ils veillent les uns sur les autres. Certains êtres ont besoin d'espace, de solitude. Certains sont introvertis, ce n'est pas un défaut, c'est une autre manière d'exister dans ce monde. Qu'est-ce que ça peut bien faire que Léo préfère dessiner seul dans le jardin ? Si c'est ça qui le rend heureux. Enfin, qui lui permet de vivre avec ses souvenirs.

Je scrute la place vide à ma droite. J'essaye de paraître rassurée, de ne pas montrer à quel point je suis terrifiée. Sarah est celle dont j'ai le plus peur.

Elle est la seule à avoir déjà fait une tentative de suicide.

Bien sûr que ça m'effraie, même si j'essaye de ne pas lui montrer. Pourtant, je n'en ai parlé à personne, même pas à Alice. Sarah m'en aurait voulu, j'en suis persuadée. Nous l'attendons, je ne sais pas combien de temps, mais assez pour sentir l'angoisse dans nos silences. C'est au moment précis où je me lève pour partir à sa recherche qu'elle se manifeste. Les cheveux maculés de terre, ses collants en résille déchirés, sa robe noire froissée, ses Doc Martens défoncés. Je ne lui pose pas de question. Elle nous dévisage à tour de rôle, comme si elle n'était pas sûre d'être vraiment là, parmi nous, avant de s'assoir, le plus loin possible de Léo.

Ça y est. Ils sont tous là.

Je me suis trompée. Lourdement.

J'ai cru que ça pouvait tenir. Qu'ils pouvaient cohabiter, sans que ça explose. Je pensais qu'ils n'avaient pas à raconter pourquoi ils étaient là, que c'était pas la peine, que ça leur ferait du bien d'être défini par autre chose que leur passé. Mais il déborde. Ils ne me le disent pas, mais je sens qu'ils sont frustrés d'être devenus aussi proches, et de ne pas connaître l'événement le plus important de leur vie.

Je me lève doucement, leurs dix yeux en attente de réponses rivés sur moi.

Je suis persuadée que c'est le bon moment. Qu'il est grand temps d'ouvrir les vannes. Parce que sinon, je crois qu'ils sont bons à rentrer chez eux. Et tout ça n'aura servi à rien.

« Je crois qu'il est l'heure de raconter pourquoi vous êtes ici. Ne faites pas cette tête. Vous saviez que ça devait arriver. Au fond de vous, vous sentiez que ce jour approchait. Allons, nous avons tellement tissé de liens. Ils sont assez forts. Malgré tout ce que vous avez pu faire. Ou tout ce que vous avez vécu. Vous êtes prêts à tout accepter. Et je tiens à vous dire combien je suis fière de vous avoir. Je suis fière que vous n'ayez pas cherché à deviner les secrets de chacun, et je sais à quel point ça a dû être dur. Mais ça ne peut marcher que si vous êtes d'accord pour tous vous confier. Vous cinq. Personne ne reste en arrière. »

C'est beau de voir comment ils cherchent des réponses dans leurs regards respectifs. Sans un mot, ils ont une conversation intense que je ne pourrais jamais capter totalement. Une promesse silencieuse est échangée dans le noir. Dans un même geste, ils lèvent la main. Les cinq ont voté. Ils sont prêts à parler. Je ne me suis pas trompée. Du moins, pas sur ce point.

« Bien. C'est quand vous voulez. Nous avons toute la nuit. »

Ils baissent tous la tête. Je m'y attendais. Ils n'osent même plus se regarder en face, ils ouvrent la bouche pour la refermer aussitôt. Je les scrute un par un. Sarah souffle longuement, comme si elle se retenait de sombrer, de s'enfuir pour de bon et ne plus jamais revenir. Camille tripote nerveusement sa robe en chuchotant des mots destinés à elle seule, pour se donner du courage sans doute, remplaçant ses parents comme elle le peut. Stephan se tortille, son pied bat en rythme, sa manière, je l'avais observé, de canaliser son anxiété. Alice regarde au loin, elle fixe la nuit, indifférente à ce qui se passe autour d'elle. Léo rencontre mon regard, comme s'il attendait mon consentement. Je lui adresse un simple petit signe de tête. Il se redresse. Prend une grande inspiration. Et il se lance.

Léo

Ils se sont rencontrés un jour d'hiver. Il pleuvait. Elle s'était abritée dans un petit café sur la place du village. Elle était seule. Elle avait tout quitté. Plus de famille. Plus de pays. Mais elle ne tremblait pas. Elle avait vingt ans et avait affronté la mort deux fois. Venir jusqu'ici avait failli lui coûter la vie. Mais rester là-bas était bien plus dangereux. Elle ne regrettait rien.

Elle a sorti son petit carnet bleu et dessiné les moindres détails de la crêperie. Les drapeaux bretons. La nappe fatiguée d'avoir trop vécu. Les lampes luttant pour survivre, pour éclairer ce restaurant sombre et froid.

C'est alors qu'il est arrivé. Elle n'a pas tout de suite relevé la tête. Peut-être parce qu'elle ne l'avait pas entendu, absorbée par ses esquisses dessinées à la plume de goéland, avec du café pour seule encre. Peut-être parce qu'elle voulait encore imaginer l'homme qui allait changer sa vie. Peut-être tout simplement parce qu'elle était trop timide. Les trente-six tables étaient libres et pourtant, il s'est installé à la sienne. Elle a continué de dessiner. Il a commandé un thé, un Earl Grey, son préféré. Ils sont restés silencieux pendant vingt-sept minutes. Je le sais parce qu'il avait fixé la vieille horloge, vestige d'un temps poussiéreux et rouillé.

Elle s'est soudain agitée. Nerveuse, elle a arraché une page de son cahier et la lui a tendue.

« C'est pour moi ?

— Oui.

— Merci. Vous êtes très douée. Vraiment. Qui est-ce ?

— C'est vous.

— Je ne ressemble pas à ça.

— Je sais. Mais c'est comme ça que je vous ai imaginé. »

Ils ont commencé à discuter de tout et de rien. Mais ce rien était tout pour mon père. Il buvait ses paroles, il l'écoutait comme un assoiffé.

« J'ai donc eu raison, a-t-il fini par murmurer.

— De quoi ?

— De vous avoir suivie. De m'être décidé à entrer ici. »

Ensuite, ils se sont souri sous les ampoules exténuées par la fin de journée. Il l'a amenée chez lui. Une grande bâtisse près de la falaise, loin du centre, loin de tout. Loin de la folie des hommes.

« C'est joli, ici. Vous y habitez depuis longtemps ?

— Depuis toujours. Mes parents me l'ont léguée à leur mort. Un accident de voiture. Je n'aime pas en parler. Et pourtant, je sens qu'avec vous, je pourrais.

— Rien ne presse. On a toute la vie pour ça. »

Et dans le jardin battu par les vents marins, ils se sont embrassés.

Cinq ans plus tard, elle était dans son atelier, laissant son pinceau errer sans but. Elle se plaisait ici. Ses toiles se vendaient bien. Elle allait enfin être exposée dans une galerie d'art à Saint-Malo. Elle a alors senti son cœur s'emballer, battre beaucoup trop vite pour ce petit corps fragile. Mais elle ne s'est pas inquiétée. Cela arrivait de temps en temps. Ce n'était pas la peine de lui en parler. Elle s'est soudain rendu compte de ce qu'elle dessinait. Elle a longé les traits bleus qu'elle avait tracés sur la toile du bout des doigts. Même les yeux fermés, elle reconnaissait là le contour d'un bébé. Elle y a vu un signe. Elle a entendu le son de la clef rentrant dans la serrure, le signal tant espéré du retour de son travail à l'agence immobilière. Elle s'est précipitée dans ses bras, son pinceau encore dans sa main droite, et l'a serré fort, plus fort qu'elle ne l'avait jamais fait.

Ils ont essayé toute la nuit. Puis deux. Puis trois. Ça a mis du temps, mais ils y sont arrivés. Pendant ces neuf mois, elle n'a pas arrêté de peindre, sur son ventre, surtout. Elle racontait vouloir me transmettre sa passion, son souffle comme elle disait. Je sais tout ça, parce que j'ai trouvé le journal intime de ma mère, des années après sa mort.

Un 25 avril, elle m'a senti arriver. Il était coincé au lit, avec quarante de fièvre, ce jour-là. Comme s'il avait besoin de ressentir un peu de sa douleur. Il nous a quand même amenés à l'hôpital. Le seul effort qu'il n'ait jamais fait pour moi.

Je suis né facilement et pourtant, elle avait failli s'évanouir deux ou trois fois pendant l'accouchement. La sage-femme s'est inquiétée. Elle l'a rassurée. Nous sommes rentrés une semaine plus tard. Et en franchissant le seuil de la maison, notre maison, à tous les trois, elle a déjà senti que quelque chose était changé en lui. Ils s'aimaient toujours autant.

Mais c'était constamment elle qui se levait au beau milieu de la nuit pour taire mes pleurs. Elle qui se démenait pour m'arracher un sourire. Elle et elle seule qui changeait mes couches.

Elle continuait à peindre des nuits entières, quand je dormais enfin à poings fermés. Elle mettait de plus en plus de rage dans ses toiles et je sais que ses chefs-d'œuvre datent de cette époque-là. Ses palpitations étaient de plus en plus fortes. Elle s'épuisait. Il croyait que c'était parce qu'elle peignait trop. Il lui disait d'arrêter, qu'elle y mettait trop d'énergie. Elle ne l'a pas écouté. La peinture et elle ne faisaient qu'un. Elle ne pouvait s'en défaire.

Elle s'est effondrée pour de bon la veille de mon premier anniversaire à 14 h 47. Arrêt cardiaque. Il paraît que je me suis mis à hurler. Il a mis un certain temps à arriver. Attendant probablement qu'elle me calme. Il a fini par monter, agacé. Quand il est entré, il s'est précipité sur elle. Il a appuyé sur sa poitrine de plus en plus fort, de plus en plus vite, mais il était déjà trop tard.

Quand les pompiers sont arrivés, il y était encore.

Ils l'ont emmenée, ma petite maman morte. Et lui est parti avec eux, ne pouvant se détacher d'elle. C'est un des pompiers qui m'a remarqué assis sur un tapis d'éveil coccinelle. Il m'avait oublié, mon père.

Depuis, il essayait de m'élever. Il ne savait pas comment s'y prendre, s'efforçant tant bien que mal de l'imiter. Apprenant sur le tas. Il buvait. Beaucoup. Et l'atelier restait fermé.

À six ans, j'ai trouvé une clef en cherchant des crayons de couleur dans une vieille armoire. Je me cachais déjà pour dessiner. Mon instinct me disait de le faire. Je me suis glissé jusqu'à cette pièce mystérieuse, qui me faisait un peu penser au petit cabinet de Barbe-Bleue. Mon père était parti faire la tournée des bars. Il ne reviendrait que vers trois heures du matin, j'avais tout mon temps. Mon cœur battait à cent à l'heure en ouvrant les portes. Une odeur familière a tout de suite empli mes narines. Des larmes ont coulé sur mes joues. Je suis resté des heures assis, à essayer de reproduire chaque toile dans mon cahier, heureux d'être connecté à ma mère, enfin. J'ai fini par m'endormir sur mes feuilles.

Quand je me suis réveillé, il était là. Sans rien dire, il m'a traîné à terre par le col de mon tee-shirt. Je n'ai même pas crié, comme si j'avais vraiment fait quelque chose de mal. Il m'a balancé dans le cagibi et m'y a enfermé. Il est venu me chercher le lendemain. Il m'a serré dans ses bras, m'a répété à quel point il était désolé. Il m'a aussi fait promettre de ne plus jamais remettre les pieds dans l'atelier de ma mère. Pendant la semaine qui a suivi, j'ai eu l'impression d'avoir un père.

À huit ans, j'ai décidé de faire un exposé sur Van Gogh.

« Pourquoi t'as choisi ça ?

— J'aime bien sa peinture.

— Je t'interdis de faire ça. Ce sont des hommes comme lui qui ont tué ta mère.

— Mais, c'est trop tard, je l'ai déjà dit à la maîtresse, moi…

— Mais qu'est-ce que j'en ai à foutre de ta maîtresse ? Regarde-moi dans les yeux, et dis-moi sur quoi tu vas faire ton exposé. Allez, putain !

— Sur, euh… Les oiseaux migrateurs.

— Très bien. C'est un très beau sujet. Tu vois quand tu veux. »

Je ne sais pas ce qui m'a pris de dire ça. C'est arrivé tout seul. Le lendemain, il s'est ramené avec le livre et le documentaire du *Peuple migrateur*, mon premier vrai cadeau depuis longtemps. Il a rédigé en entier mon exposé avec moi. J'ai eu dix-neuf grâce à lui. On nous avait retiré un point à cause d'une conclusion en faveur de l'immigration. C'était son idée.

« Je le dois à ta mère. Il est naturel de migrer pour survivre. »

La seule chose qui m'ait jamais rendu fier de lui.

À dix ans, il m'a surpris dans le jardin en train de dessiner un temple zen. Il n'a rien dit. Il est entré dans la maison, en silence. Je l'entendais faire des allers-retours. Et sans prévenir, il a débarqué avec les tableaux de ma mère et les a balancés près d'un tas de paille. Il a craqué une allumette et a foutu le feu. Je me suis précipité dans la cuisine, j'ai rapporté des seaux d'eau, essayant vainement d'éteindre les flammes. Je n'ai pu sauver que trois toiles à moitié carbonisées. L'une d'entre elles représentait un bébé peint en bleu. Je me suis effondré à côté des cendres.

« Regarde ce que tu me fais faire. Ne joue plus jamais avec moi, tu m'entends ? Plus jamais. »

C'est à douze ans que je l'ai trouvé. Un coin calme, à l'abri de tout, de mon père surtout, niché au creux d'une falaise, accessible par un escalier creusé dans la roche. Je me levais tôt pour aller peindre là-bas et y passais mes après-midi. Je racontais à mon père que j'allais chez des amis. En vérité, je n'avais que quelques potes, avec qui je traînais pendant les récrés. Mais je ne me plaignais pas. Je pensais ne pas en avoir besoin. Peut-être que j'avais tort. Que si j'avais eu des amis à l'époque, rien de tout ça ne serait arrivé.

Je n'oublierai jamais ce jour de mai. Le jour où il m'a détruit. Le jour où je me suis perdu.

C'était l'année dernière. Il faisait chaud pour un printemps breton. Une chaleur étouffante. Aveuglante. C'est sûrement pour cela que je ne l'ai pas vu arriver. Je commençais à ranger mes affaires quand j'ai soudain senti une vive douleur dans le crâne. J'ai lâché mon pinceau et me suis effondré sur la roche. Mon ventre me faisait mal. Je n'ai même pas pu éviter son deuxième coup.

« Et moi qui pensais que tu avais arrêté. Que t'avais oublié ces conneries. Je te faisais confiance, et je te retrouve là ? Prends pas cet air étonné, petit merdeux, tu sais très bien ce que tu as fait. Tu n'as vraiment aucun respect pour ta mère, hein, petit con.

— Tu me fais vraiment mal, Papa... »

Il m'a giflé, tellement fort que j'ai cru que je ne pourrais jamais me relever.

« Mais Papa… Je ne vois pas pourquoi tu ne veux pas que je peigne. Au contraire, j'honore sa mémoire. Aïe, putain !

— Peindre l'a tuée ! Ça a aspiré son énergie et son âme jusqu'à ce qu'elle en meure !

— Papa, tu sais bien que ce n'est pas vrai, enfin. Son cœur était fragile, on ne pouvait rien faire contre ça.

— Peindre l'a achevée ! Tu ne comprends pas que je veux te protéger ? Tu veux mourir comme ta mère, c'est ça ?

— Papa, mais mon cœur va très bien… Écoute, je n'en peux plus. Depuis que je suis petit, je te supporte. Merde, t'as pensé une seule seconde que tu me faisais souffrir ? Que tu me terrorisais ? Quel genre de père ferait ça ?

— Tais-toi !

— Non, je l'ai assez fermée ! La vérité, c'est que t'as pas assez fait attention à Maman et que tu le sais très bien ! Tu ne t'es jamais occupé de moi, tu as pris ta femme pour ta boniche ! J'ai trouvé son journal intime. J'ai bien vu que tu ne prenais pas soin d'elle. Si quelqu'un l'a tuée ici, ce n'est pas moi. »

Ses mains se sont ruées sur mon cou, il était comme un taureau fou, incontrôlable, dévoré par les tiques. Je ne pouvais plus respirer. J'ai vu ma vie défiler devant mes yeux, toutes les choses que je ne connaîtrais jamais surtout. J'ai fixé la mousse jaunie à mes pieds. Ça m'a apaisé. Je me résignais à avoir pour dernière vision un fragment de soleil. Un visage m'est soudain apparu. Je ne sais pas trop qui c'était. Quelqu'un que je rencontrerais dans le futur, une raison de rester, peut-être. Aujourd'hui, j'aime me dire que c'était toi, Sarah. Même si c'est ridicule. J'aime me dire que tu m'as sauvé ce jour-là. J'ai concentré toute mon énergie en une dernière attaque. J'ai attrapé la mallette remplie de tubes de peinture située à côté de moi et l'ai fracassée contre son crâne. Il a poussé un hurlement avant de me lâcher. Il s'est assis et s'est tenu la tête dans les mains. Il saignait beaucoup, mais il commençait à se relever. Alors j'ai foncé sur lui. J'aurais pu m'arrêter là. Il n'avait pas encore attaqué de nouveau, il était encore sonné. Cela suffisait pour me sauver. Et pourtant, pourtant, je l'ai percuté. Et puis, et puis, il a glissé et est retombé quelques mètres plus bas sur la plage et le voir mort m'a rendu toute ma lucidité. Je me suis brusquement rendu compte de ce que j'avais fait. De ce que j'étais devenu. Un monstre. Comme lui.

Il y a eu un procès. Je m'en suis sorti, on a plaidé la légitime défense, et ça a fonctionné. Les voisins se sont mis à témoigner en ma faveur. Oui, mon père était alcoolique. Oui, il était connu dans le coin pour sa violence. Oui, on voyait le petit avec des bleus sur la tête régulièrement. Non, on a prévenu personne. Parce qu'on était pas sûrs. Parce que ça ne nous regardait pas.

On m'a placé dans un foyer, le temps de me trouver une famille d'accueil. J'y suis resté une année. Puis Soraya, ma responsable ASE, a fait en sorte que je ne passe pas cet été au foyer, mais ici, avec vous. C'est la nièce d'Aïcha, alors l'idée lui est venue assez naturellement.

Ses cendres reposent maintenant au fond de la Manche. Je ne suis même pas allé à l'enterrement. Je savais que m'y rendre me briserait éternellement. Que la vérité surgirait comme une gifle. Que j'avais tué mon père comme il avait tué ma mère.

Alice

Par où commencer ? Je ne sais même pas ce qui pourrait se rapprocher le plus d'un début. Peut-être mon premier souvenir. Je devais avoir trois ans. Je courais dans les champs derrière notre maison de campagne, à travers les longues herbes jaunies par le soleil, les coquelicots sauvages et les trèfles à quatre feuilles. Je suis arrivée à une grande étendue d'herbe entourée de clôtures électrifiées pour empêcher que la vache qui broutait là ne puisse s'échapper. Je l'ai appelée. Elle s'est approchée nonchalamment, son corps lourd se balançant de droite à gauche. Et elle s'est mise à me parler.

« Que fais-tu ici, toute seule ?

— Je suivais un papillon.

— Je vois. Dis-moi, c'est bien d'être humaine ?

— Je ne sais pas. Je crois que oui. C'est bien d'être une vache ?

— Je ne connais rien d'autre. Je vis avec l'angoisse de ne pas savoir quand j'irai à l'abattoir. Même si c'est le cas de chaque être vivant, au fond. J'aurais aimé être une méduse.

— Pour piquer les gens ?

— Pour ne pas avoir conscience d'exister. »

Un an plus tard, le jour de Noël, je repensais à cette vache de mon rêve. Je ne tenais plus en place devant les cadeaux au pied du sapin. J'ai ouvert le premier paquet, toute tremblante. Une maison avec des Polly Pocket et un nounours.

J'ai passé des heures à installer les minuscules chaussures, les ustensiles de cuisine et les animaux de compagnie. J'allais me décider à me coucher lorsque j'ai vu mes jouets s'animer dans la maison. Les uns se mettaient à table autour d'un poulet rôti en plastique et regardaient la télévision qui diffusait un défilé de mode aux créations colorées. D'autres, en peignoir, hésitaient devant une montagne de mini-jupes roses et de robes aux motifs léopard. Je me suis glissée dans mon lit et j'ai fermé mes yeux. Le plus fort possible.

Quelques mois plus tard, je me remémorais cette hallucination due à la fatigue. Oui, il ne pouvait s'agir que de cela. J'étais juste épuisée. Je me tenais exactement au même endroit. J'avais trente-neuf de fièvre. J'ai serré mon nounours dans mes bras et il s'est mis à me parler.

« Je suis là, ne t'inquiète pas.

— Monsieur Cookie ? Depuis quand tu parles, toi ?

— Depuis toujours. Tu ne m'as juste jamais écouté.

— Tu ne me quitteras jamais, hein ?

— Jamais. »

Depuis ce jour de fièvre, mon doudou est devenu mon compagnon de jeu, mon confident, mon tout, mon indispensable. Plus je grandissais, et plus je me demandais pourquoi je n'allais pas à l'école comme les autres enfants. Ma mère me disait que j'étais mieux à la maison. Que j'étais trop intelligente, et que j'allais m'ennuyer en cours. Je me sentais seule. Terriblement seule. Jusqu'à ce que je les rencontre. J'avais douze ans et revenais d'une session de bodyboard, les cheveux emmêlés par les vagues. Mes parents me croyaient chez le docteur. Je leur avais menti. Tout simplement parce que je n'en pouvais plus. Tous ces rendez-vous interminables à raconter ma vie ou à faire des scanners. Encore et encore. Je ne comprenais pas. J'allais bien, pourtant. J'étais en bonne santé. Mes parents me rassuraient, ils disaient que tout était normal, que tous les gens de mon âge allaient voir des médecins. Alors, je les croyais. Parce que je n'avais pas de point de comparaison.

J'ai posé ma planche sur le sable sec, près d'un château de sable abandonné. J'ai fermé les yeux. J'écoutais le chant de la mer. Parfois, je croyais presque entendre le son d'un instrument. Je me suis brusquement relevée. Je l'entendais réellement. À quelques mètres de moi, un piano se tenait sur la plage. Je me suis approchée. Quatre silhouettes découpaient la nuit.

« Alors, Lucie, t'es contente maintenant ?

— Très ! Merci beaucoup, les gars. C'est le plus beau jour de ma vie.

— Faut pas exagérer... On a rien fait de spécial...

— Ivona, tu peux vraiment pas t'empêcher de casser le délire des autres ?

— Et toi, tu peux pas t'empêcher de me critiquer ?

— Ethan, Ivona, calmez-vous par pitié. Vous allez pas vous disputer le jour de l'anniversaire de Lucie, enfin !

— C'est bon, Esther, je ne le prends pas mal. Occupe-toi plutôt de préparer la batterie. Ivona, sors les partitions, Ethan je te laisse accorder ta guitare. Et toi, tu as amené quoi ? Eh, oh, la brune, je te parle !

— Moi ? »

Je ne comprenais pas ce qu'ils me voulaient. Je ne les connaissais pas. Je ne les avais jamais vus.

« Bah oui, toi. Il n'y a personne d'autre sur cette plage.

— Je crois que vous faites erreur…

— Non, on sait très bien qui tu es, Alice.

— Comment vous connaissez mon prénom ?

— On t'a croisée tout l'été, à force, on a retenu ton nom. »

Je me suis avancée pour mieux les regarder. Ivona avait l'air fermée, Lucie n'arrêtait pas de sautiller partout, Esther me souriait et Ethan… Ethan était tout simplement le plus beau garçon que j'avais jamais vu.

« Vous habitez ici ?

— Oui. Depuis longtemps. Au fait, moi, c'est Esther.

— Oui, je sais, je vous ai entendus.

— Tu nous espionnais. C'est Ethan qui va être content, ça fait un mois qu'il t'observe en cachette.

— La ferme, Lucie !

— Bon, on s'y met oui ou non ! Alice, tu sais jouer un truc ?

— Je sais jouer de la guitare et je chante, mais…

— Parfait, tiens, les paroles. »

Notre groupe était né. Les années qui ont suivi ont enfin donné un sens à ma vie. On se voyait presque tous les jours. On s'envoyait un texto le matin et hop, on était réunis. Toujours chez moi. On montait au grenier, où mes parents n'osaient jamais grimper. On avait des projets. On se voyait déjà faire toute notre vie ensemble. Mes parents se comportaient étrangement avec eux. J'avais l'impression qu'ils se forçaient à leur sourire, ne leur adressaient jamais la parole. J'ai fini par croire qu'ils n'aimaient pas me voir heureuse. Qu'ils me préféraient entièrement dépendante de leur amour. J'en ai parlé à Esther. Elle était ma confidente. Celle qui me disait toujours ce que j'avais besoin d'entendre, ce que j'avais envie surtout. Elle m'a répondu en tournoyant sur elle-même que je me faisais juste des idées. Qu'ils se comportaient parfaitement normalement avec elle. Je l'ai rejointe en souriant, oubliant mes inquiétudes irrationnelles. On a dansé toute la journée sur la plage, toutes les deux. Au rythme de la musique et de la marée.

Le jour de mes quatorze ans, Ethan et moi nous sommes éclipsés de la plage où nous avions monté une tente en toile bleue et un buffet rempli de verres de sodas, de chips barbecue, de cartons de pizzas. Il m'a pris la main maladroitement, prétextant vouloir me montrer quelque chose. Je l'ai observé pendant tout le trajet. Je ne pouvais pas m'en empêcher. Mes sentiments grandissaient de jour en jour. On est arrivés près de ce que nous avions baptisé la plage des culs nus, selon les termes de ma grand-mère. On s'est arrêtés juste à la lisière pour s'enfoncer entre les roches, là où l'on avait une vue imprenable sur Les Deux Jumeaux.

« Il faut monter. Sinon, tu ne pourras pas voir ce que j'ai écrit sur le sable.

— Tu es sûr que c'est encore là ? »

Quand on est arrivés au sommet du plus haut rocher, il m'a ordonné de regarder en bas. J'ai lu à voix haute.

« Je t'aime. Depuis toujours. »

Aujourd'hui, j'ai bien conscience du ridicule de son acte, de son romantisme foireux, d'un cliché à couper au couteau. Cela paraît pitoyable. Mais je n'avais jamais été aussi heureuse. Et, sans le consulter d'un regard, j'ai pris son visage dans mes mains et l'ai embrassé.

« C'est pas trop tôt.

— Lucie, qu'est-ce que tu fais là ?

— Je vous ai trouvés suspects, j'ai eu raison ! J'ai pris plein de photos de vous deux en pleine action. Tu vas voir, c'est épique !

— Efface ça tout de suite !

— Pour ça, faudra me rattraper ! »

Je me suis élancée à sa poursuite, légère, je ne pouvais pas m'empêcher de rire bêtement. J'ai fini par l'agripper et l'ai plaquée au sol. J'ai bloqué ses mains pour attraper le portable dans la poche de son iconique veste en jean. Elle ne s'est pas débattue. S'est contentée d'effacer les photos. Elle a soudain pris un air étrange. Ses yeux s'étaient vidés. On aurait dit que son âme s'échappait d'elle petit à petit.

« Lucie, ça va ?

— Oui, oui.
— Tu es sûr ? Oh non, Lucie, ne me dis pas que toi aussi tu…
— Non ! C'est pas ça. C'est juste que…
— Quoi ?
— Si on te cachait quelque chose pour ton bien, tu nous en voudrais ?
— C'est le cas ?
— Non ! Je veux dire, c'est purement hypothétique… Alors ?
— Bien sûr que non, vous êtes mes amis, je vous fais confiance.
— Et si on était pas vraiment ce que tu crois, tu nous aimerais encore ?
— Lucie, bien sûr que oui, c'est quoi cette question ?
— Oublie, c'était juste comme ça. »

Je n'y ai pas fait attention. Lucie avait toujours été étrange. Elle radotait beaucoup. Restait bloquée sur des événements sans importance. Elle faisait souvent des fixettes. Elle avait constamment besoin de notre réconfort. Elle était vite devenue une petite sœur à protéger pour nous. Même si elle était la plus âgée.

Je me souviens de l'Halloween de mes quinze ans. Je ne sais plus ce que faisait le groupe ce jour-là. Je regardais un vieux film d'horreur avec mes parents. J'avais dû me battre pour les convaincre. Ils me trouvaient encore trop jeune. Je n'en pouvais plus de toute cette protection. De ce cocon de sécurité qui m'entravait. Je commençais à étouffer. Ethan était ma seule échappatoire. On s'amusait à se faire peur. Nous nous retrouvions au beau milieu de la nuit, près d'un lampadaire cassé. Avec lui, je me sentais libre. On apprenait à connaître nos corps. On éprouvait des sensations que jamais nous ne pensions découvrir. Nous cherchions à ne former qu'un tout. À savoir tout de nous. Et je pensais notre amour éternel.

Halloween, donc. Au beau milieu d'une scène terrifiante, la sonnerie a résonné. J'avais beau me répéter que tout cela n'était qu'un film, je ne pouvais pas m'empêcher de trembler. Je suis allée ouvrir, attrapant un tas de paquets de bonbons au passage. Un petit garçon déguisé en pirate se tenait devant moi.

« Tu veux des bonbons ? Tiens, j'ai des schtroumpfs, des oursons à la guimauve, des crocodiles, des scoubidous, bref, tu veux quoi ?

— Non, je veux ma maman. Je l'ai perdue.

— Alice ? Qu'est-ce qui se passe ?

— Y a un petit, il dit qu'il est perdu.

— J'arrive. Oh, mon Dieu. Chéri ? Tu peux venir ?

— Je suis là. Je vois... Alice, va dormir, d'accord ? Il est tard. Je vais m'en occuper. Va te reposer. »

Mon père a mis son long manteau noir, oubliant son portable et ses clefs de voiture sur la table et est sorti, le petit garçon le suivant.

Nous n'en avons plus jamais parlé. Du moins, pas avant un certain temps. Je ne savais pas à l'époque à quel point l'image de son visage en pleurs me hanterait aujourd'hui.

Je sais. Vous êtes perdus. Ou, au contraire, vous avez compris. Qu'importe. Plus qu'un souvenir, et vous saurez.

C'était il y a deux mois. Ivona m'avait invitée à dormir à la belle étoile sur la plage, un jour où la nuit était douce. Ivona, soyons honnêtes, était insupportable, elle ne faisait que râler et nous critiquer. Et pourtant, c'est ce que l'on préférait chez elle. Ce soir-là, elle s'est confiée à moi. Elle m'a dit que j'étais sa plus belle rencontre, et m'a rappelé tous les instants de joie passés ensemble. Je n'ai pas compris ce soudain changement de comportement. Elle avait sans doute deviné que c'était la dernière fois que nous nous parlions vraiment. Que le lendemain, nous serions tous devenus ce que nous étions réellement. Des étrangers.

Je mens. Bien sûr que nous étions plus que cela. Que ces moments ne pourront jamais s'effacer. Que, jamais, je ne pourrai les oublier.

Quand je suis rentrée à la maison le lendemain vers sept heures du matin, mes parents étaient installés dans le canapé, ma mère tripotant la télécommande, mon père observant les photos de famille sur la commode. Un terrible pressentiment m'a envahie. Et en prononçant ces mots, j'ai su qu'il s'agissait de quelque chose de plus important que ma nuit dehors.

« OK, pardon Maman, j'aurais dû vous prévenir, mais sinon, qu'est-ce qu'il me reste ! Vous ne me laissez rien faire, je suis toujours obligée de vous mentir !

— Alice, calme-toi. Ce n'est pas de ça que nous voulons te parler. Écoute ton père. Et surtout, respire à fond. Ne panique pas.

— Qu'est-ce qui se passe ?

— Voilà, Alice. Je ne vais pas y aller par quatre chemins. Tu es malade. Tu es atteinte d'une maladie mentale. Voilà pourquoi tu vas si souvent chez le médecin. Voilà pourquoi on te protège autant. Depuis que tu es née, tu vois des choses qui n'existent pas. Tu ressens même des sensations qui te semblent réelles. Mais tous les médecins nous ont dit de ne rien te révéler. Ils disaient que tu n'étais pas encore prête, pas assez forte. Mais tu vas bientôt avoir dix-huit ans maintenant. Nous voulons que tu saches.

— Je ne comprends pas… Qu'est-ce que vous voulez dire ?

— Tu sais, on ne s'est pas tout de suite rendu compte que tu avais un problème. Une fois, quand tu avais trois ans, tu as disparu. On t'a cherchée pendant une heure. On n'a jamais eu aussi peur de notre vie. On a fini par te retrouver. Tu parlais à une vache. Sur le chemin, tu as fait la même chose avec des fourmis, des plantes, des corbeaux. On était tellement heureux de t'avoir retrouvée qu'on est passés outre. On s'est rassurés en se disant que tu avais juste une imagination débordante. C'est quand on t'a offert ce nounours, M. Cookie, qu'on a commencé à avoir des doutes. Tu étais toujours fourrée avec lui. Tu nous en parlais comme d'une vraie personne. Mais, là encore, on a fait comme si de rien n'était. Mais, il y a eu ce jour, tu avais quatre ans. Tu nous as dit que tes jouets t'avaient protégée d'un monstre. Qu'ils t'avaient sauvée, mais que tu étais blessée. Je ne sais pas comment tu as fait, mais tu saignais pour de vrai. C'est à ce moment-là qu'on a commencé à voir des médecins. Quand on a diagnostiqué ta maladie, on a eu l'autorisation de t'instruire. Tous les médecins disaient que tu ne devais pas fréquenter trop d'autres enfants. Que c'était dangereux, tant que tu ne parviendrais pas à distinguer ce qui était vrai de ce que tu croyais vrai. Que tu pouvais te mettre en danger, voir faire du mal à quelqu'un sans faire exprès. Alors, on t'a gardée près de nous. Tu nous as fait plusieurs crises. Ce petit garçon à Halloween, par exemple… Tu étais la seule à le voir. Écoute-moi bien, maintenant. Surtout, reste calme. Ce que je vais te dire va être dur à entendre.

— Non, non, ne me dis pas ça. Ça ne peut pas…

— Je suis désolé, ma chérie… Mais Esther, Ivona, Lucie, Ethan n'existent pas.

— Non, non, ils n'ont pas pu me mentir comme ça…

— Ce n'est pas aussi simple que ça… Écoute, on t'a trouvé un lieu, pour cet été. Maintenant que tu vas être majeure, il faut que tu t'entraînes à fréquenter d'autres jeunes, dans un environnement sécurisé, en petit comité. Je veux dire : fréquenter de vraies personnes.

— Ils n'ont pas pu me faire ça…

— Chérie ! Je t'en prie… Alice, reviens ! »

J'ai couru jusqu'à la plage. Je ne me souviens pas avoir fait le trajet. Je ne ressentais rien. Juste du vide. Car c'était bien ce que ma vie représentait. Rien. Une absence d'existence. J'ai senti quelque chose de gluant sur mon épaule dénudée. Une grenouille.

« Ça y est, tu sais que tu es folle, maintenant. C'est pas trop tôt. »

Je me suis mise à hurler. Une onde de froid m'a envahie. Je ne pouvais plus respirer. Ma première crise d'angoisse avant tant d'autres. J'ai foncé vers la mer et ai plongé dans les vagues. J'ai nagé longtemps. Comme si leurs claques salées pouvaient me faire oublier. Comme si elles pouvaient me guérir. Rafistoler le passé avec du fil de fer. Pour que jamais le présent ne soit. Quand je me suis arrêtée, épuisée, je m'étais enfin calmée. Je me suis tournée vers le large. J'ai aperçu les quatre silhouettes de mon groupe. Je me suis sentie couler sans fin. Ma descente commençait. En fait, je n'avais jamais cessé de tomber.

Stephan

Mon histoire à moi, elle tient en un an. Pas la peine de parler de ce qui s'est passé avant. Ma vie est trop merdique pour ça. Je vais vous montrer ce que je suis. Un connard. Un sale bâtard. Un salopard. Bref, tout ce que vous voulez. Mais ça, vous le saviez déjà. Je sais très bien que vous ne me verrez plus jamais comme avant. Tant pis. Je préfère que vous connaissiez tout de moi. On peut tout se dire, pas vrai ? On peut tout entendre, hein ? Oui, vous avez bien vu. C'est bien mon journal intime que j'ai là. Je sais, ça surprend. Je suis heureux de l'avoir écrit. Je ne sais pas comment je pourrais vous révéler mon passé, sinon. J'aurais été trop tenté de changer la réalité. Parce que le méchant dans cette histoire, c'est bien moi. Et que ça, j'aimerais tellement que vous ne le sachiez pas.

1er septembre

Fait froid. Je sais pas ce que je fais là, avec tous ces mongoliens. Tous des faux-culs. Tous des vendus. Personne à qui parler. On m'appelle. Première 4. Je connais tout le monde. Je sais d'avance que je resterai seul. Je rentre dans la classe. Dors à moitié. Aucune envie de faire le moindre effort. Pourquoi faire. Je ferai jamais rien de ma vie. Les profs l'ont bien deviné. Ça se voit à la manière qu'ils ont de me regarder. Ils savent que je finirai comme mon père. Un bon à rien.

18 septembre

Je traîne devant le supermarché avec les mecs. On se passe une bouteille. C'est dégueulasse, mais je bois quand même. Je suis le dur. Celui qui frappe, qui attaque. Celui qui se fait virer de cours. C'est moi. Ça l'était. J'en ai marre de me faire passer pour quelqu'un que je déteste. Je veux pas être un gars comme ça.

« Putain, la prof de français elle casse les couilles là avec son bouquin ! Une semaine pour trois cents pages quoi, c'est abusé sérieux.

— Ouais, grave. Hein, Stephan ?

— Tu crois que si je la baise, elle me donnera plus de temps ?

— T'es trop con, Stephan ! »

La phrase que j'ai le plus entendue dans ma vie. Le bouquin dans la main, je sais que je ne l'ouvrirai même pas. J'ai trop peur d'aimer ça.

30 septembre

Plus rien dans le frigo. Je gueule à ma mère quand est-ce que tu comptes faire les courses. Pas tout de suite, elle répond. Avachie devant le canapé, elle ingurgite des pubs. Son premier sujet de conversation. Elle se met à sourire bêtement, trouve un prétexte pour se cacher en cuisine. Le plus souvent, elle déclame des énormités qui mettent tout le monde mal à l'aise.

À part mon père. Toujours prêt à la protéger. C'est bien la seule qu'il défend.

11 octobre

Je suis dans le parc. Seul. Les mecs voulaient aller taguer à la gare. J'ai dit que j'avais la flemme. J'en ai marre de traîner avec eux. Ils commencent à le sentir. Je rentre à minuit. Le lycée a appelé mon père. Vingt-sept heures d'absences non justifiées. Il a sorti sa ceinture. Ça faisait longtemps. Trois mois. Un record. Il y a de la jouissance dans ses yeux quand il me frappe. Sale bâtard. Je le hais.

17 novembre

Ça fait longtemps que j'ai pas ouvert ce carnet. Quand je le relis, je me sens relaxé, je sais pas pourquoi. J'oublie que je suis constamment sur la défensive. Que je peux pas m'empêcher d'insulter tout ce qui bouge. Que je ressemble à un clebs.

25 novembre

Dans un bar. Je savais pas où aller. Pas envie de rentrer. Je sais que mon bulletin est arrivé. Je me prépare à la raclée que je vais prendre. J'ai jamais autant rien branlé. J'ai perdu toute envie de tout. Même ma PS3 m'emmerde. Je ne traîne plus avec les mecs. Ils m'ont enfin laissé tomber. Je me demande si j'ai pas fait une grosse connerie.

11 décembre

Anniversaire du daron. Un supplice. Toute la famille est réunie dans notre minuscule baraque. On déborde. Je m'éclipse dans les chiottes. Je lis les magazines people de ma mère. Ça me déprime. Je sors pour le gâteau. On applaudit. Mon père ouvre ses cadeaux. Une nouvelle ceinture. Avec des mini clous. J'ai l'impression qu'il me fait un clin d'œil. Je tremble.

23 décembre

Il neige. Je vais jusqu'au terrain vague. Y a jamais personne. Je m'assois sur un banc. J'entends du bruit. Je lève la tête. Une fille. Je dirais asiatique. En haut de l'arbre. Je sais pas pourquoi, mais je veux lui parler. Je me lance sans savoir quoi lui dire.

« Il fait beau, là-haut ?

— Mouais, pas mal. Et en bas ?

— Il fait un temps de merde. »

Elle rigole. Je vois pas ce qu'il y a de drôle. Elle descend et s'installe à côté de moi. J'arrive pas à capter son regard. Ses yeux me fuient.

« T'es nouvelle dans le coin ?

— Non, je suis coincée depuis toujours dans ce trou perdu. Dès que je peux, je me casse d'ici.

— C'est ce qu'on dit tous. Mais on sait bien qu'on ira jamais nulle part.

— Eh bien, t'es du genre optimiste, toi. Tu t'appelles comment ?

— Stephan. Je sais très bien ça me va pas, te fous pas de ma gueule.

— Pourquoi je me foutrais de ta gueule ?

— Je sais pas. J'ai l'habitude.

— Un conseil, change d'ami. Ne t'habitue jamais à ce qu'on te rabaisse comme ça. Pour un prénom, en plus… C'est bête et immature. »

J'aurais pu la trouver donneuse de leçon. Mais non. C'est comme si elle s'inquiétait vraiment pour moi.

« Tu faisais quoi, là-haut ?

— Je réfléchis mieux en hauteur.

— Et tu réfléchissais à quoi ?

— C'est un interrogatoire ou quoi ?

— Non. Ça m'intéresse. »

Et je le pense vraiment. Elle a l'air d'être une chouette fille. J'ai envie de la connaître. Je sais pas pourquoi.

« Je pensais à un scénario que j'écris. J'aimerais travailler dans le cinéma.

— Mais c'est génial. Premier degré, je suis impressionné. Ça parle de quoi ? »

Et elle me raconte. Son histoire est vraiment dingue. Une histoire de revenants. Avec un méga twist à la fin. Je trouve une incohérence. Elle me remercie. Elle me dit que je suis le meilleur. Elle me dit que je suis intelligent.

« Bon, Stephan, je dois y aller. Mais je suis ici tous les aprèm. On se voit demain si tu veux. À la prochaine.

— Eh ! Attends un peu ! Tu t'appelles comment ? »

Elle se retourne. De la neige recouvre ses cils. Elle me sourit. Un vrai sourire. J'ai l'impression d'en voir un pour la première fois.

« Louise. »

1er janvier

On est souvent ensemble. Je lui parle de mes difficultés en cours. Elle me dit qu'elle m'aidera à condition que je ne sèche plus. Je lui promets. Parce que ça fait du bien de partager un pacte avec quelqu'un. J'ai l'impression d'enfin exister pour quelque chose. J'ai trouvé un but dans ma vie. Lui faire plaisir.

6 février

Je sais, je n'écris plus. Enfin, si on peut appeler ça écrire. J'ai l'impression d'insulter les écrivains en disant ça. Ça me donne envie de leur envoyer une lettre d'excuse. Mais voilà, je n'ai pas le temps. Ça fait bizarre de dire ça. Ça sonne étrangement dans ma bouche. Comme si je n'étais pas autorisé à dire des ~~conneries~~ trucs pareils. Je suis heureux quand je suis avec elle. C'est devenu ma meilleure amie, j'ai pas honte de le dire. Elle est ma sœur. Elle est la famille que j'ai choisie. Pourtant, on ne fait rien de spécial. On se mate des films chez elle. On fait mes devoirs chez moi. Elle me paie un Coca. À chaque fois, je dis que le prochain, c'est pour moi. Elle lève les yeux au ciel. Toujours. L'autre fois, j'ai vu l'affiche d'un dessin animé. Louise en hiver. Je n'ai pas arrêté de penser au moment où je lui montrerai. Elle me répondra sûrement en rigolant que bien sûr, elle connaissait. Je fais tache à côté d'elle. Et pourtant, elle reste avec moi. Elle s'accroche. Malgré ~~mon caractère de merde~~ mon sale caractère. Malgré ma banalité.

15 février

J'ai eu 15 en français. Les mecs m'ont dévisagé toute la journée. Comme si j'étais devenu un monstre. D'autres gars sont venus me voir. Maintenant que j'ai de bonnes notes, ils s'intéressent à moi. Je voudrais écrire toutes les horreurs que je pense d'eux. Je me retiens. Je veux pas, dans trente ~~piges~~ ans, retomber sur ce carnet s'il contient tout ce que je pense réellement. Je me dégoûterais. Je vis avec l'espoir qu'un jour, je me serai calmé. Je veux pouvoir être fier de ce que je suis.

Louise m'a félicité, on s'est pris dans les bras. On a cuisiné des cookies. On a regardé un film d'horreur. Puis un autre. Puis encore un autre. Ce soir-là, elle m'a confié des trucs. Des trucs intimes. Elle m'a dit qu'elle avait peur de l'espace, parce qu'elle avait l'impression que sa vie comptait pour rien.

« Peut-être que tu devrais te dire que c'est justement parce que nos vies ne valent rien qu'on peut en faire ce qu'on veut. Tu trouves pas ?

— Je croyais que t'étais pas du genre optimiste ?

— Faut croire que tu m'as changé. »

4 mars

Je rentre. Mon père m'attend dans le salon. Il a un papier à la main.

« Tu sais ce que c'est ?

— Mon bulletin…

— Et tu sais ce que tu mérites pour ce bulletin ? »

Mon père s'approche. Je recule.

« Je sais pas si tu te rends compte, Stephan. Tu es passé de sept à treize en un trimestre. Je t'ai toujours dit que tu en étais capable quand tu passais ton temps à rien branler.

— Et donc, tu veux que je m'excuse, c'est ça ?

— Stephan, ne gâche pas tout, tu veux.

— Mon chéri, sois gentil avec ton père. Il fait un effort. Tu sais qu'il n'est pas très… Pas très… Enfin, il n'aime pas trop montrer ses sentiments. Et puis, il vient d'apprendre qu'il n'a pas eu le poste qu'il voulait. C'est… Tu sais, le petit arabe, euh… Mohamed je crois, enfin ils s'appellent tous comme ça, alors… Il y a un manque d'imagination chez ces gens-là…

— Catherine ! Garde tes propos racistes pour autre part que chez moi, tu veux ? »

Le visage de Maman se fige. Elle prend son manteau et s'en va. C'est la première fois que je vois mon père critiquer Maman. La première fois que j'ai envie d'essayer de l'apprécier.

17 mars

Je vis. Tout simplement. Que dire de plus ? À part merci, peut-être. Oui, merci.

28 mars

Malade. Mon père a pris sa journée exprès. Il n'avait aucune raison de le faire. Maman est tout le temps là. Il s'occupe de moi. Il s'inquiète pour moi. Je ne l'ai jamais vu comme ça. À part de vagues souvenirs d'enfance. J'ai l'impression d'avoir un père. C'est étrange. Je n'arrive pas à m'y faire. Il me caresse les cheveux. Je pleure.

8 avril

Louise est partie en vacances. Deux semaines sans elle. Je ne suis pas habitué à son absence. Je n'imagine plus la solitude. J'ai peur de redevenir ce à quoi je ressemblais avant de la rencontrer.

10 avril

Passé deux jours dans mon lit. J'ai fait tous mes devoirs. Je regrette d'en avoir si peu. Si un jour je pensais dire ça.

11 avril

Au terrain vague. Je trouve des gars sur la pelouse. Je les connais. Ils sont toujours à l'entrée du lycée à distribuer des prospectus. Ils s'approchent de moi. Je sais pas pourquoi, mais je reste avec eux. On se marre. Des bouteilles passent. Des blagues fusent. Je ris. J'ai pas envie de me prendre la tête. C'est pas trop mal finalement. On se quitte en se disant à demain.

14 avril

Avec les gars. Ils me parlent politique. Ça me dit rien.

« Mais, regarde, la preuve qu'on a raison : ton père.

— Quoi mon père ?

— Il s'est fait piquer son poste par un immigré, non ?

— Tu veux dire un bougnoule, ouais…

— Ta gueule, Fabrice ! Tu ne vois pas qu'il y a plein de familles à côté ? Si on t'entend, ça va nous attirer des problèmes… Tu veux qu'ils aillent encore raconter partout qu'on est racistes et tout le bordel ? La patronne l'a dit : on fait

profil bas. À ton avis, pourquoi je suis en costard tout le temps ? Donc, Stephan ?

— Tout ce que je sais, c'est que mon père, il méritait le poste. Il le méritait vraiment.

— Et tu ne trouves pas cela étrange ?

— Un peu. Mais bon, je suis juste parano de croire à un complot.

— Mais c'est le cas ! Regarde, aujourd'hui le gouvernement privilégie les immigrés aux travailleurs français, tu ne trouves pas ça injuste ?

— Mais, Mohamed il est français…

— Tu vois bien ce que je veux dire. On se fait remplacer. Tu connais, le « grand remplacement » ? Eh bien, c'est ça. On se laisse envahir. Et les gens comme ton père, qui sont vraiment dans la merde, ces familles-là, qui ont tout donné pour la France, elles ne sont aidées par personne. Nous on est là, on veut être le parti des vraies gens. Réfléchis un peu à ça, OK ? »

Et c'est ce que j'ai fait.

24 avril

À la sortie du lycée avec les gars. Je distribue des tracts. Ces deux semaines m'ont ouvert les yeux. Tout est clair à présent. Je me sens à ma place. On est au deuxième tour. On peut gagner. Une gifle. Je relève la tête. Je pensais voir mon père, mais c'est Louise qui se tient devant moi.

« Alors, t'es influençable à ce point. Je te laisse deux semaines, et tu te transformes en putain de facho ! Mais qu'est-ce qui te prend, merde ?

— On est pas tous comme ça.

— « On » ? Non mais je rêve, là ! Réveille-toi, Stephan ! C'est quoi ce délire, merde ?!

— C'est toi qui me disais que je devais avoir des amis. Et bah voilà.

— Mais pas eux ! Merde, Stephan, tout mais pas eux.

— Si t'es pas prête à accepter ce que je suis, alors on est pas vraiment amis.

— Vraiment ? Tu crois vraiment à ces conneries ? Tant que tu traînes avec eux, t'attends pas à me voir au terrain vague, tu m'entends ? C'est non négociable. »

Elle part. Elle pleure. Je voudrais la consoler, mais je sais qu'elle finira bien par accepter.

30 avril

Mon père ne me parle plus. Louise est passée lui raconter. Il m'a dit qu'il ne me considérait plus comme son fils. Je lui ai répondu que ça n'avait jamais été le cas. Il allait me frapper. Je me suis défendu. Un éclair de terreur a envahi ses yeux. Je crois qu'on a compris tous les deux que c'était fini. Que je ne serai plus jamais une victime.

1er mai

Toujours aucune nouvelle de Louise.

3 mai

Je suis au QG. On regarde le débat. Première fois que je la vois parler, la patronne. Je la trouve ridicule. Je veux aider ceux qui sont vraiment dans la merde. Les agriculteurs et les gens du coin, ils sont en train de crever, et tout le monde s'en fout. Je veux les aider. Mais pas comme ça. J'ai soudain honte d'être là. Damien me rassure en me disant que là elle était stressée c'est tout. Que d'habitude, elle est géniale. Je sais pas si j'ai envie de le croire.

9 mai

On a perdu. Pourtant, je suis soulagé. Comme si on avait frôlé la fin du monde. Tout en faisant partie de ceux qui le menaçaient. J'appelle Louise.

« Allo ?

— Alors ? Triste ?

— Pas vraiment.

— Bon, c'est bon, tu arrêtes les conneries ?

— Peut-être bien, oui.

— Très bien. Tu m'as déçue, Stephan, tu le sais ça ? »

Je le savais, bien sûr. Mais l'entendre dire, ça me brise le cœur. Et ça me rend soudain fou de rage.

« Parce que toi, t'essayais pas de me changer peut-être ? Avec tes putains de films, et tes cours particuliers ?

— Stephan, ça n'a rien à voir…

— Bien sûr que si putain ! T'as commencé à traîner avec moi, juste parce que t'as très bien compris que tu pouvais me remodeler comme tu le voulais ! De quel droit tu me juges ? De quel droit ? Au nom de quoi tu te permets de juger ma vie comme ça ? Parce que toi, tu es tellement supérieure, hein ?

— Stephan, arrête, qu'est-ce que tu… »

Je raccroche.

25 mai

Fête du village. Pas envie d'y aller. Les gars insistent. Ils ont prévu une petite surprise. Faut se déguiser. Je veux pas. Mais j'ai rien d'autre à faire. Damien est le seul que je peux encore supporter. Mais il est malade aujourd'hui. La soirée va être longue.

26 mai, deux heures du matin.

Tout tourne. J'ai trop bu. Les gars se marrent pour rien. Ils me disent qu'il faut se cacher près des toilettes publiques. Que la surprise arrive bientôt. Je me laisse guider. Fabrice nous fait signe. Tout est flou. Je distingue une silhouette. Une fille en Wonder Woman. Je ne vois pas son visage.

« Allez, on se la fait la gouine ? »

Ils se jettent sur elle. La frappent avec tout ce qu'ils trouvent sous la main. Une barre de fer. Une bouteille vide. Une pierre. Je suis pétrifié. Je ne peux pas bouger. J'aimerais, pourtant. Je voudrais la sauver. Je voudrais leur crier d'arrêter. J'essaye. Mais je ne fais que vomir. Je n'arrive pas à détourner les yeux. Je suis hypnotisé. Tout ça n'est qu'un rêve.

« Les gars, faut se barrer, y a des gens qui se ramènent.

— OK, on bouge ! Stephan, tu fais quoi ? Reste pas planté là ! »

Je n'entends rien. Je ne suis plus rien. Je veux juste disparaître. Ne jamais avoir existé. Parce que, en me penchant vers son corps sans vie, j'ai reconnu le visage de Louise.

Et j'ai couru. Couru sans m'arrêter.

Camille

Je vais pas parler très longtemps. C'est difficile de rester concentré quand on parle très longtemps. Je veux dire, quand on parle de choses tristes.

Alors voilà. Quand j'étais petite, enfin plus petite que maintenant, on me prenait souvent pour une fille.

Les gens demandaient : « Mais quel âge a cette petite princesse ? »

Et mes parents rigolaient, tout nerveux. Et c'est tout.

Quand j'ai enfin compris que j'étais née garçon, j'ai vomi.

J'avais trois ans. Je m'en souviens très bien. J'étais partie aux toilettes avec Papa après une séance de cinéma. Je me suis approchée des toilettes pour femmes, toute fière, je voyais pas où était le problème.

« Camille, où tu vas mon grand ?

— Aux toilettes des filles.

— Mais non, enfin, chéri, tu sais bien que tu es un petit garçon. »

J'ai stoppé net, c'est comme si je m'étais transformée en bonhomme de neige. Non, je ne savais pas. Comment je pouvais le savoir, moi ? Ça me semblait pas logique du tout. Pas naturel.

« Mais non. C'est pas vrai.

— Mais si, je t'assure.

— Mais, Camille, c'est un prénom de fille, non ?

— C'est mixte, mon trésor.

— Ça veut dire que le prénom, il a été passé dans un mixeur ?

— Non, ça veut dire que ça va aux deux.

— Ah. »

À partir de ce jour, je me suis sentie pas bien du tout. J'ai commencé à détester mon zizi. J'avais envie de le couper avec des ciseaux, mais ça avait l'air dangereux, alors je l'ai pas fait. Me voir toute nue, j'aimais pas. Pas du tout. J'ai commencé à mettre des robes en cachette. Quand j'en mets, je respire beaucoup mieux. Maintenant, je sais que j'ai de la dysphorie de genre. C'est Mamie et Aïcha qui m'ont expliqué ça. Ça veut dire que je suis une fille née dans un corps de garçon. Mais à l'époque, je savais pas que ça s'appelait comme ça. Par contre, quand on m'appelait mon grand, ça me rendait triste. Je rêvais qu'on m'enlevait mon zizi, et j'étais si heureuse. Mais le matin, je comprenais que c'était pas vrai, alors je pleurais. Je ne voulais pas le dire à mes parents, au début. C'était mon secret. J'avais peur qu'ils s'inquiètent trop pour moi. Ou qu'ils me trouvent bizarre. Mais je me sentais de plus en plus triste. J'avais envie de mourir. Je vous promets que c'est vrai. J'avais vraiment envie de mourir. Ça me faisait pas peur, de m'imaginer toute morte. Je me disais qu'on avait pas envie de mourir à cet âge. C'était pas normal. C'est pas comme ça que ça se passe, l'enfance.

Alors, quand je suis rentrée au CP, j'ai décidé de tout raconter à ma meilleure amie, Aminata. Ce secret, ça devenait trop lourd. Aminata, elle a tout de suite compris ce que je lui racontais. Elle me passait ses jouets en cachette, parce qu'elle, elle en avait rien à faire des Barbie, son truc, c'était les dinosaures.

Ça n'a pas toujours été facile, à l'école. Je ne pouvais pas venir en robe, ni même habillée en rose, sinon, on se moquait de moi. Pendant la cour, je jouais toujours des personnages de filles, et les autres enfants me trouvaient trop bizarre, mais moi je m'en fichais. Je me changeais toujours dans le vestiaire des garçons à la piscine, j'étais la seule à me cacher pour pas qu'on me voie toute nue. On m'embêtait un peu, mais pas trop, parce qu'Aminata, elle était très populaire, alors quand elle décidait qu'il fallait laisser quelqu'un tranquille, on l'écoutait.

Mais bon. Elle pouvait pas m'aider tout le temps.

Une fois, on m'a fait croquer dans un escargot.

On m'a forcé à embrasser une fille que j'aimais pas.

On a jeté mes cahiers dans les toilettes.

Bref, ce genre de choses.

Je ne voulais pas que mes parents découvrent mon secret. Enfin, pas tout de suite. J'essayerais de leur faire comprendre toute seule. Comme une grande. Je me disais, quand ils le sauront, alors enfin je serais une fille, une vraie, pour tout le monde.

Un après-midi, j'ai été invitée à un anniversaire déguisé.

« Je suis prête !

— On dit « prêt », mon chéri. Fais attention, mon chou, tu fais beaucoup de fautes de genre en ce moment... Camille ! Enfin, c'est quoi ce déguisement ?

— Bah, c'est Cendrillon, Maman !

— Oui, je sais bien que c'est Cendrillon. Allez, mon cœur, change-toi. Mets le déguisement de chevalier que l'on t'a offert à Noël. Tu ne veux pas que tout le monde se moque de toi ? C'est pour ton bien, mon chéri. Crois-moi. Les enfants sont cruels entre eux parfois... Et un garçon avec une robe... »

Moi, j'ai failli dire que c'était pas mon problème, parce que j'étais une fille, mais je me suis tue. Et puis, j'ai failli expliquer que les garçons aussi, ça pouvait mettre des robes, mais je me suis dit qu'ils comprendraient pas, ça serait trop compliqué.

Après, on est partis à Venise, pour le carnaval. On est allés dans une boutique immense pour nous acheter des masques. Il y en avait des magnifiques, j'avais les yeux brillants, toutes ces couleurs, on aurait dit un arc-en-ciel dans un magasin. C'était vraiment magique.

« *Che cosa vuoi piccola principessa?*

— *È un maschio.*

— *Oh, scusi.*

— Y dit quoi le monsieur, Maman ?

— Rien, il te demande lequel tu veux.

— Celui-là !

— Mais, chéri, il est violet et à plumes…
— Et alors ?
— Mais enfin, tu veux ressembler à quoi, au juste ? C'est pas pour les garçons, voyons !
— Pourquoi ?
— Parce que c'est comme ça !
— Et si j'étais une fille, je pourrais le prendre, c'est bien ça ?
— Oui, mais la question ne se pose pas de toute façon. Tiens, prends le blanc avec un long nez.
— Mais il est moche…
— C'est ça ou rien !
— D'accord. Merci, Papa. »

Mes parents, ils croient qu'il y a des goûts de filles et des goûts de garçons. Moi, je suis pas d'accord. Mais au moins, une fois qu'ils sauront que je suis une fille, je pourrai faire ce que je veux. Tout sera réglé.

Les vacances d'après, on est allés à Hendaye. Il y avait beaucoup de monde dans l'eau, plein de bouées licornes volaient partout. Maman m'a demandé si j'avais peur des grosses vagues. J'ai répondu que non, et elle m'a dit que j'étais son grand garçon courageux préféré. Et puis, Papa m'a demandé de mettre mon maillot de bain.

« Mais, Camille, qu'est-ce que c'est que ça ?
— Bah, c'est mon nouveau maillot. Il est trop beau, hein ?
— Mais, tu… Tu ne peux pas porter ça, enfin ! Camille, regarde, il y a carrément une jupette… Non, ce n'est pas possible.

— Mais... Je veux me baigner, moi !

— Eh bien, tu n'avais qu'à prendre ton maillot, qu'est-ce que tu veux que je te dise ?

— Mais j'en ai pas d'autre. Vous allez pas m'interdire de me baigner, quand même...

— Eh bien si. Camille, tu veux avoir la honte de ta vie ? On est tes parents. Notre rôle, c'est de te protéger, d'accord ? »

Je voyais pas ce qu'il y avait de honteux à porter du rose et des paillettes. C'était quoi le problème ?

En rentrant des vacances, j'ai demandé à Mamie pourquoi.

« Tu sais, ma puce, le rose et les paillettes, ça a été attribué aux filles. Et tout ce qui se rapporte aux filles, c'est jugé comme dégradant, c'est faire preuve de trop de douceur, de faiblesse, de délicatesse.

— Bah c'est très bien tout ça. Je comprends pas. Pourquoi ça serait la honte d'être doux ?

— Ça, c'est une longue histoire... Mais toi, continue à être ce que tu veux, ce que tu es. Continue de ne pas trouver honteux la tendresse. Et tu auras une plus belle vie, crois-moi. »

Je me suis dit que Mamie avait raison. Que je pouvais pas me cacher toute ma vie. Alors un jour, je suis venue voir Papa et Maman, avec une belle robe rose que Mamie m'avait achetée. Ah oui, parce que chez Mamie, il y a des poupées, des déguisements et tout, et je peux jouer avec, comme je veux. J'ai dit à mes parents qu'à partir d'aujourd'hui, je serais une fille. On ne m'appellerait plus jamais par *Il.* Parce que ça me donnait envie de pleurer à chaque fois.

Et voilà comment ça s'est passé.

« Camille, c'est quoi ce cirque ? Tu rigoles, j'espère ! Va tout de suite te changer. Tu es un garçon, enfin, tu ne peux pas porter ça.

— Non.

— Comment ça, non ? Qu'est-ce que tu veux dire ?

— Non. Je veux pas être un garçon. Je déteste mon corps de garçon. J'en suis pas un. Je veux être une fille. Je suis une fille. Voilà, c'est dit ! Vous voyez, plus besoin de vous inquiéter ! Maintenant, je peux faire tout ce que je veux. Je vais plus jamais être triste. Je peux porter ce que je veux, sans que vous ayez honte pour moi. »

Mes parents se sont regardés dans les yeux. Ils avaient l'air si tristes.

« Mon chéri... Tu racontes n'importe quoi, tu le sais, hein, mon cœur ?

— Non, je ne raconte pas n'importe quoi, c'est pas vrai. Vous avez pas écouté ce que j'ai dit ?

— Tu sais quoi ? Tu vas passer les vacances d'été avec Mamie. Elle pourra t'inscrire à une colo, par exemple. Tu vas bien t'amuser, tu vas te changer les idées. Et quand tu reviendras, tu auras oublié toutes ces bêtises, mon chéri. D'accord ? »

Alors j'ai fait ma valise.

J'ai bien compris qu'ils ne voulaient plus de moi.

Et puis, Mamie m'a dit qu'elle avait trouvé une colo, mais une assez spéciale, avec des gens plus âgés, chez Aïcha, même si c'est pas ce qui était prévu. Même si mes parents étaient pas très contents. Moi, j'étais contente.

Quand je suis venue ici, j'avais peur que vous découvriez tout. C'est pour ça que j'aime pas être touchée. Même si ça marche pas comme ça, je voulais prendre aucun risque. Je pensais que vous risquiez de deviner que j'étais née dans un corps de garçon. Et vous avez pas besoin de savoir ça. J'en suis pas un. J'en ai jamais été un. Alors ça sert à rien.

J'aimerais juste que Papa et Maman comprennent ça.

Sarah

Mon histoire, c'est comme un immeuble qui s'écroule. Personne ne s'y attend jamais. Même si on sait que les bases sont loin d'être solides.

Avant. Avant, il y a mon père bourré dans un bar du 15e arrondissement de Paris, le *Crocodile Vert*. Il y a ma mère qui s'approche doucement de lui, avec cette grâce aérienne qui ne la quitte jamais. Elle le console. Elle l'enlace. Lui frotte le dos. L'embrasse. Ils louent une chambre d'hôtel, font leurs affaires dans la nuit rousse. Ma mère me dira que c'était assez décevant, qu'il se préoccupait bien plus de son propre plaisir que du sien. Mon père ne m'en parlera jamais. Le sexe, c'est tabou chez lui.

Le matin, il y a mon père encore, s'éclipsant dans le petit jour. Pas de petit déjeuner, pas de mots d'adieu, encore moins un baiser ni un merci pour cette nuit. Il court jusqu'à l'église Saint-Honoré-d'Eylau. Passe sa matinée à prier. Demande pardon pour ses péchés. Faut dire qu'il est marié, mon père. Et comme toujours il ne s'adresse à son Dieu que quand ça l'arrange. Ne le convoquant que pour sa propre existence. Incapable de l'implorer pour quelqu'un d'autre. Je le déteste tellement, mon père. Il est tout ce qu'on peut trouver de plus vicieux, de plus malhonnête. Le plus grand des salopards. Et pourtant, un mois plus tard, un lundi matin, il y a ma mère qui toque à la porte du 79 rue de la Faisanderie. Il s'approche du perron, tout souriant d'abord, un mug arborant un logo HEC à la main. Et ma mère lui annonce qu'elle est enceinte de moi.

Quelques minutes après, il y a mon père assis sur le sofa doré. Il se lève, fébrile. Essuie ses yeux embrumés. Se sert un whisky. Ma mère aussi. Et soudain, cette lueur de cruauté, si commune chez lui, lui traverse les yeux. Une lumière abjecte, grasse, poisseuse.

« Tu dois avorter. »

Inutile de préciser que mon père est du genre catho tradi manif pour tous. Vouloir contrôler le corps des femmes, ça n'a jamais été un problème pour lui. Ma mère refuse. Elle garde le bébé. Elle veut juste de l'argent pour m'élever, elle veut bâtir quelque chose de solide, quelque chose de beau pour sa fille, le père ne compte pas, il n'a jamais compté. Elle veut que je passe un week-end par mois avec lui, pour que je ne l'accuse jamais de m'avoir privée d'un père. Et que je m'appelle Sarah, que je porte le nom de famille maternel. Il accepte. Prétextera des voyages professionnels. Il cachera mon existence à sa famille, il peut le faire. Tout pour se préserver de la ruine.

Voilà. Je crois que vous imaginez la suite. Les week-ends interminables avec mon père ne m'accordant rien d'autre sinon des regards anxieux. Il m'emmenait dans des restaux luxueux, me parlait de son boulot, m'achetait des vêtements hors de prix. Le dimanche soir, il avait l'air heureux, comme s'il s'était bien occupé de moi. Mais il n'a jamais cherché à me connaître. Il n'a même pas fait l'effort de faire semblant de s'intéresser à moi.

Ma mère.
Un mystère.

Ma mère était le genre de femme qui partait la nuit dans la forêt pour danser autour d'un feu. Elle parlait des esprits des montagnes, disait communiquer avec les morts, voir la vie plus intensément que les autres.

« Dès que je rencontre quelqu'un, je sais quelle est sa raison d'exister. On a tous un destin à accomplir, on ne peut pas y échapper. »

Elle me racontait des légendes de toutes les traditions. On inventait les recettes les plus loufoques possibles. Elle m'a construit une cabane dans les arbres, installé une tyrolienne, puis une immense bibliothèque. On lisait ensemble, sous une même couverture. Avec elle, la vie semblait plus épaisse, plus lumineuse. J'avais l'impression que je pouvais en attendre toujours plus, que j'en avais le droit.

Mais, parfois, elle avait des excès de colère ou de tristesse. C'était assez violent, je savais que je devais la laisser seule. Dans ces moments-là, elle prenait beaucoup de médicaments pour calmer ses nerfs, comme elle disait. Elle pouvait jeter des assiettes à travers la pièce, pleurer tout habillée dans un bain moussant, une cigarette à la main, boire jusqu'à s'endormir en regardant des documentaires sur les serial killers. Elle partait en monologue pendant des heures, ou ne décrochait pas un mot de la journée, elle se goinfrait, ou ne mangeait plus rien, elle disait que les saules du jardin étaient ce qu'il y avait de plus beau au monde, ou qu'il fallait les abattre parce qu'ils allaient pourrir un jour ou l'autre. Moi, je tenais bon. Ça finissait toujours par passer.

Ses crises ne l'ont pas empêchée de devenir pilote d'avion.

Elle était douée pour dissimuler ses troubles bipolaires, à coups de charme et de fantaisie. Elle était douée pour faire semblant.

Elle pilotait des petits avions, pas plus de cinquante passagers.

Ma mère s'appelait Talia Delanuit. Et vous savez tous qui elle est. Parce qu'elle a fait la une des journaux.

Vous ne la connaissez pas. Vous vous fiez aux rumeurs. Aux caricatures. Ma mère est un mythe pour vous tous. On oublie trop souvent qu'elle a réellement existé. Alors oui, j'aurais dû m'en douter, qu'elle était folle. Enfin plutôt qu'elle était capable de ce genre de folie. Je savais bien qu'elle était névrosée. Qu'elle buvait trop, qu'elle avait des phases maniaco-dépressives. Mais moi, j'aimais ma mère. Beaucoup trop, sûrement. Je l'aimais telle qu'elle était, avec sa bizarrerie. Et pour ça, je dois m'excuser. Je ne vous dirai jamais à quel point je me hais de n'avoir rien vu, rien compris, de ne pas avoir pu empêcher cette tragédie. Je ne veux pas craquer devant vous, je ne veux pas revivre ça. Je ne veux pas me tuer une fois de plus. Je sais très bien que ce n'est pas ma mère qui est responsable. Ce n'est pas elle qui s'est envolée comme tous les jours avec quarante-trois passagers. Ce n'est pas elle qui a bloqué la porte du poste de pilotage quand son copilote est parti aux toilettes. Ce n'est pas elle qui a orienté l'avion vers une de ces montagnes perdues dans la neige immaculée. Ce n'est pas elle qui a fermé les yeux, écoutant les cris de terreur de quarante-trois vies s'acheminant brusquement, des années en avance, vers leur propre mort. Ce n'est pas elle qui a voulu marquer l'histoire autrement qu'en m'ayant simplement donné la vie.

C'est bien moi. Moi qui n'ai rien vu. Rien compris. Et qui aurait dû.

Après l'attentat-suicide de ma mère, je suis venue habiter chez mon père, dans sa famille. Pas le choix. Quand elle a appris sa double vie, sa femme ne l'a pas quitté, étrangement. Elle fait en sorte de ne jamais me parler, comme si en m'ignorant, je n'existais pas. Ça m'allait. Je n'aurais pas supporté qu'elle se prenne pour ma nouvelle mère de toute façon. Mes demi-frère et sœurs ne vivent plus à la maison. C'est qu'il est vieux, mon daron.

Voilà. Ma mère est une terroriste. Il n'y a pas d'autres mots. Ma mère était dérangée. Et je n'ai rien pu empêcher.

Je suis désolée.

Je suis tellement désolée.

III

Comme une pluie de météores

Léo

Je ne sais pas trop quoi dire. On se regarde tous à travers la fumée qui émane du feu mourant. Des lucioles nous entourent, illuminent furtivement nos visages fatigués. Une légère brise agite les feuillages, le bois nous accompagne, nous encourage. Mais personne n'ose faire le premier pas. Camille finit par se lever mollement, se frotte les yeux avec des airs de princesse endormie.

« Aïcha, on peut rentrer maintenant ?

— Oui, ma chérie. On va tous aller se coucher. Pas vrai ? »

Nous hochons tous la tête en chœur. Je souris à Camille, comme pour lui faire comprendre que pour moi, rien n'a changé. Je me mets lentement en marche, reste à distance des autres. J'ai l'impression qu'on est restés des années, là, parmi les flammes, à brûler nos souvenirs. Pour qu'on n'ait plus qu'à s'occuper que des cendres. Je lève la tête, essaye de déterminer si les autres sont aussi épuisés que moi. C'est comme si je rentrais de guerre. Alice a la peau encore plus blanche que d'habitude. J'ai le sentiment qu'elle est sur la défensive depuis qu'elle nous a raconté son histoire. J'ignore à quoi ça tient, peut-être à sa façon de regarder par terre, d'éviter notre regard, de piétiner les bosquets de campanules qui se dressent sur son chemin.

Je ne comprends pas bien ce qu'elle fait avec nous.

Elle a besoin de professionnels, de médicaments, d'accompagnement psychologique, psychiatrique et médical. Elle a besoin d'être soignée dans une structure plus adaptée. Nous, on ne peut rien faire pour l'aider. Certes, venir chez Aïcha lui a permis de se confronter à un échantillon de la société. Mais, au fond, est-ce qu'elle peut vraiment guérir ici ?

Stephan, lui, c'est le contraire. Il bombe le torse, la tête haute, sa casquette à la main, comme soulagé. Ça se voit qu'il s'est débarrassé d'un poids, et que ça lui a fait un bien fou. Je réalise qu'on a tous les deux rencontré la peur. Celle qui paralyse, et celle qui pousse à agir. Je crois que ça nous rapproche, même si je n'en dis rien.

« Léo ? Je peux te parler deux secondes ? Promis, je t'emmerde pas longtemps. »

Justement, c'est Stephan qui se tient devant moi, avec un air de moine tibétain. Comme s'il avait enfin trouvé la paix.

« Il y a quelque chose qui m'a marqué dans ton histoire. Tu dis que t'es un monstre. Que ton père était à terre quand tu l'as poussé. Mais c'était de la légitime défense. Vu comme il était enragé, il t'aurait tué s'il s'était relevé. T'es pas un meurtrier. T'es un survivant. Oublie pas ça. »

Je n'ai pas le temps de le remercier. Il court vers la maison, et se lance dans un numéro de claquettes, transporté dans une comédie musicale dont lui seul entendrait la musique. Qui aurait pu prévoir que ce serait Stephan qui trouverait les mots pour m'apaiser ? Qui aurait cru que ce serait lui qui aurait le courage de venir me parler en premier ? Pas moi. Pas lors de notre rencontre, en tout cas. Je jette un œil à Sarah. Elle discute à voix basse avec Camille. Je voudrais tellement la rattraper pour qu'on puisse se réconcilier, mais j'ai honte. Parce que, si sa mère est une meurtrière, moi je suis bien le meurtrier de mon père. J'aimerais lui crier qu'elle se trompe, qu'elle croit être coupable, mais qu'elle n'aurait rien pu faire. Quelque chose me dit qu'il vaut mieux nous laisser un peu d'espace. Ne pas précipiter les choses. La nuit porte conseil, comme on dit. Je n'y ai jamais cru. Je ne dors plus. Alors à quoi bon.

Peut-être que ce soir, je dormirai.

Alice

Le jour s'est levé depuis longtemps déjà et je n'ai pas dormi. J'avais froid et chaud en même temps. J'entendais des voix, les secrets de chacun se confondaient dans ma tête, l'eau de la rivière semblait se répandre, tout engloutir. Il va bien falloir que je sorte de mon lit. Il doit être quinze heures. On s'est couchés tard, peut-être à cinq heures. J'ai envie de vomir. Ce n'était peut-être pas une bonne idée, de tout leur raconter. J'ai peur. Peur qu'ils aient pitié de moi. Je détesterais ça. De voir leurs regards changer. Je tente de me redresser mais je sens quelque chose peser sur ma poitrine. Comme une enclume. Ou plutôt comme un corps. Non. Non, non, non, non, non. Pas eux. Pas encore.

« Bah dis donc, t'es entourée de sacrés psychopathes à ce que je vois. Et tu préfères leur compagnie à la nôtre ? Bravo. T'as bien choisi. Pauvre conne.

— Ils ont bien raison. T'es une grosse folle. Tout ce que tu mérites, c'est l'asile. Quoi ? C'est ce qu'ils vont penser de toi maintenant. Tu sais bien comment ça va se passer.

— Léo cache bien son jeu. J'ai toujours su qu'il était pas net. Avec son air discret. Les serial killers ont toujours la tronche du voisin tranquille, c'est bien connu.

— Depuis quand les garçons peuvent changer de sexe comme ça ? C'est contre nature. Tu ne pourras plus jamais la voir comme une fille. Tu n'y arriveras jamais.

— Stephan est dégueulasse. Un sale homophobe raciste qui a failli tuer sa meilleure amie. Il mérite d'aller en taule. Comment t'as pu croire l'aimer ?

— Quelle salope, cette Sarah. Elle ose dire que c'est de sa faute ? Pour qui elle se prend ? C'est juste à cause de ça qu'elle est là ? Quelle égoïste. Elle pense même pas aux familles des victimes. Y a que sa propre responsabilité qui lui importe.

— La ferme !! La ferme, putain ! Dégagez !

— Aïe ! Alice, calme-toi ! C'est que moi. »

Je frappe dans le vide, sans oser ouvrir les paupières. Mon cœur bat trop vite, je veux qu'ils partent, je veux qu'ils se taisent tous. Ma main rencontre de la chair, je voudrais la déchiqueter, cette peau imaginaire. J'ouvre les yeux. Mais ce n'est ni Esther, ni Lucie, ni Ivona, ni même Ethan que j'ai giflé. Mais bien Sarah. Sarah qui frotte sa joue rougie, Sarah qui a des cernes. Sarah qui me sourit quand même.

« Je voulais juste te dire que je te trouve forte. Moi, je me serais enfermée depuis longtemps dans mes visions. Mais toi, t'as pas baissé les bras. T'as été le soleil de notre groupe, malgré tout. Je t'admire pour ça.

— Laisse-moi tranquille. »

Sarah se crispe, elle retire la main qu'elle a posée sur mon épaule. Elle ne s'attendait pas à ça. Moi non plus.

« Je ne savais pas si je devais venir te parler. Mais, je crois qu'il faut toujours oser dire à ceux qu'on aime tout le bien qu'on pense d'eux. Tant qu'il est encore temps.

— Tu joues à l'amie inquiète et pleine de sagesse. Alors que t'es même pas capable de voir que tu fais honte à tout le monde. »

Je n'ose pas la regarder. Mes mots sortent tout seuls, c'est comme si quelqu'un parlait à ma place. Comme si on avait pris possession de mon corps. Comme si j'étais quelqu'un d'autre.

« Alice…

— Stephan, lui, est coupable. Léo est coupable. Mais pas toi. Et t'es assez conne pour croire que t'es dans le même cas qu'eux. Ça me dégoûte. Je te pensais plus forte que ça.

— Alice, j'ai pas envie de parler de ça.

— On peut pas parler de ton passé, mais du mien on peut, c'est ça ? »

Sarah s'approche de moi, mais je ne veux pas, je veux rester seule. Je ne suis jamais seule.

« Laisse-moi tranquille, je te dis. Tu vois pas que je me sens pas bien ?

— Mais justement…

— Va retrouver Stephan. Je te le donne, cette ordure. J'en veux pas. Et tu l'as toujours voulu, pas vrai ?

— Quoi ? Alice, tu ne sais pas ce que tu racontes… Tu es perturbée, c'est tout. T'as besoin de repos.

— Au contraire. J'ai jamais été aussi lucide. Va-t'en. S'il te plaît. »

Et elle s'en va. Elle bat en retraite. Tant mieux. Je ne veux plus la voir. Je ne veux plus voir personne.

Stephan

Il est dix-huit heures. Le soleil est loin d'être couché. Je suis posé sur un siège à bascule, une cigarette au bec, piquée à Sarah, pour me calmer. La journée est passée trop vite. J'ai bien dormi, hier. J'étais apaisé. Pour de vrai. Mais depuis que je suis réveillé, tout ce que je ressens, c'est de la colère. Des envies de meurtres parcourent mes veines. J'ai envie de buter les parents de tout le monde. Ce sont eux les vrais coupables, dans toutes leurs histoires. Y a qu'à moi que ça saute aux yeux ? Deux putains de meurtriers. Des connards de transphobes qui veulent plus voir leur propre enfant. Des poules mouillées qui ont même pas été foutues d'avouer à leur fille qu'elle était malade. Ils ont bien raison d'envoyer leurs gosses ici. Loin d'eux. Loin de leurs conneries. L'enfer de leurs enfants, c'est eux qui l'ont créé. Et personne d'autre. Ça me rend fou. Ça me rend vraiment fou.

« Ça m'a fait bizarre, d'entendre l'histoire une deuxième fois. Avec d'autres mots, enfin tes mots à toi, de cette époque-là. C'était différent. »

Je me retourne. C'est Sarah. Elle s'assoit à côté de moi. Elle se frotte les bras pour se réchauffer. Je lui passe mon sweat. Elle refuse. J'insiste, elle consent. Elle attrape ma cigarette, la fume lentement. Elle tousse un peu.

« Non, en fait, c'était pas une bonne idée. Reprends ton cancer. »

Son sourire se fige. Je me demande ce qu'elle a. Elle met la capuche sur sa tête. Cache ses genoux écorchés dans le bas de mon sweat.

« Tu l'aimais, Louise. Tu tiens à elle. On le sent dans ton journal intime. Elle est ta famille. »

Je frissonne à ses mots. Je pensais pas qu'elle serait aussi cash. Mais elle est comme ça, Sarah. Elle dit toujours ce qu'elle a dans le ventre. Elle a pas peur des grandes discussions. Elle aime pas la surface.

« Merci. T'avais pas besoin de me dire ça, tu sais.

— C'est ce que je pense. Tu devrais aller la voir. Louise. »

Je me retourne vers elle, prêt à l'insulter. Mais non. Elle a l'air sérieuse.

« Tu crois ?

— Oui, vraiment. »

Je termine sa clope. Je la regarde. J'ose l'observer pour de vrai. Sans détourner les yeux. Louise, si tu savais. Sarah, dans mon sweat, avec ses cheveux emmêlés, et ses cernes sous les yeux, c'est la plus belle chose que je n'ai jamais vue. Ça me fait quelque chose. Oui, elle me fait bander, je vais pas être hypocrite. Mais pas que. C'est comme si y avait un truc qui crépitait dans mon cœur, j'ai jamais ressenti ça avec quelqu'un d'autre. Même pas avec Alice. J'avais pas toutes ces émotions. Y avait que des pensées. Juste des pensées, des pensées sans sensations, sans sentiments. Comme si je voulais me persuader de quelque chose. Mais y penser, ça suffit pas. Suffit pas de se dire

« elle me plaît » pour que ça soit vrai. Putain, pourquoi je m'en rends compte seulement maintenant ? Qu'est-ce qui m'a pris ? Évidemment que je suis dingue de Sarah. Ça saute aux yeux, pauvre con, depuis le premier jour, t'es piqué. Tu t'es inventé que tu pouvais pas la draguer parce qu'elle te faisait penser à Louise. Juste pour te protéger. Parce que t'avais peur de tout gâcher. Putain, quel con. Et maintenant, c'est Léo qui a gagné. Et j'ai même pas eu le temps de me battre pour elle.

« Dis, tu savais pour Léo ? T'es proche de lui. Il t'avait raconté ?

— Oui et non. Je savais que ses parents étaient morts. Mais pas les circonstances. »

Elle a l'air triste. Je lui ébouriffe les cheveux, comme d'habitude. Mais je me rends compte que ça ressemble plus à une caresse qu'autre chose.

« Qu'est-ce que tu lui trouves ? À Léo, je veux dire.

— Et toi ? Pourquoi tu ne l'aimes pas ?

— J'adore ce mec. Je te promets. Mais, tu comprends, il est tout ce que je voudrais être.

— T'es très bien comme tu es. Je t'échangerais pour rien au monde.

— Ouais. Si seulement.

— Je suis sérieuse. Qu'est-ce que j'aurais fait sans toi ? Je me serais sacrément emmerdée. »

Elle me regarde dans les yeux. J'approche mon visage du sien, doucement. Elle m'attire, depuis le début, j'y peux rien, je peux pas contrôler. J'ai pas arrêté de chercher son contact, du premier jour jusqu'à aujourd'hui, pas arrêté de la taquiner, de la provoquer. Tout ça pour qu'elle me remarque. Pour connaître toutes ses petites expressions. Et là encore, je suis proche d'elle. Je sens son souffle sur ma joue. Ça m'enivre putain, j'ai presque le vertige.

« Ah oui ?

— Oui.

— Pourtant, je sais que je peux être emmerdant.

— Oui, tu m'énerves. Des fois, j'ai envie de t'enterrer dans le jardin.

— Faudrait que tu sois capable de me maîtriser pour ça.

— Aucun problème. Je le fais quand tu veux.

— C'est ça. Essaye pour voir. »

Elle passe ses jambes autour de moi. Sa poitrine contre la mienne. Elle tente de me faire tomber. Elle doit sentir mon érection, c'est obligé. Cette pensée, ça m'excite encore plus.

« C'est tout ce que t'as ?

— Bon, je suis peut-être pas aussi forte que toi.

— Tu vois, la muscu, ça sert finalement. Tu me chariais, mais j'aurais pas pu te faire ça. »

Je l'attrape par la taille, la retourne. Je suis au-dessus d'elle, elle bloquée sous moi. On est tous les deux essoufflés, sa respiration me chatouille la nuque.

« Alors, qui maîtrise qui ?

— Toi. Et c'est pas pour me déplaire. »

Au début, je suis pas sûr qu'elle ait dit ça. Ça semble tiré d'un de mes scénarios nocturnes. Mais non, putain, c'est vrai. Elle m'a vraiment balancé ça.

« Tu sais pas ce que tu es en train de faire. Faut pas jouer avec moi.

— Je sais très bien ce que je fais. »

Nos lèvres se rapprochent, doucement au début. Puis, elle m'attire contre elle, comme si elle n'en pouvait plus. Un putain de feu d'artifice traverse tout mon corps. Je me presse contre elle, j'intensifie notre baiser. Elle passe une main sous mon tee-shirt, attrape la mienne pour que je la pose sous son sweat, m'invite à la toucher. Je dévore les vergetures sur ses hanches, c'est beau, c'est comme des éclairs sous sa peau. Je passe mes doigts sur sa poitrine, caresse son téton, j'embrasse son cou, j'ai l'impression de devenir fou. Elle aussi, elle halète, elle se frotte contre mon corps, je sens qu'elle est aussi excitée que moi.

Dieu m'a peut-être fait vivre une vie qui vaut rien.

Mais si c'était pour me mener à ce moment, je lui pardonne.

Je lui pardonne, parce que j'ai jamais été aussi heureux.

Et tout à coup, la voix de Léo.

« Sarah ! Stephan ! C'est l'heure de manger ! Vous êtes où ? »

On s'écarte, on se rhabille comme on peut. Pendant ces moments avec elle, j'avais tout oublié. J'avais oublié qu'on était dans le jardin d'Aïcha. J'avais oublié les autres.

« Ah, vous êtes là. J'ai testé une nouvelle recette. Un curry japonais. Vous m'en direz des nouvelles. Vous faisiez quoi, là ?

— Rien de spécial. On parlait, c'est tout.

— De Louise. On parlait de Louise.

— Oui, c'est ça. Tu savais que j'avais déjà tout raconté à Sarah ? »

Léo nous regarde avec des yeux de merlan frit. J'arrive pas à me sentir coupable. Il est pas le seul à l'aimer. Il a pas le monopole de l'amour, le poète maudit.

« Non. Non, je savais pas. »

Camille

J'aime bien cette partie du jardin. Aïcha m'y amène souvent. L'étang, il est comme un village de fées. Je voudrais me faire toute petite, et me balader dedans, pour voir ce que ça ferait. Je pourrais traverser la mare dans une coquille de noix. Ça serait très amusant.

« Aïcha ?

— Oui ?

— C'était bizarre, hier.

— J'imagine. Ça t'a fait du bien d'en parler ?

— Oui. Sarah m'a dit qu'elle était très fière de moi. Et ça, ça m'a fait vraiment du bien. Léo aussi, il m'a offert plein de dessins. Je lui décrivais des vêtements, et il me les dessinait C'était magique. Après, je l'ai aidé un peu à cuisiner. Tu verras, ça va être très bon. C'est une recette japonaise, comme dans les dessins animés.

— J'ai hâte d'y goûter.

— Stephan, il est venu me voir. Il m'a dit quelque chose de très beau. « Je ferai pas comme l'autre jour. Je sais peut-être pas trouver les bons mots, je sais pas comment gérer ces choses-là, c'est nouveau pour moi. Mais par contre, je peux te dire que tu es très courageuse, d'avoir tenu tête à tes parents, à ton âge. Tu sais qui tu es, tu as vu qu'ils n'étaient pas d'accord, et tu as tenu bon. Pas tout le monde aurait eu le cran de faire ça, crois-moi. Je te l'ai toujours dit, t'es une vraie petite princesse. Une princesse guerrière. » Et après, il m'a fait un gros câlin. Alice, elle, je l'ai pas encore vue, par contre.

— Je suis sûre que ça n'a rien à voir avec toi. Comme tu le sais, elle est malade. Elle a besoin de repos, parfois. »

Je prends la main d'Aïcha. Elle est toute froide. Je souffle dessus pour la réchauffer. Ma maman, elle faisait souvent ça. Enfin, je crois. C'est peut-être Mamie, en fait. Je sais plus très bien.

« Et les autres ? Tu en as pensé quoi ?

— Ça dépend. Stephan et Léo me font un peu peur maintenant. Même si j'ai pas tout compris, Stephan il aurait dû aider Louise. C'était méchant de rien faire.

— Et Léo ? Léo te fait peur ?

— Un tout petit peu. Il a tué son papa, quand même.

— Tu penses qu'il avait le choix ?

— Je sais pas. C'est compliqué. »

Il y a une grenouille sur le rocher. Je me baisse pour pouvoir la regarder. Mais pas trop. Je voudrais pas qu'elle ait peur de moi.

« Alice, elle est trop cool. C'est comme si elle avait des pouvoirs, tu comprends ? J'aimerais bien voir des choses qui existent pas. Ça doit être trop bien, d'avoir des amis imaginaires. »

Je me sens triste dans mon cœur tout à coup. Je sais pas trop bien pourquoi.

« Sarah, elle a vraiment pas de chance. La pauvre.

— Oui, la pauvre, comme tu dis. »

Je la regarde dans les yeux, parce qu'Aïcha, elle a l'air un peu perdue depuis ce matin.

« La vie, elle est pas très drôle pour nous. Mais toi, toi, tu nous as réunis. Et grâce à toi, on s'est trouvés. On est une nouvelle famille. Et les familles comme ça, elles se laissent jamais tomber, pas vrai ?

— Oui. Jamais. Je te promets. Merci, Camille. J'avais besoin d'entendre ça. »

J'ai attrapé Bidule dans mes bras. Si ça se trouve, lui aussi, il est comme nous.

Si ça se trouve, Aïcha aussi.

Sarah

C'est vrai,
le curry de Léo
est une vraie tuerie.
J'essaye de ne pas les regarder,
ni lui,
ni Alice,
ni Stephan.
Je ressens encore
des courants électriques
parcourir ma peau.
Des atomes, des ficelles,
je ne sais pas quoi
mais quelque chose me relie
à Stephan,
même à l'autre bout de la table.
Je ne comprends pas
ce qui m'est arrivé.
Un désir immense m'a envahie.
J'ai mouillé,
comme jamais je ne l'avais fait.
Je le voulais, là, tout de suite.
Mais Léo.

Je croyais
que moi
et Léo.
Je me trompais ?
Je ne veux pas passer
pour la pauvre fille paumée,
pourrie gâtée,
qui se plaint d'avoir trop de prétendants.
Mais moi
je sais vraiment pas quoi faire.
Avec Léo je me sens apaisée,
comme arrivée
dans un jardin secret.
Avec Stephan, je me sens plus vivante
que je ne l'ai jamais été.
Alors vers qui va l'amour ?
J'aimerais penser
à l'étrange maladie d'Alice,
à ses mots de colère
que je n'ai toujours pas digérés.
J'aimerais penser
au courage de Camille
à la tristesse de Camille
à ses connards de parents
à Léo qui ne pardonnera peut-être jamais
mon pétage de plomb
Léo qui a tué son père
Léo qui a sauvé sa peau.
Non, je pense à Stephan.

À son souffle
à son corps,
à sa voix
dans mon oreille.
À ce que ça ferait
de le voir nu
de sentir ses doigts en moi
de mordre sa peau.
« Sarah ? Tu vas bien ? Tu es toute rouge. »
Mais quel con, ce Stephan.
Il me provoque.
Il me provoque
et ça m'excite.
Je ne me comprends pas.
Je ne pensais pas que c'était ça
mon genre de mecs.
Je pensais que Léo
l'était
avec sa poésie, ses livres,
sa sensibilité,
son goût pour le beau.
Mais on ne choisit pas ces choses-là.
Si ?
« J'ai peut-être un peu de fièvre.
— Dans ce cas, au lit. »
Aïcha me donne l'excuse parfaite
pour me retirer dans ma chambre.
Je me demande si Stephan viendra me voir.

Je ne pense pas.
On en avait discuté un jour.
Sa plus grande peur
c'est de violer le consentement de quelqu'un,
sans s'en rendre compte.
Il ne veut pas
être ce genre de gars.
Il ne veut pas avoir l'impression
de prendre au piège quelqu'un.
À tel point
qu'il a demandé à Alice
s'il aurait dû lui demander
avant de l'embrasser.
Elle lui a répondu
que cela ne l'avait pas dérangée.
Mais que la prochaine fois,
il devrait s'assurer
que l'autre le voulait aussi.
Ça l'a remué.
Vraiment remué.

Je n'irai pas dans sa chambre.

Même si j'en meurs d'envie.

Je veux être sûre
que je ne fais pas une erreur.

Le calme
ou
la tempête.

Putain.
Ça fait tellement cliché.
Vieux comme les comédies romantiques
Ou les séries Netflix.

Et pourtant.
Pourtant
entre les deux
je ne sais vraiment pas
vers lequel je dois aller.

Et ça m'enrage
de ne pas avoir la sagesse
de choisir
ce que je veux vraiment.

Je dois faire un choix.
Sinon
je vais leur faire du mal
à tous les deux.
Et j'en ai aucune envie.
Ils comptent trop pour moi.

Pourtant, Stephan,
Ce qu'il a fait.

Les gens qu'il fréquentait.
Est-ce qu'être attirée par lui
c'est trahir toutes mes convictions,
tous mes principes ?
Mais il a changé.
Il s'en veut.
Il s'est fait endoctriner.
Pas vrai ?

Sarah.
Pourquoi tu ne peux pas être moins compliquée ?
Pourquoi t'arrives pas à t'écouter ?

Maman.
Maman, elle aurait pu m'aider.
Elle saurait
comme elle a toujours tout su.
Mais Maman est morte.
Maman est une meurtrière.
Pourquoi je pense à elle ?
Les morts ne peuvent pas m'aider.
Qu'est-ce que les terroristes
peuvent y connaître
à l'amour ?
Pourtant, on s'est aimées.
Oui, pourtant, on s'est aimées.

Aïcha

JOURNAL DE BORD

Réactions pendant le feu de camp :

– Récit de Léo : écoute silencieuse, empathie.

– Récit d'Alice : incompréhension. Sarah a semblé saisir la vérité la première. Les autres ont porté leur main à leur bouche de surprise à la fin de son récit.

– Récit de Stephan : Alice a eu l'air écœurée. Léo avait les yeux brillants. Camille semblait avoir peur. Sarah a gardé un visage impassible.

– Récit de Camille : de la colère dans leurs yeux. Alice, elle, a évité de la regarder.

– Récit de Sarah : à la fin, grand silence. Stephan s'est levé, comme s'il voulait la prendre dans ses bras, puis finalement il s'est rassis.

Le jour d'après :

Voilà. Ils se sont tous couchés.

Quelque chose a changé dans la relation entre Stephan et Sarah. Je pensais que Sarah réagirait plus violemment, après le récit de Stephan. Mais au contraire, ils ont l'air encore plus proches maintenant. Et si Sarah savait déjà tout ? Ils m'auraient donc caché qu'ils se sont raconté leur passé, ou du moins celui de Stephan ? Les connaissant, c'est fort probable. Toujours fourrés ensemble, ces deux-là.

Léo a l'air plus à l'aise avec le groupe. Il participe activement aux conversations. Camille pose plein de questions à tout le monde. Comme si elle s'était retenue tout ce temps et qu'elle voulait rattraper son retard. Ils prennent encore plus soin d'elle maintenant qu'ils savent comment elle a été traitée par ses parents.

Et Alice… Alice n'a pas l'air bien. Est-ce que raconter la raison de sa venue a déclenché de nouvelles crises ? Ou alors avait-elle réussi à me les cacher tout ce temps, et maintenant, elle n'y arrive plus ? Les grands bouleversements émotionnels exacerbent son état, je le savais pourtant.

Peut-être que je devrais appeler ses parents. Qu'elle se fasse hospitaliser. Mais ça serait un retour à la case départ. Ce n'est pas ce qu'elle souhaite. J'en ai assez parlé avec elle pour savoir que ce serait aller contre sa volonté. Je veux lui donner une chance de se relever. La nuit lui fera peut-être du bien. Oui. Elle est forte. Qui sait ? Elle sera remise sur pied au petit matin.

Léo

Il est cinq heures du matin. Je suis réveillé depuis un bout de temps. Je pense à mon curry, ils m'ont tous félicité, ça m'a rendu si fier de voir que je pouvais prendre soin d'eux, moi aussi. Je commence à descendre les escaliers pour faire un tour dans le jardin, quand je remarque que la porte d'Alice est ouverte. Je toque, elle me dit d'entrer. J'observe sa chambre. Les posters ont été arrachés, les figurines décapitées, un doudou informe est accroché sur le mur avec un clou.

« Fais pas attention. J'ai eu une petite crise, c'est tout. Tu dois me prendre pour une folle. »

J'ai envie de lui répondre que oui, mais je m'abstiens. Alice me fait signe de m'assoir à côté d'elle, comme le jour des menaces de mort. Mais tout a changé, nous ne sommes plus en danger, et elle, elle a un aspect presque cadavérique, comme si elle avait arrêté de lutter.

« Pourquoi vous ne vous parlez plus, avec Sarah ? C'est à cause de ce qu'on s'est raconté au feu ? finit-elle par me demander.

— Non, rien à voir. C'était avant.

— Qu'est-ce qui s'est passé ? »

Je sens les larmes monter, je n'arrête pas de dessiner des personnages pleurer d'un seul œil depuis notre dispute.

« Je l'ai vue dans la forêt. Elle avait les poignets en sang… J'ai cru… J'ai cru qu'elle s'était fait du mal. J'ai totalement paniqué. Et elle, ça l'a rendue folle de rage. Elle m'a insulté.

— Elle t'a insulté parce que tu t'es inquiétée pour elle ?

— Oui, on peut dire ça.

— Je croyais que je connaissais Sarah. Mais apparemment, c'est pas le cas. »

Alice semble dépitée, même son tatouage a l'air d'avoir perdu des couleurs.

« Moi non plus, je n'ai pas compris ce qui lui prenait. Mais après, ça m'est venu. Elle n'avait pas envie que je la voie comme ça. Cette face d'elle-même, elle ne la supporte pas. Elle ne veut pas qu'on soit avec elle juste pour la surveiller. Cette idée la terrifie.

— Tu lui cherches des excuses. Elle n'avait pas à te traiter comme ça.

— Peut-être. Mais qu'est-ce que j'y peux ? Je l'aime. »

Je me rends compte que c'est la première fois que je le dis à quelqu'un. En prononçant ces mots, je réalise à quel point c'est vrai, à quel point elle me manque, à quel point j'ai peur qu'elle m'échappe.

« Je l'aime, et s'il faut que je m'excuse pour rester à ses côtés, je le ferai.

— Mais enfin, Léo, respecte-toi un peu. Tu peux pas faire ça.

— Oui, mais je suis comme ça, moi. J'ai pas envie de gâcher quelque chose juste pour une blessure d'ego. »

Alice se tait, elle prend un air de religieuse en pleine révélation divine. Comme si ça remuait quelque chose en elle, quelque chose de dur, mais de brillant aussi. Peut-être qu'elle pense à Ethan. À ses illusions.

« Alice, ce que je vais te dire va peut-être t'énerver. Mais si je ne le fais pas, je ne sais pas qui le fera, parce que, eux, ils ne sont pas d'accord avec moi, je le sens. Alice, je pense que tu devrais te faire traiter dans un hôpital spécialisé pendant quelques mois, ou dans une clinique adaptée. Tu dois te faire aider, tester d'autres traitements, changer de médecin, demander de nouveaux diagnostics… Te mettre dans les mains de vrais experts… J'ai l'impression que tu as baissé les bras.

— Je prends déjà des médicaments, tu crois quoi ? Enfant, je ne savais pas que c'était ça, c'est tout. Je croyais que tous les enfants prenaient des pilules pour rester en bonne santé.

— Peut-être, mais ils n'ont pas l'air de bien marcher.

— Sans, ça serait pire, j'imagine. »

Alice commence à s'assoupir, je vois bien, elle lutte pour rester éveillée, ses paupières sont des ailes de libellule agitées par le vent.

« Je vais te laisser te reposer. Mais pense à ce que je t'ai dit.

— Alors quoi ? Je devrais passer mes journées à l'hôpital, à faire encore plus de tests, dans l'espoir qu'un jour tout s'arrête ? Et ce temps perdu ? Jamais je ne le retrouverai. J'ai déjà passé dix-sept ans à croire que ma vie m'appartenait.

Alors, laisse-moi me la réapproprier, d'accord ? Laisse-moi vivre pour de vrai. »

Elle s'est endormie, enfin. Dors, pour moi, Alice. Moi, je ne sais plus. Je repars sur la pointe des pieds.

« Léo ? »

Je me retourne, et je ne sais pas si elle parle en dormant ou si elle est réveillée.

« Dis à Sarah que je suis désolée. Je ne pensais pas ce que j'ai dit. Je n'étais pas moi-même.

— Je lui dirai. Je te promets. »

Et je ferme la porte.

Alice

Il est dix-sept heures quand je me sens assez en forme pour sortir de ma chambre. Je tombe tout de suite sur Stephan, sur le point de toquer à la porte de Sarah. Il ne me voit pas, il ne me voit plus, je l'ai bien remarqué au dîner hier. Quelque chose s'est passé, quelque chose d'important. Je suis peut-être malade, mais je suis pas stupide.

« Elle est sortie. »

Il sursaute, jure un peu, mais reprend vite ses esprits.

« Merde. Tu sais où elle est passée ?

— Aucune idée. Elle doit crapahuter dans le jardin, comme d'habitude. »

Stephan hoche la tête, s'apprêtant à descendre les escaliers. Je remarque qu'il s'est rasé, qu'il a passé une chemise propre. Je me rappelle que Sarah nous avait dit que les hommes en chemise, ça lui faisait tourner la tête.

« Stephan ?

— Ouais ?

— Tu dois trouver ça bizarre, que je te repousse pour quelqu'un qui n'existe pas. »

Stephan se fige, sa main sur la rambarde. Je ne sais pas pourquoi j'ai utilisé le présent plutôt que le passé, c'est absurde. Il ne veut plus de moi. Je crois que j'ai besoin de croire qu'il s'intéresse à moi, encore un peu. Pour m'assurer que j'ai une alternative.

« Non. Pas du tout. Tu l'aimes, cet Ethan. Ça crevait les yeux quand tu parlais de lui. Et cet amour, lui, il est réel, il existe.

— Mais ce n'est qu'un fantasme.

— Tu sais, on peut tous fantasmer. Pas besoin d'être fou ou malade, ou ce que tu veux, pour ça. Un jour, tu te rends compte que tu t'es gouré, que t'as tout inventé. Mais n'empêche que, pendant ce temps, t'as vraiment éprouvé des choses pour cette personne. Ce temps-là, il disparaît pas complètement. T'as été heureux à ce moment-là, même si tu te trompais.

— Toi, tu m'as fantasmée. Et ce temps-là, il n'a pas vraiment compté. »

Stephan sourit tristement en passant la main dans ses cheveux. Il ne veut pas me vexer, c'est mignon de sa part.

« Ouais, je crois que t'as raison. »

Il reste sur sa marche, attend de voir si je n'ai pas besoin de lui. Je vois dans son regard qu'il me traite comme une convalescente. Étrangement, ça ne me dérange pas. C'est bien ce que je suis, après tout. Il a le droit de prendre soin de moi.

« Allez, va la retrouver.

— De qui tu parles ?

— Stephan, arrête. On sait tous les deux de qui on parle. »

Je sens ma tête tourner, du coin de l'œil, je remarque des corbeaux sur ma fenêtre, ils portent de minuscules grenouilles sur leurs dos. Elles répètent *tue-le, tue-le, tue-le, venge Louise, tue-le, tue-le, tue-le.* Je vois Stephan en double, il ressemble à un dieu hindou à plusieurs membres.

« T'en fais pas pour moi. Ça va mieux, maintenant. »

Il me sourit et s'empresse de dévaler les escaliers. Cet élan amoureux, je le connais. Je courais plus vite que n'importe qui quand je rejoignais Ethan.

« Oui, je m'en souviens. On se tombait dans les bras, on avait du sable partout. On allait se baigner nus, on surfait, tes yeux étaient magnifiques pendant le coucher de soleil. »

Ethan est assis sur mon lit. Je sens tout de suite les larmes monter.

« Allez, viens un peu. Pour quelques minutes. »

Je me glisse dans ses bras.

Et mon mal de crâne s'arrête tout de suite.

Stephan

Je fais les cent pas dans le jardin. Je passe devant le verger. Je contourne l'étang. Je jette un œil au toboggan et à la balançoire. Où est-ce qu'elle est passée ? Je commence à penser qu'elle regrette ce qu'on a fait. Je suis pas de son niveau, elle doit avoir honte. Je suis pas assez cultivé pour elle. Je pourrai jamais rattraper mon retard, c'est fini. Ça me rend fou de me dire que tout est déjà joué, parce que mes darons ont pas pris la peine de m'apprendre à aimer toutes ces conneries. Je crois entendre un coup de feu au loin. Je dois être parano. Je suis totalement stressé depuis hier. Je l'ai pas revue après le dîner. C'est fini. Merde, c'est déjà fini.

« Stephan ? On dirait que t'as vu un fantôme. Ça va ? »

Sarah est là. Dans une petite robe d'été. Je rougis, putain, elle est incroyable. Elle a toujours été incroyable.

« Ouais, impeccable. »

Je m'adosse à un arbre. Je sens de la gêne dans l'air. On sait pas trop comment se comporter. Quoi faire de tout ce désir qu'on ressent. C'est tout nouveau pour moi. Ça peut surprendre, mais je jure au nom de tout ce que vous voulez que c'est vrai. Mes potes d'avant, ils bandaient sur tout ce qui bouge, ça me donnait envie de gerber, leurs commentaires. On est pas des sales clebs, merde. Moi, j'ai besoin d'aimer pour ça. De connaître la personne.

Et Sarah, oui, Sarah est la première.

« Tu faisais quoi, toute seule ?

— J'avais besoin de marcher un peu. Pour réfléchir. Et toi ?

— Je te cherchais. T'as disparu, hier. La fièvre, tout ça, tu te rappelles ?

— Oui, c'est vrai. Je suis désolée. C'était pas sympa de ma part. T'as dû te faire des idées.

— Ah ouais ? Quelles idées exactement ? »

C'est plus fort que moi, j'ai toujours envie de la taquiner. Ça me rend dingue de voir son petit sourire en coin quand elle répond à mes provocations.

« Que je n'avais pas aimé hier. Que je regrettais ce qu'on avait fait.

— Ah, parce que ça t'a plu ? »

Je me rapproche d'elle. Nos nez sont à deux centimètres d'écart. Je savoure ce moment. C'est comme la seconde juste avant la descente, dans les montagnes russes, mais fois mille. Je crois que je pourrais devenir accro à ça. Ça me fait flipper. De voir comment elle peut avoir du pouvoir sur moi.

« Mouais, c'était pas mal.

— Pas mal, vraiment ?

— Oui, pas mal. Je pense qu'on peut faire mieux.

— Ah oui, tu penses qu'on peut faire mieux que ça ? »

Je l'agrippe par la taille. Je sens sa peau sous sa robe. Un signe d'elle, et je lui arrache ses vêtements.

« Oui, même si ça va à l'encontre de l'avis général.

— Eh bien, va falloir leur montrer qu'ils ont tort. »

Je sens son sourire sous mes lèvres alors qu'elle m'embrasse. J'ai touché dans le mille, je vois bien. Je pensais pas que je pouvais faire ça. Trouver les mots pour séduire. Faut croire que quand on est fou de quelqu'un, ça vient tout seul. Je vois que ça. Je commence à remonter un peu sa robe, doucement, je caresse sa cuisse.

« Attends. »

Je stoppe net. La dernière chose que je veux faire sur cette terre, c'est la forcer à quoi que ce soit.

« Tu veux qu'on arrête ?

— Non, je ne veux pas qu'on s'arrête. Mais on va être obligés.

— Pourquoi ?

— Parce que tu vas devoir partir. »

C'est à mon tour d'avoir les yeux de merlan frit. J'avais oublié à quel point elle est difficile à suivre parfois.

« Quoi ? Qu'est-ce que tu me racontes, là ? Parle français steuplaît.

— Joue pas à plus con que tu es.

— Ça veut dire quoi, ça ? »

Elle s'écarte doucement. Je vois trouble. C'est fini. Elle a compris que je suis qu'une pauvre merde. Qu'elle préfère les artistes intelligents et sensibles, et putain elle aurait raison, qu'est-ce qu'elle fout avec moi ?

« Je crois que tu dois aller voir Louise. Je veux dire maintenant. »

Je souffle dans l'air moite. Elle aime me faire peur, ou quoi ?

Ou alors, c'est que je l'aime déjà trop. Un rien d'elle, ça peut me foutre en l'air.

« Ouais, t'as raison, je dois lui parler. Mais pourquoi maintenant ? On est… On est pas bien, là ?

— Si. Oh, si, Stephan, j'ai jamais été aussi bien. Et c'est ça le problème. Parce que toi, tu ne pourras pas être heureux. Pas tant que tu n'as pas parlé à Louise. Stephan, tu comptes pour moi, bien plus que je ne voulais l'admettre. J'ai besoin de toi. J'ai envie de toi. Je veux qu'on vive quelque chose, c'est peut-être pas une bonne idée, peut-être qu'on va faire que s'engueuler, peut-être que ça sera trop explosif. Mais honnêtement, tout ça, je m'en fous. On est trop jeunes pour avoir peur de se faire du mal en s'aimant trop fort. Je veux qu'on ait un futur. Il faut que je le protège. Je ferai tout pour le préserver. Je veux qu'on mette toutes nos chances de notre côté. »

Y a pas à dire. Sarah est douée pour les discours. Qu'est-ce qu'on peut répondre à ça ?

« Donc je t'embrasse, et tu me dis de faire mes bagages. T'avais d'autres moyens de me dire que je pue de la gueule, tu sais.

— J'ai tenté de mettre du dentifrice dans ton thé, mais ça a pas marché. J'étais obligée d'employer la manière forte. »

Elle sourit, mais des larmes s'échappent de ses yeux.

« Si je pars, je sais pas quand je te reverrai.

— On trouvera toujours un moyen.

— Si je pars, qui me dit que tu te barreras pas avec Léo ?

— Pourquoi tu voudrais que je me barre avec lui ? C'est lui que j'ai embrassé, peut-être ?

— Léo, c'est plus ton style. Vous avez les mêmes goûts, les mêmes références. Vous iriez mieux ensemble, je suis pas con.

— Dit celui qui était sur Alice au début…

— Non. J'ai toujours été sur toi. J'étais trop bête pour m'en rendre compte, c'est tout.

— Comment tu voulais que je le sache, alors ? »

Elle marque un point. Je pense à Léo. Il doit se poser les mêmes questions que moi. Observateur comme il est, il a peut-être déjà tout deviné.

« Stephan. Je vais pas te mentir, t'as raison. Léo est plus mon style, sur le papier. Mais je suis pas un putain de robot. Y a pas d'algorithme qui montre un taux de compatibilité. Ça serait triste, si c'était aussi simple. Aimer, c'est pas se retrouver dans l'autre. Ça serait un amour égoïste, comme si je roulais une pelle à mon double.

— Ça, je veux bien l'imaginer…

— Arrête avec ce petit sourire ! T'es pire que moi, c'est dingue.

— Pour ton plus grand plaisir. »

Sa petite fossette apparaît. Elle me prend la main.

« Stephan, je sais pas pourquoi j'ai été attirée par toi. Mais je sais que t'es intelligent, tu as de l'esprit, de la répartie. Tu es sensible, attentionné, tu t'inquiètes pour les autres. Et surtout, tu es vivant. Et j'ai un faible pour les personnes un peu trop vivantes.

— Tu fais tout pour que je reste là.

— Bon, alors, t'es un vieil abruti qui ne me ressemble en rien, qui fait genre qu'il fait pas de sport alors qu'il est ultra-musclé, qui a la patience d'un enfant de cinq ans, qui a un goût douteux pour les fringues de militaire et qui est beaucoup trop parano. Ça te va, comme ça ?

— Ouais, là, c'est mieux. Sauf la partie où tu dis que je suis baraque. »

Elle me fout un coup de poing sur l'épaule, je ressens pas grand-chose, mais je fais semblant de tomber à terre. Je mime une mort à la Marion Cotillard. Et puis je me relève. J'aime pas les au revoir. Je sais pas comment faire. Je sais pas trouver les derniers mots. Parce qu'on sait jamais ce qu'on donne à quelqu'un pour la dernière fois.

« Bon. Salut.

— Salut. »

J'arrive pas à m'en aller. Mes pompes sont fixées à la terre. J'essaye de soulever un pied. Va bien falloir que je me casse d'ici un jour ou l'autre. Je le savais en arrivant. Juste un été chez les fous, que je me disais. Sauf que les fous, ils m'ont eu. Ils m'ont eu à coups d'étincelles et de tendresse.

« Sarah… Elle était triste, ton histoire. Ça a dû être dur. Je suis désolé. Tu sais…

— T'as pas dit que tu devais partir ? »

Sa phrase, elle me fait l'effet d'un bon coup de pied dans les couilles. Je comprends pas pourquoi elle est aussi cruelle. Puis je capte. Elle voit bien que j'essaye de gagner du temps. Que je rends les choses encore plus dures.

« Va trouver Louise. Vraiment. Avant que tu changes d'avis. C'est ta meilleure amie. Il est temps de recoller les morceaux. On se reverra. Je te promets. On sortira d'ici un jour. On ira mieux. Et là, on se reverra tous. On se laissera pas tomber. Je veux pas croire que… Je veux pas croire que tout ça ne voulait rien dire. Je veux pas croire qu'un jour on va tous reprendre nos vies et qu'on s'oubliera. Je le supporterais pas. »

Je m'approche d'elle. Elle regarde par terre. Elle se réfugie dans mes bras. Je lui embrasse le front. C'est tout ce que je peux lui offrir. Pour l'instant. Parce que sinon, je sens que je partirai jamais.

« À la prochaine.

— À la prochaine. »

Je commence à m'éloigner. Ça me fait tout bizarre, dans la poitrine. J'ai l'impression que je pourrais chialer comme quand j'étais un gamin, le genre de crise qui n'en finit pas.

« Eh, Stephan ! »

Je me retourne. Un rayon de soleil éclaire ses cheveux.

« Ta sale tête me manque déjà. »

Camille

Il commence à être un peu tard, mais c'est le moment que je préfère pour me promener avec Aïcha. On essaye de trouver des insectes, des oiseaux, des crapauds, on a une application, elle nous aide à trouver leurs noms. On a déjà deux cent quatre-vingt-neuf espèces différentes. C'est pas mal, mais je pense qu'il y en a encore plus. Le jardin d'Aïcha, il est vraiment gigantesque. La semaine prochaine, on va essayer de faire la même chose avec les arbres et les fleurs. Ça va être trop bien. Plus tard, je veux devenir chercheuse de plantes et d'animaux. Je sais pas si ça existe vraiment, mais ça serait vachement bien quand même. Je marche vers le potager et là, je sens un truc tout mou sous mon pied. Je regarde par terre. J'ai dû marcher sur une vieille prune.

Mais non.

C'est Bidule.

Mon petit chat.

Avec un couteau dans son ventre.

Il y a un mot accroché à son corps.

Ont t'avez prévenu.

Je comprends pas ce que ça veut dire. Mais ça a l'air grave. Très grave.

Sarah

Je me suis enfuie dans le bois.
Entourée de ces arbres,
je me sens en sécurité.
Je pleure un peu.
Parce que même si je sais
que Stephan devait retrouver Louise
que c'était la chose à faire
je ne peux pas m'empêcher de penser
qu'il est parti au début de notre histoire
et que ça va peut-être tout gâcher.
Je voulais tout vivre avec lui
tout de suite.
Je me dis que nos retrouvailles
n'en seront que plus belles.
« J'espérais te voir ici… »
Je sursaute.
C'est la voix de Léo.
Il s'avance vers moi,
l'air sûr de lui,
confiant,
conquérant,
une attitude que je ne lui ai jamais connue.

« Écoute…
— Non. Laisse-moi parler la première. »
Il s'apprête à riposter,
mais je le devance.
Pas question qu'il s'exprime le premier.
Je veux garder le contrôle.
Pour une fois,
j'ai envie d'avoir confiance
en ma capacité à réparer
et non à détruire.

« Je sais pas ce qui m'a pris l'autre jour… Je suis vraiment désolée, j'aurais jamais dû te parler comme ça. J'ai cru… J'ai cru que tu me prenais pour une folle, que tu…

— Je sais. Je sais ce que tu as pensé. Je te connais. Mieux que tu ne le penses. Mais non, pas du tout, ne t'inquiète pas. J'ai eu peur, c'est tout. Faut pas chercher plus loin. »

Léo s'avance vers moi,
me prend dans ses bras.
C'est réconfortant
et doux.
Je m'y réfugie
comme on retrouve son foyer,
après avoir passé des heures sous l'orage,
à essayer de dompter les éclairs.

« Sarah… Tu n'as pas tué tous ces gens. Je te promets.

— Attends…

— Ne change pas de sujet…

— Non, vraiment, écoute. »

Je mets ma main sur sa bouche,
tends l'oreille à la nuit
pour être sûre
que je ne rêve pas.

Des bruits de pas.

Des rires gras.

Et un nouveau coup de feu.

« Cache-toi. »

On se dissimule derrière des arbres différents.
Je jette un œil.
Cinq hommes cagoulés sont sur la propriété d'Aïcha.
Ils parlent fort,
Comme s'ils avaient trop bu.
Ils font de grands moulinets
avec leurs bras.

Ils sont tous armés.

« On va se la faire, cette salope.
— T'excite pas trop vite. On ne la trouvera peut-être pas. C'est grand, cette merde. »
Celui-là semble un peu plus lucide.
Les quatre autres ont l'air complètement déchirés.
« Tu vas faire quoi, quand on la trouvera ?

— Je lui ferai bouffer son Coran, à cette chienne. Et puis, après, je… Attends. T'entends pas un truc ? »

Je me fige.
J'essaye de ne plus respirer.

« On est pas tout seuls. »

Un coup de feu.

Des éclats de voix.

Des hurlements.

Je ne sais plus si ce sont des loups
ou des hommes.

« La chasse est ouverte, les gars. »

Je préférerais les loups.

Léo

« Bah, mon lapin ? Qu'est-ce que tu fais là ? »

Merde. Je ne pensais pas qu'ils me trouveraient aussi facilement. L'homme pose un fusil sur mon torse. Je reconnais celui que j'ai poursuivi au marché. Les yeux, ça trompe pas. Il doit avoir la quarantaine. Je me retiens de regarder Sarah pour ne pas attirer leur attention sur elle, mais c'est dur. Les autres derrière se marrent et s'enfilent des rails de coke, sur des gorgées de whisky. J'ai l'impression que tout ça n'est pas réel. C'est un cauchemar, et je vais me réveiller. Il ne peut s'agir que de ça.

« Nos petits messages vous ont pas suffi, hein ? Vous faites quoi, ici ? Hein ? Vous apprenez à buter du Français ?

— Mec, déconne pas, c'est qu'un gosse.

— Et alors ! Tu l'as bien regardé ? Ils s'explosent à tous les âges, ces petits merdeux. »

L'homme se penche vers moi. Son haleine empeste la vodka.

« T'en bouffes du Coran, pas vrai ? Saloperie de terroriste. Hein ? C'est quoi ton problème ? Tu veux avoir plein de meufs, c'est ça ? Les vierges au paradis, ça t'excite ? Petit coquin. »

Ils se marrent. Ils se marrent et moi je tremble. Je n'arrive pas à parler. Le mec commence à ouvrir sa braguette. Son sexe entre ses mains, il l'approche de mon visage. Je sens tout mon corps se glacer.

« Je vais te montrer quelque chose. Ça sera notre secret, d'accord ? »

C'est à ce moment-là que j'entends un hurlement. L'homme devant moi se retourne, sa bite dans la main, l'air médusé. Sarah est là. Je ne sais pas comment elle a fait, mais elle a réussi à assommer le plus mince avec une bûche et à lui piquer son arme. Elle vise l'entrejambe de l'homme avec son fusil.

« Ne le touche pas. Un geste et je t'explose les couilles. »

Et en croisant son regard, je vois qu'elle en est capable.

Alice

Je suis sortie. Dehors, je ne les entends plus. Les voix et les visions s'apaisent quand je regarde les fleurs danser dans le vent. Allongée dans le hamac, je me demande où sont passés les autres. Depuis que Stephan m'a parlé, je n'ai pas croisé un chat. C'est sûrement de ma faute. Ils doivent être en train de faire une activité tous ensemble. C'est moi qui me suis éloignée en restant dans mon lit, moi qui ai pourtant tout fait pour me rapprocher d'eux, pour vivre pleinement cette aventure à leur côté. C'était moi qui les réunissais tous, et je les ai abandonnés. Aïcha m'a dit que je pouvais rester dans ma chambre aujourd'hui, à condition que je me lève demain. Je lui ai répondu que je ne voulais pas quitter mon matelas, mais j'ai commencé à étouffer, alors je suis sortie. Ils sont peut-être dans le potager, Aïcha voulait cueillir des courgettes pour le 15 août, une tradition familiale. On est déjà en août ? Je n'ai plus aucune notion du temps. Tout se délite, tout se consume et se mélange à la fois. Encore plus depuis que je leur ai raconté. Mes illusions ne me lâchent pas, me font douter de tout.

Comme ce coup de feu.

Ce coup de feu que j'entends très distinctement.

Est-ce que j'imagine tout ça ? Je ne sais plus reconnaître ce qui est vrai ou pas. Je ne sais plus appréhender le monde. J'ai perdu pied. Aïcha avait tort. Raconter a tout chamboulé. Mes mirages sont exacerbés, c'est monstrueux. Je me dirige vers l'origine des déflagrations. Comment savoir si ces silhouettes que je vois au loin sont le fruit de mon imagination ? Je peux les décrire distinctement. Des cagoules, des fusils, des pupilles dilatées, des tenues de chasseurs.

Et je remarque Léo et Sarah.

Léo et Sarah en danger.

Léo qui…

Un homme-serpent s'enroule autour de lui…

J'ai envie de hurler.

Mais mes mots ne sortent pas.

Je sens une main dans mon dos.

Je sursaute, mais ce n'est qu'Ethan.

« Cours, Alice. Cours. »

Je m'élance, les larmes coulent, ma vue est brouillée.

Le monde ne veut pas de moi.

Cette planète est malade, elle n'est pas pour moi.

Je sens mon corps trembler, j'ai l'impression que je fais une crise cardiaque, que mon cœur va lâcher, mais je continue, je ne veux pas me retourner, je ne veux plus rien voir.

Je me précipite dans la rivière, j'avance, je remonte le cours d'eau, je suis une créature aquatique, il n'y a que là que je me sens à ma place.

Des pétales de cerisiers flottent autour de moi, une branche de saule pleureur me caresse la joue, l'eau est parsemée de boutons d'or, de violettes, de pâquerettes, de coquelicots et d'orties, une couronne de fleurs pousse dans mes cheveux.

Soudain
je glisse sur un caillou gluant,
mon corps bascule,
ma tête cogne violemment contre une roche,
et je

Stephan

Ça y est. Je suis rentré chez moi. Dans mon trou perdu. Devant l'appart de Louise. J'ose pas monter. Ses parents doivent être encore au boulot. J'ai pas beaucoup de temps. Aïcha se rendra compte de mon absence. Elle préviendra mon daron. Sarah finira par cracher le morceau pour pas les inquiéter. Et tout sera fini. Allez, Stephan. Merde, monte. Tu connais le code par cœur. T'as l'étage. T'es venu pour ça. T'as tout quitté pour ça. Tu dois le faire. Pour Sarah au moins. Je commence à faire le code. La porte s'ouvre avant que je finisse. Je me retourne.

Louise est devant moi.

Louise avec sa jambe droite dans le plâtre. Louise qui a l'air fatiguée, si fatiguée.

« Stephan ? »

Elle lâche une béquille de surprise.

« Mais qu'est-ce que tu fais là ? »

Je m'attendais pas à ça. C'est elle qui m'a envoyé un texto, non ? Ça voulait bien dire qu'elle me disait de venir ? Non ?

Putain. Et si je m'étais gouré. Je suis doué pour tout comprendre de travers.

« Je croyais que…

— T’as cru quoi ? Que tu pouvais te pointer comme ça sans prévenir ?

— Oui, je… Je croyais que c’était la chose à faire… »

Je me penche vers elle pour ramasser sa béquille. Mais elle me crie dessus. Elle a l’air d’avoir peur de moi. Je déteste voir ça dans ses yeux.

« Me touche pas.

— Pardon. Pardon. Regarde. Je recule. »

Je sens les larmes monter. Je veux pas être venu ici pour rien. Je veux pas avoir laissé Sarah avec Léo pour rien. Sinon, j’espérerais plus jamais rien de ma vie. Ça sera fini, ces conneries. Les rêves ne seront plus que des trucs de gosses. Et je crois que je veux pas encore grandir. Pas comme ça.

« Tu veux pas qu’on aille autre part ? C’est pas le meilleur endroit pour discuter… »

Louise hésite, je le vois bien. Son regard a du mal à se poser. Son petit doigt s’agite. Je la connais par cœur. Et putain, ça fait si mal de voir que je la connais aussi bien.

« D’accord. On va au café.

— Tu veux que je t’aide à porter un truc ?

— Non. Je peux me débrouiller toute seule. »

La brasserie est juste en face. Y a pas grand monde. À part deux, trois vieux paumés. C’est bien. On pourra discuter tranquillement. Je commande un Coca. Elle un hamburger et un milk-shake. Moi, j’ai pas faim. Je me sens brûler de l’intérieur. J’ai rêvé de ce jour et, maintenant, je sais plus quoi dire. Mes mots sont bloqués. Je suis comme anesthésié.

« Tu sais que je vais déménager ? »

Je lève les yeux sur elle. Elle, elle regarde quelque chose par la fenêtre. Un corbeau, je crois. Il s'envole dans la nuit. Il s'enfuit.

« Non, je savais pas. Mais je m'en doutais.

— Je ne peux plus revoir ces rues. J'ai l'impression qu'on va me sauter dessus à tout moment. Même s'ils sont tous en taule. Enfin, pour le moment. Toi, tu pourras jamais comprendre. »

Que répondre à ça ? Qu'est-ce qu'elle veut que je lui dise ? Est-ce qu'il y a un univers où je pourrais trouver les bons mots ? Est-ce que ça existe ?

« T'as dû en baver… Je suis…

— À cause de qui, hein ? »

Et je craque. Mes larmes coulent sur mes joues, encore une fois. Putain. Décidément, Louise. Notre histoire, elle peut se résoudre que par les larmes.

« Je savais pas, Louise. Je te promets je savais pas ce qu'ils voulaient faire. Il faut me croire. Il faut vraiment me croire sur ce coup-là. Ils m'ont rien dit… Je te promets, je savais pas… Je savais pas… Je savais pas… »

Je répète ces mots comme un putain de mantra. Comme si ça allait pouvoir changer quelque chose. Comme si être ignorant était une putain de fierté.

« Je traînais peut-être avec ces gars-là, mais je suis pas comme eux. Je suis pas un monstre. T'avais raison, sur tout. J'ai pas su voir que c'était des types pareils. J'étais paumé. J'ai cru comprendre ce qu'il fallait que je fasse pour que ma famille s'en sorte. Je me suis dit que les choses allaient s'améliorer. On est beaucoup à être dans la merde… Mais je sais : ça excuse pas tout…

— Tu ne m'as pas écouté. Regarde où ça m'a menée. »

Elle montre du doigt sa jambe dans le plâtre. Elle évite toujours mon regard.

« Pourquoi je devrais accepter tes excuses ? Qu'est-ce que ça m'apporte ?

— Rien. Absolument rien. »

Le serveur nous apporte notre commande. Il dépose des serviettes sur la table. Il a dû remarquer que je chialais. Ça me donne du courage. De savoir que je suis pas tout seul.

« Louise… Je te demande pas de me pardonner. Je suis venu ici pour te dire que… Que ce jour-là, j'étais comme glacé. Je pouvais pas faire un pas de plus. Je voulais t'aider. Je voulais vraiment t'aider… Je savais pas que c'était toi… Peut-être que si j'avais su, quelque chose se serait déclenché en moi, je sais pas. Je tiens à toi. Je pense tout le temps à nous. Tu veux peut-être pas l'entendre, mais t'es ma sœur. T'es ma sœur, et je veux pas te perdre. Je ferais tout pour toi. Tout pour que tu te sentes mieux.

— C'est pour ça que tu m'as abandonnée ? Pour ça que tu es parti loin de moi, faire une thérapie bidon ? Parce que tu ferais tout pour moi ? »

Louise tourne enfin son visage vers moi. Elle pleure. Putain, tu pleures, Louise. Arrête. Arrête ça tout de suite. Ne me regarde pas comme ça.

« J'avais besoin de toi, moi. J'avais besoin que tu me dises tout ça, il y a deux mois. Je sais que c'est toi qui as dénoncé tous ces mecs. Que tu t'es mis en danger pour moi. Il y aura des représailles et, ça, tu le sais très bien. Je sais que s'ils sont en préventive, c'est grâce à ton témoignage. Je sais bien que le jour du procès, tu feras tout pour les enfoncer, pour qu'ils y restent, en prison. Mais quand tu es parti… Quand tu t'es barré, je me suis dit que je ne comptais pas pour toi. Sinon, pourquoi tu m'aurais laissée toute seule ?

— Non. Je peux pas te laisser dire ça, Louise. »

Je lui attrape sa main. Elle ne bronche pas.

« Si je suis parti, c'est parce que je tenais trop à toi. Je pensais que tu pourrais plus supporter ma gueule. Que ce serait mieux comme ça.

— Bah j'aurais voulu la voir plus tôt, ta gueule. »

Louise retire doucement sa main. Elle aspire son milkshake à la fraise sans un bruit. Avale la moitié de son hamburger comme si elle avait pas mangé depuis des jours. C'est peut-être le cas.

« C'était pas à toi de décider ce que je ressentais pour toi. C'était pas à toi de penser ce qui était mieux pour moi. Je t'ai vu comme mon meilleur ami qui avait déconné, c'est vrai, je t'en ai voulu à mort. Mais tu aurais été là ou pas, ils m'auraient quand même tabassée. Je suis bi, asiatique, fille de parents immigrés, et je venais tout juste de commencer à sortir avec une meuf avant la fête. Bien sûr que j'étais une cible pour ces connards. La différence, c'est que toi, t'as pu les dénoncer. T'as pas hésité. T'as protégé des dizaines de mecs et de filles comme moi.

Ils payent et vont continuer à payer leurs actes ignobles grâce à toi. C'est déjà ça. »

Je me fige. J'avais jamais vu les choses comme ça. Louise me tend un morceau de son burger. Elle insiste pour que j'en mange, alors j'avale. Pour lui faire plaisir.

« C'est parce que t'es parti que j'ai commencé à t'en vouloir. Puis à te détester. Tu serais resté, rien n'aurait été pareil. Stephan, c'est toi qui m'as obligée à te voir comme le méchant dans l'histoire. Toi et personne d'autre. »

Elle me scie. Elle ne pouvait pas me dire pire et mieux en même temps.

« Et alors ? Qu'est-ce que je dois faire maintenant ? »

Elle me sourit. Ma sœur, mon amie, elle me sourit.

« Pour le moment, finis ton Coca. Discute un peu avec moi. Pour le reste, on verra.

— Ça me va. Tu pourrais commencer par me parler de ta copine. T'es toujours avec elle ?

— Non. Mais c'est pas grave. J'ai rencontré quelqu'un d'autre à l'hôpital. Tony. Il veut devenir ingénieur du son. On veut faire des courts-métrages ensemble. »

Je pique une fraise Tagada posée sur le verre, lui rends son sourire. J'ai hâte. Hâte de rattraper tout ce que j'ai raté. Hâte de tout lui raconter. Léo, Alice, Camille, Aïcha. Et Sarah. Surtout Sarah.

J'espère qu'ils vont tous bien.

Camille

Les policiers sont arrivés très vite, dans leurs grosses voitures. Elles ressemblent pas vraiment à celles des dessins animés, il y a même pas de sirènes. J'étais un peu déçue. J'ai donné le corps de Bidule à un des messieurs avec une moustache. Je lui ai demandé d'en prendre soin et il l'a enroulé dans une couverture. J'espère qu'il pourra aller au paradis des chats. Ça doit être chouette, là-bas. Des piscines remplies de croquettes. Des forêts de pelotes de laine pour s'amuser. Des rayons de soleil pour les réchauffer, même en hiver. Oui, il sera content si ça se passe comme ça.

« Mais je ne comprends pas, vous êtes la mère de ces gosses ?

— Non. Je suis leur psychologue. Je m'occupe d'eux cet été.

— C'est réglementé, votre affaire ?

— Mais oui, bien sûr. »

Aïcha, elle s'arrête de parler, comme si elle était grondée par une maîtresse. Je la comprends. Il fait un peu peur le monsieur, avec ses gros sourcils et son air d'ours grincheux.

« Bon. Vous m'avez dit que vous aviez cinq enfants. Mais ils sont où les autres, alors ?

— C'est ce que je me tue à vous dire ! Je ne sais pas… Sûrement quelque part dans le jardin, en train de se promener…

— Et des parents vous confient leurs gosses ? Bravo… »

Aïcha n'a pas le temps de répondre. On entend tous un gros bruit d'explosion. Les policiers se regardent, et ils foncent dans le jardin, un autre parle dans une sorte de gros téléphone en plastique rouge pour appeler de l'aide. Aïcha me prend dans ses bras. Je ne comprends pas trop ce qui se passe. Je lève les yeux vers le ciel. Peut-être que c'est juste un feu d'artifice. Peut-être qu'on va tous trouver ça magnifique.

Sarah

Je sens que j'ai envie de tirer.
Je pourrais le buter,
là,
dans le froid et la nuit,
et ça me fait rien.
C'est comme une évidence.
Comme si je renouais avec un passé archaïque.
Du sang,
de la sueur,
du sexe,
de la poussière
et rien d'autre.

« Eh, ma mignonne. Déconne pas, d'accord ?

— Tu m'appelles encore une fois ma mignonne et tu pourras plus jamais rien dire d'autre. »

J'ai jamais tiré.
Je ne sais pas comment faire,
mais je sais.
Je m'approche un peu plus.

« Enlève ta cagoule.

— Écoute, je dis ça pour ton bien… On est cinq, poulette. Un pas de plus et tu vas avoir de gros ennuis.

— Ah ouais ? On va voir ça. »
Je tire dans sa jambe.
Il hurle.
Il hurle
à s'en déchirer les tympans.
Il hurle comme un porc qu'on abat.
« Maintenant, enlevez tous vos cagoules. Vous êtes sourds ou je dois répéter ? »
Je pointe mon arme sur son front.
Ils s'exécutent.
Je sais pas pourquoi.
Il a raison, l'autre.
Ils se mettent à trois
et c'est fini pour moi.
Je dois leur faire peur.
Je ne vois que ça.
Tant mieux.
Qu'ils tremblent.
Je suis prête à tout.
Je connais pas la peur.
Je ne connais que l'inconscience et l'impulsivité.
Je carbure à ça,
depuis toute petite.
Autant que ça serve à quelque chose.

J'ai bien sauté d'une fenêtre un jour
sans réfléchir.
Je peux aussi tirer sur un homme.
C'est dans mes gênes,

pas vrai,
Maman ?
« Sarah…
— T'inquiète pas, Léo. On va s'en sortir, d'accord ?
— Sarah… N'en rajoute pas… S'il te plaît… »
Léo se redresse,
contourne le vieux dégueulasse
pour venir se tenir à mes côtés.
« Donne-moi ça.
— Non.
— Donne-moi ça. Si quelqu'un doit tirer, ça sera moi. Je ne veux pas que tu souffres. Tu comprends ça ? »
Je serre le fusil plus fort.
Non, Léo,
t'as pas les épaules pour ça.
Moi je les ai,
les épaules.
Je le sens.
Léo s'approche,
j'enfonce un peu plus l'arme
dans la chair de l'homme.
« Sarah… Je l'ai déjà fait, tu sais.
— Justement. Je te ferai pas revivre ça. »
Je me retourne vers lui.
c'est risqué, mais je m'en fous.
Il doit m'entendre.

« Chez moi, il n'y a plus rien à sauver. »

Je regarde les hommes droit dans les yeux, un par un.

« Faites glisser vos fusils. Lentement. Au premier geste suspect, je lui explose le crâne. »

Un premier homme dépose son arme par terre.

Les autres hésitent.

« Vous savez pas où vous avez mis les pieds. Je vous conseille de faire ce que je dis. »

Le deuxième s'approche de moi.

Les mains en l'air,
il fait rouler l'arme jusqu'à moi.

Je crois que tout est terminé.

Sauf que je sens un truc cogner contre ma tempe.

Le salaud.

Oh putain le salaud.

La douleur est sourde,
je vois des étoiles,
des cris de chauve-souris,
Léo hurle,
coup de feu,
bruits de pas,
mégaphone,
on m'emporte,
                    ça tourne,
                              je palpite,
                                        Maman n'est plus là,

Reste avec moi,
le noir, la pluie de sang,

envie de dormir,

Sarah, reste avec moi,

je veux pouvoir dire je t'aime un jour,

sensation de brûlure,

palpitations dans les veines.

C'est fini, Sarah. Tout est fini.

M'évanouir.

Léo

Je fixe mes chaussures, essaye de réaliser à quoi j'ai échappé grâce à Sarah. L'agent Mercier se pose à mes côtés, un calepin à la main. Ses collègues sont en train d'embarquer les hommes qui nous ont agressés, d'autres ratissent le jardin à la recherche d'Alice et de Stephan.

On ne les a toujours pas retrouvés.

Je m'emmitoufle dans ma couverture de survie. Je ne sais pas si c'est sage d'espérer qu'ils aillent bien. Mais je n'y peux rien. J'envoie des prières à la nuit. J'ai toujours cru en quelque chose de plus grand. Quoi exactement, je ne sais pas très bien. Mais c'est là. Dans les embruns, dans le regard de ceux que j'aime, une force grésille et palpite. Elle protège ou emporte tout. Protège. Aujourd'hui, protège.

« Léo, je sais que ce que tu viens de vivre est dur. Mais je vais avoir besoin de ton aide, d'accord ? Tu connaissais ces types ?

— Oui et non. Il y a un mois, deux d'entre eux sont venus taguer des menaces de mort dans le jardin. J'ai une photo quelque part dans mon portable. Alice, Stephan, Sarah et moi étions les seuls à savoir.

— Pourquoi vous nous avez pas appelés ?

— C'est compliqué…

— Tout a l'air compliqué, avec vous… Et les autres ? Tu sais pas quelque chose ? Concentre-toi, s'il te plaît.

— Moi non. Peut-être que Sarah sait.

— Bien. Je vais voir si elle se réveille. »

L'agent se lève, se dirige vers l'ambulance où Sarah est installée. Tout est allé vite, si vite. Un des mecs a assommé Sarah avec la crosse de son fusil. Je n'ai même pas eu le temps de réagir. Au même moment, une armée de policiers s'est pointée. Ils étaient très nombreux, en quelques minutes, ils ont pu maîtriser la situation. Sans eux, je ne sais pas ce qu'on serait devenus. L'agent revient vers moi.

« Bon, elle est réveillée, mais pas encore très consciente. Elle n'arrête pas de répéter deux noms en boucle. Stephan et Louise. Tu sais quelque chose ?

— Oui. Je crois qu'elle veut nous dire que Stephan est reparti chez lui. Je ne vois que ça. Aïcha doit avoir son adresse quelque part. »

Justement, Aïcha s'approche, l'air sonné. Camille est restée avec une policière de la brigade de protection des mineurs, elles colorient ensemble des mandalas dans un grand cahier.

« Ah, vous revoilà, ma petite dame. Vous savez, on ne s'occupe pas d'enfants si on sait pas le faire. »

Aïcha ravale sa salive. Je vois dans ses yeux qu'elle croit qu'elle a mal fait. Qu'elle n'aurait jamais dû nous amener ici. Je ne peux pas lui laisser penser ça.

« C'était peut-être un peu bohème ce qu'elle a créé, oui c'est vrai. Ce genre de lieu n'existe pas. Mais c'est une pro, une vraie psy, c'est pas n'importe qui non plus. Elle a tout imaginé, tout organisé. Aïcha nous a aidés comme personne ne pouvait le faire. C'est pas de sa faute si des psychopathes nous ont attaqués. Elle n'avait pas à prévoir ça. Personne ne devrait avoir à prévoir ça.

— En attendant, vous étiez tous dans les bois, sans surveillance, pendant des heures. Qui sait ce que vous avez vécu d'autre ici ? Pas moi. On parle de suspicion de négligence sur mineurs. Je ne crois pas que vos parents vous ont placés ici pour que vous vagabondiez tout seuls. »

L'agent me toise avec un sourire narquois. Il n'a pas compris un mot de ce que je lui racontais.

« Je vous amène tous au poste. Vous ferez votre déposition. Vous serez assignés à résidence le temps que vos parents viennent vous chercher.

— Et si j'ai pas de parents ? Je fais comment ? »

Le policier n'a pas le temps de répondre. Tous les regards se tournent vers un policier venant du jardin.

Il porte Alice dans ses bras.

Alice

Stephan

« Tu as rencontré des gens bien là-bas, à ce que je vois.

— Oui, c'est vrai. Les meilleurs. Je les mérite pas.

— Tu devrais les prévenir que tu vas bien. Ils doivent être inquiets.

— T'as raison. »

On a discuté longtemps, Louise et moi. Je lui ai raconté mon histoire avec Sarah. Je lui dois au moins ça. Je prends mon portable. J'ai pas vu le temps passer. Je veux envoyer un message, mais je tombe sur des centaines d'appels manqués. Je m'y attendais. Mais pas autant. J'en lis quelques-uns. Je comprends rien. Pourquoi Léo me parle de la police ? D'Alice disparue ? D'agressions ? D'intrusions ?

« C'est quoi, ce bordel… »

Soudain, mon père déboule dans le café. Je sais pas pourquoi, mais j'avais même pas pensé à lui. Il a l'air d'avoir fait le tour de la ville pour me retrouver. Mon père mal rasé. Les yeux bordés de cernes. Le visage fané. Il a l'air faible. J'ai pas l'habitude de le voir comme ça. Il est du genre stoïque, mon père. Il se rue sur moi et m'enlace maladroitement, sa main dans mes cheveux. Ses larmes dans mon cou.

« J'ai eu tellement peur… Mon garçon… Mon garçon. »

Je reste là, tétanisé. Louise me regarde sans rien dire. C'est elle qui a dû le prévenir que j'étais là. Je le sens. Je ne sais pas pourquoi, mais tout ça me donne envie de rire. Mon père, il frappe plus qu'il embrasse. Je m'attendais plus à une droite qu'à ça. Ça me rappelle un souvenir de gosse. Mon père et moi, on faisait du vélo dans le parc, près d'une mare de bouseux qui n'avait de canard que le nom. Je me souviens qu'il avait plu, que le sol était aussi glissant qu'une banquise. Je n'arrêtais pas de lui crier qu'il allait trop vite, que je ne pouvais pas suivre. Et mon putain de père qui accélérait. J'ai voulu l'imiter, fier de moi. Convaincu que je pourrais dépasser le modèle qu'il était alors pour moi. Et puis, je ne sais plus très bien pourquoi, ma roue avant s'est coincée, a déconné, et je me suis envolé. Mon père a observé la scène au loin. Effaré. Il a vu mon corps voltiger quelques instants dans l'air. Mon crâne rencontrer le sol sans un bruit. Quand il est arrivé près de moi, je me tenais prêt à recevoir des cris et des coups. C'est vrai quoi, j'étais bien con d'être tombé comme ça. Je saurais jamais décrire ce qui s'est passé en moi lorsqu'il m'a soulevé pour me porter dans ses bras.

Et, là, dans ses bras tremblants, à l'abri de tout, j'ai l'impression de redevenir ce gosse-là.

« Papa, tout va bien, je suis là. Il y a pas de quoi s'inquiéter comme ça. Vraiment. »

Le regard de mon père change. Il fait une tête de président en pleine crise attentat.

« Alors, tu ne sais rien, pas vrai ?

— Quoi ? Qu'est-ce qui se passe ? »

Et il m'a tout raconté. Tout ce qu'il sait. Et c'est suffisant pour que je m'en veuille à mort. Putain, Stephan. Tu pars toujours au mauvais moment, pas vrai ?

Camille

Ça fait trois jours qu'on a pas le droit de sortir de la maison. Mamie est là, maintenant. Les policiers, ça les a énervés que mes parents soient toujours pas venus me chercher. Mamie promet qu'ils vont venir demain. Je sais pas trop si c'est vrai, alors j'essaye de pas trop y penser. Tout le monde va partir, ça, par contre, je l'ai bien compris. Alice est à l'hôpital, avec ses parents. Aïcha m'a dit qu'elle était malade. Ça doit être en rapport avec son super-pouvoir. Elle doit vouloir rester avec ses amis imaginaires, maintenant. Stephan, lui, il ne reviendra pas. C'est dommage. J'aurais bien aimé lui dire au revoir. Sarah va beaucoup mieux. « Plus de peur que de mal », comme dit Mamie. Elle part avec Léo, aujourd'hui. Le père de Sarah les amène dans sa maison secondaire, en Bretagne. Les policiers ont accepté que Léo passe quelques jours avec eux avant de revenir au foyer. Le papa de Sarah, c'est quelqu'un d'important apparemment. Il connaît beaucoup de monde connu, alors il mène les policiers par le bout du pied.

« Camille ? On va bientôt partir. »

J'accepte le câlin de Sarah. Il est doux et puissant en même temps, comme une mousse à la vanille pimentée.

« Surtout, promets-moi de rester qui tu es quand tu retrouveras tes parents, d'accord ? Au moindre problème, tu appelles ta grand-mère. C'est quelqu'un de bien. Elle viendra à ton secours. Elle préviendra le service d'aide à l'enfance, si vous devez en arriver là. N'oublie pas que tu n'as pas à subir leur méchanceté. Promis ? »

Elle me tend son petit doigt. Je me dis que si elle fait ça, c'est que c'est vraiment important. Léo s'approche aussi de moi. Il me tend un très beau carnet, avec des papillons imprimés dessus.

« Tiens. Je l'ai fait spécialement pour toi. Il y a plein de dessins de tes mondes imaginaires dedans.

— Tu m'écoutais vraiment quand je t'en parlais ?

— Bien sûr. C'était très intéressant. J'espère qu'ils te feront penser à moi.

— Bon, il est temps d'y aller. »

C'est le papa de Sarah qui a parlé, avec une voix toute sérieuse. Il a pas l'air d'aimer beaucoup rigoler dans la vie.

« On y va. »

Ils s'éloignent doucement. J'ai un peu envie de pleurer, mais pas trop. Parce que je sais que je ne les oublierai jamais. Et qu'on se reverra un jour. Ils me l'ont promis. Et moi, je les crois.

Sarah

Je m'enfonce dans mon siège,
tire sur ma ceinture de sécurité pour avoir plus d'espace.
Je me tourne vers Léo assis à l'arrière.
Il a l'air perdu.
Il vient d'avoir Soraya au téléphone.
Une place est prête pour lui au foyer.
Mon père s'est porté volontaire pour le ramener.

« Merci, Papa. On voudrait en profiter pour reprendre quelques affaires dans son ancienne maison. Elle a pas encore été vidée. Elle lui appartient, il pourra venir y habiter une fois qu'il aura dix-huit ans.

— Oui, on peut faire ça. Ça roule bien. On aura le temps d'y passer. »

J'ai aussi demandé si Léo pouvait venir à l'appartement.
Il m'a dit non,
mais qu'il pourrait s'arranger
pour qu'il trouve une famille d'accueil à Paris,
pour qu'on reste près de lui.
Il a des contacts.
C'est mieux que rien.
Je pense à Alice dans son lit d'hôpital.
Elle n'a toujours pas prononcé un mot.

Elle ne fait que regarder dans le vide,
les yeux éteints.
Je me demande si elle n'est pas rentrée dans son monde.
Je me mordille le poing.
Je n'ai jamais été aussi en colère de ma vie.
Pourtant, je m'y connais.
Je grimace en touchant ma tête.
Ma blessure me fait encore mal,
mais rien d'insupportable.
Je crois que j'ai fait ce qu'il fallait.
Si je ne les avais pas menacés,
je n'aurais pas donné assez de temps aux policiers,
même si je ne pensais pas qu'ils viendraient.
Je me rends compte que je suis plus courageuse
que je ne l'imaginais.
Je n'ai pas pensé aux dangers.
Je ne pensais qu'à tous les sauver.
Comme je n'ai pas pu sauver
les passagers de l'avion de ma mère.
Je reçois un texto de Stephan.
Il me demande des nouvelles tous les jours.
On se parle souvent depuis qu'il est parti.
Il est presque mignon par message.
Comme s'il pouvait enfin se livrer.
Montrer son affection sans insulter,
sans jouer les durs.
Il me dit que je lui manque.
Qu'il a eu peur de me perdre.
Il me parle de lui et Louise.

Il lui a raconté, pour nous deux.
S'il y a encore un nous deux.
J'espère que oui.
Je ne sais pas quand je pourrai le revoir.
Je me retourne.
Léo s'est endormi.
Tant mieux.
Il doit se sentir en confiance.
Moi, j'ai du mal à dormir
en présence de mon père.
Même s'il a l'air d'avoir changé.
À croire qu'avoir cru me perdre l'a réveillé.

Aïcha

JOURNAL DE BORD

Il y a encore quelques jours, la maison n'était jamais silencieuse. Maintenant, il ne reste plus que Camille et moi. Un policier garde l'entrée. C'est pour me protéger, mais j'ai plus l'impression que c'est moi qu'on surveille. On me juge. On me fait comprendre que j'ai mal fait mon travail, que j'aurais dû mieux m'occuper d'eux, mieux les enfermer. Il fallait quoi ? Les empêcher de vivre ? Ne pas leur accorder de liberté ? Les punir parce qu'ils vont mal ? Ces attaques, je n'y suis pour rien. Ce n'est pas à cause de cet endroit si Alice est tombée dans le coma.

Je m'en veux. Évidemment que je m'en veux. Une part de moi me dit que si je ne les avais pas réunis ici, personne ne les aurait attaqués.

Ils auraient dû me prévenir, le jour des menaces de mort. C'était inconsidéré. De vraies têtes brûlées. Mais ils ne l'ont pas fait. Parce qu'ils voulaient rester ensemble. Et cet élan de solidarité, cette peur à l'idée d'être séparés, cet amour brûlant entre eux me disent que je n'ai rien à regretter. Ils ont créé des liens pour toujours. Des fils que personne ne pourra jamais briser. Ils ont trouvé ici des frères d'armes, des sœurs de combats, des alter ego, des amours, des rivaux. Rien ne pourra effacer cet été. Parce que la joie s'ancre, parfois. Elle s'ancre pour toujours, quelque part dans la poitrine ; la vue de ceux qu'on aime la réactive à chaque nouveau rendez-vous.

C'est tout ce que je leur souhaite.

Ils ne seront plus là, avec moi. Peut-être qu'ils ne me reparleront jamais. Ils grandiront sans moi. Ça me fend le cœur, je sais que je ne dois pas penser comme ça. Ce ne sont pas mes enfants, après tout.

Mais je sais qu'eux, ils se reverront. Ils ne se perdront jamais de vue.

Et ça me suffit.

Je bois une gorgée de mon thé au jasmin.

Regarde la tombe de mon chat.

Inspire lentement.

Je suis sereine.

J'ai fait ma part.

Il ne reste plus qu'à leur faire confiance.

Léo

« Léo ? C'est là ? »

J'ouvre les yeux, tombe tout de suite sur ma maison. Ses murs craquelés, ses volets bleutés, ses bosquets d'hortensias. Pendant quelques secondes, je crois que tout ça n'a été qu'un rêve. Que je n'ai jamais tué mon père, que mes semaines chez Aïcha n'ont jamais existé. Mais non, c'est bien Sarah qui me parle, avec son bandeau sur la tête et sa robe lavande.

« Oui, c'est là.

— Je reste dans la voiture. Vous avez une heure. »

Sarah m'ouvre la porte, attrape ma main, comme si elle pensait que j'allais m'enfuir.

« Elle est où, la clef ?

— Sous le pot, là. J'en avais parlé à personne.

— T'as bien fait. On aurait dû casser une fenêtre pour entrer, sinon. »

J'attrape le porte-clefs orné d'une coccinelle décolorée et d'un trèfle à quatre feuilles. Elle est couverte de terre. Je tremble en la glissant dans la serrure.

« On n'est pas obligés d'y aller, tu sais.

— Je sais. Mais je crois que je m'en voudrais, sinon.

— Pourquoi ?

— Je ne sais pas trop. Peut-être que j'attends de retrouver quelque chose. C'est comme si un truc s'était éteint en moi. Peut-être que je l'ai laissé ici. »

Sarah hoche la tête et pousse la porte mauve. Un air froid, glacé, souffle sur nos visages. J'avais oublié que la maison de mon enfance a toujours eu l'air hantée par l'esprit de ma mère. Mais ça me dérangeait pas. C'était comme si elle me regardait grandir. J'ai dit que je voulais récupérer quelques affaires, mais à part mes carnets, mes pinceaux et mes tubes de gouache, je ne vois pas trop ce que je pourrais emmener. C'est idiot, mais je ne veux pas que Sarah rentre dans ma chambre. Aucune fille ni aucun garçon n'y est jamais entré, et je ne veux pas m'infliger du stress en plus. Les événements des derniers mois me suffisent amplement, même si j'essaye de ne pas trop y penser. Je dois être dans le déni. Mes rêves me laissent tranquille, enfin pour l'instant.

« Léo ? C'est ici, l'atelier de ta mère ?

— Oui, pourquoi ?

— C'est ouvert.

— Quoi ? T'es sûre ? »

Je me précipite dans l'atelier. Il n'y a plus aucun tableau, tout a brûlé. Il ne reste qu'une photo d'elle, une photo que je n'ai jamais vue, qui trône sur le mur vert pistache.

Ça et des affaires de mon père sur le sol.

Des cadavres de bouteilles, un gilet gris, des factures, son stylo à plume, des paquets de cigarettes.

Je porte la main à ma bouche. Mon père est venu dans l'atelier. Plusieurs fois, même. Au milieu du chaos, je repère une latte de plancher un peu étrange, comme si elle n'était pas peinte de la même couleur. Je la soulève, et je tombe sur une petite pochette jaune, avec écrit le nom de ma mère. Je l'ouvre, Sarah se penche sur mon épaule. Je découvre une liste de noms, tracés d'une écriture maladroite, la plupart sont barrés, mais il en reste un.

« Je croyais que ta mère n'avait plus de famille. Qu'ils avaient tous été tués dans le génocide.

— Je le croyais aussi. »

Ma mère a dû faire des recherches avant de mourir, tenter de retrouver des proches encore en vie, tout ça dans le dos de mon père. Il n'aurait pas compris. Avec le recul, je crois qu'il ne la laissait pas sortir, qu'elle n'avait aucune amie. Que, comme moi, elle était sous son emprise. Je regarde de plus près, fais défiler les pages en inspectant chaque lettre.

« Regarde. C'est le même nom de famille que ma mère.

— Il faut que tu donnes ça au service de protection de l'enfance. Ils doivent savoir que t'as peut-être un parent en vie. Peut-être que l'un d'eux pourra t'accueillir. Ça sera mieux que le foyer. Surtout... Surtout si c'est pas loin de chez moi. On pourra continuer à se voir. Enfin, si tu veux bien. »

J'ai envie de l'embrasser, mais elle continue de parler, elle ne me regarde pas, ça serait fou de tenter le coup maintenant.

« On ne se connaît pas tant que ça, en vrai.

— Oui, t'as raison.

— Ça serait bête de se séparer maintenant. »

Je ne sais pas pourquoi, mais elle ne semble pas convaincue par ses propres paroles. Comme si elle disait ça tout haut pour le croire. Depuis quelques jours, Sarah passe sa journée sur son portable, à sourire bêtement en recevant des messages. Je me demande qui peut bien la rendre aussi belle. Elle ne me l'a jamais montré, à moi, ce sourire. Je ne cherche jamais à regarder le nom du destinataire. J'ai trop peur de connaître la réponse.

Je sens une tristesse infinie s'emparer de moi. Il faut que je change de sujet, si je ne veux pas déprimer devant elle.

« Tu vois, Sarah, je suis venu ici pour affronter mon père. Même si j'avais peur, je sentais que je devais le faire, que c'était la suite logique des événements. Et, regarde, j'ai été récompensé. Je crois que c'est à ton tour maintenant. »

Sarah fronce les sourcils, elle est si mignonne, quand elle est surprise. Elle attrape des capsules de bières, essaye de ranger l'atelier comme elle le peut.

« Sarah… Tu dois penser à ta mère. Tu dois accepter que c'est elle qui a tué tous ces gens, pas toi.

— Mais j'aurais dû…

— Laisse-moi terminer. La vérité, c'est que tu aimes trop ta mère. Que c'est plus facile de te dire que c'est de ta faute que de la détester. Je le sais bien. Tu dois essayer de penser à elle. Tu dois accepter de la haïr. Il y a trop de violence en toi. Ne pas penser à ta mère, ça te bouffe. Vraiment. Essaye de penser à elle. Juste un petit peu. Tu peux faire ça pour moi ? »

Sarah ne répond pas, elle fouille dans les vinyles de mon père, choisit un disque de Léonard Cohen, le pose sur la platine.

« Tu sais, on est des juifs ashkénazes, du côté de ma mère. Mes grands-parents ont été amis avec Léonard Cohen dans leur jeunesse, ils ont grandi ensemble, j'ai toujours trouvé ça incroyable. Ce mec… Ce mec est un génie, il était sacré dans ma famille, je te promets. J'adore cette chanson. *Is this what you wanted.* Elle résonne toujours en moi, avec mon histoire, nos histoires. La tienne aussi. »

Elle commence à chanter, à onduler, sa chevelure danse dans l'air chargé de sel. Je la regarde se mouvoir comme une sorcière éprise de liberté. Et je sais que je suis foutu. Parce que je suis amoureux d'une fille incroyable. Une fille que je ne pourrai jamais oublier. Une fille qui en aime un autre.

Mais peut-être qu'un jour, ça changera.

Alice

Ethan vient de pêcher un saumon, sa peau bronzée luit d'eau de mer. Esther chantonne sur le pont, Ivona tient le volant, Lucie rêve de je ne sais quoi.

« On est pas bien, là ? »

Je hoche la tête et me glisse à côté de Lucie. Je regarde l'horizon. Je ne sais pas vraiment où on va, mais ce n'est pas grave. On verra bien. En attendant, on se contente d'être bien ensemble. Comme avant. C'est si paisible. Je ne sais pas pourquoi je suis partie. Pourquoi j'ai refusé ça. À quoi bon ? Je suis bien mieux ici. Protégée. Aimée. Je n'ai qu'à me faire porter par le courant. Rien de plus. Rien à chercher. Rien à fuir. Juste être là. Respirer. Regarder la mer. S'embrasser. S'engueuler pour de faux. Se confier pour de vrai. Chanter, enfin, chanter ensemble. Chanter ce qui nous vient. Prendre le vent pour un instrument. Ne pas penser à eux. À ceux qui restent. Oublier pour avancer. Vivre avec des ombres. Parce qu'elles me sont plus agréables que la réalité.

Ne plus jamais revenir.

Ne plus jamais voir le sourire de mes parents.

Je peux m'en passer.

Je peux m'éloigner.
Je pars.
Je suis déjà partie.

Stephan

Je ne pensais pas que Louise voudrait venir avec moi. Elle ne la connaît pas, Alice. Elle a aucune raison de faire tout ce chemin pour la voir. Mais voilà, elle est venue avec moi. Dans cet hôpital froid qui pue la mort.

« Toutes les personnes que j'approche finissent à l'hôpital.

— Dis pas ça. »

Louise me tape la tête avec sa béquille. Je lui en veux pas. Je le mérite. Faut que j'arrête de tout ramener à moi. Par respect pour Alice qui regarde dans le vide depuis des jours. Elle a pas craché un seul mot. Son regard se fixe sur rien. Elle ressemble à un zombie. Elle me fait de la peine. Et je sais qu'elle détesterait ça.

« Dis, t'étais amoureux d'elle ? »

J'hésite à lui répondre. Et si Alice écoutait tout ? C'est possible ce genre de trucs, non ? Des gens dans le coma qui entendent tout ce qu'on dit ? J'ai pas rêvé ? Et puis merde. Qu'importe. Elle mérite de savoir.

« Je l'ai cru. C'était facile de me dire que je l'aimais, tu vois. C'était facile parce que c'était pas vrai. Alors ça faisait pas vraiment mal. »

Aimer Sarah, ça, ça fait un mal de chien. Parce que je sais bien que je suis pas assez bien pour elle, malgré tout ce qu'elle peut me dire. Qu'elle est avec Léo maintenant, et qu'à tout moment, elle peut tomber sous son charme de poète. Je me suis réveillé trop tard. C'est bien fait pour ma gueule. Ça m'apprendra. Mais je me battrai. Oui, je ferai tout pour rester près d'elle. On a encore trop de trucs à vivre ensemble. Je le sens dans mes tripes.

Louise s'approche d'Alice. Elle écarte une mèche de son front couvert de sueur. Alice ne réagit pas.

« J'espère qu'elle ira mieux. Je ne la connais pas, mais elle a l'air d'être une chic fille.

— Oui, elle l'est. »

Et là, Alice tourne la tête vers moi. Comme dans un putain de film d'horreur. Je peux pas m'empêcher de hurler. Louise n'ose pas bouger. Alice pose un doigt sur ses lèvres gercées. Comme pour me dire de la fermer.

Et elle se met à chanter.

« Oublie la rivière
Ne pense plus à moi
Cesse de te perdre
Pleure quelquefois

Ne vois-tu pas
Que je suis mieux ici
Loin de vos morts
Loin de vos remords

Embrasse l'hiver.
Rentre chez toi

Oublie ma misère
Et ta foi en moi

Ne vois-tu pas
Que je suis mieux ici
Loin de vos morts
Loin de vos remords

Je ne suis pas faite
Pour laisser mon empreinte
Sur terre

Ne vois-tu pas
Que je suis mieux ici
Loin de vos morts
Loin de vos remords »

Et elle se rendort.
Pour toujours peut-être.
Ou pas.
J'en sais rien.
Décidément. Si Dieu existe, c'est un sacré enculé.
Ou il ne croit pas en nous.
Il ne veut pas nous aider.
Et franchement, je ne sais pas ce que je préfère.

Camille

« Camille ? Tes parents sont arrivés.

— Pour de vrai ?

— Pour de vrai. »

Je cours vers la fenêtre. Aïcha, elle a raison. Je ne la verrais pas faire ce genre de blagues de toute façon. Mon papa est là. Il est devant notre voiture bleue, il parle avec un policier, celui avec des gros sourcils et un nez crochu de sorcière. Je vois pas Maman d'ici. Elle est peut-être pas venue. Peut-être que j'en vaux pas la peine. C'est dommage. Avant, elle venait à toutes les visites scolaires, ma maman. Papa, il a pas vraiment changé. Je sais pas pourquoi mais je pensais qu'il allait vieillir d'un coup. Le temps passe pas de la même manière pour les enfants et les adultes. Ça je l'ai compris quand j'étais petite.

« Tu as toutes tes affaires ?

— Oui. Il vaut mieux que je descende toute seule, hein ? Ils risquent d'être fâchés contre toi.

— Oui, je crois que c'est une bonne idée. »

Je termine de ranger les jouets dans la tour. La poupée Mulan dans le coffre, le dragon en plastique sur l'étagère. Les Playmobil pirates dans les tiroirs verts. Les cahiers de coloriage bien empilés. Voilà. C'est comme si j'avais jamais été là. Aïcha me frotte la tête, comme si elle voulait me féliciter. Je pense à Bidule tout à coup. J'ai envie de pleurer, mais je vais pas le faire. Parce que sinon, Aïcha voudra pas me laisser partir. Je commence à la connaître, Aïcha.

« Et toi ? Tu vas faire quoi maintenant toute seule ?

— Je ne sais pas.

— Tu vas aller en prison ?

— Mais non, ma puce. Je te le promets. C'est les méchants qui vont y aller. Pas moi. »

Je lui prends la main. C'est comme si c'était elle la petite fille qu'il fallait consoler.

« Tu regrettes ?

— Non. Pas du tout. Je ne les laisserai pas me faire croire que ce qui est arrivé est de ma faute. »

Aïcha me prend dans ses bras. Ses câlins vont me manquer. Chez moi, je ne sais pas si j'en aurai. Je descends les escaliers le plus lentement possible. Quand il me voit, Papa a un sourire faux, on dirait la mère dans *Coraline,* un dessin animé qui fiche la frousse, mais que j'aime bien. Mais je me fais pas avoir, moi. Le policier est juste à côté. Il est obligé d'être gentil.

« Allez, mon grand. Monte dans la voiture. La route est longue. »

Je me fige, comme une statue. Je sens le sang se glacer comme des Mister Freeze dans mes bras. Non. Je veux pas. Je veux pas avoir fait tout ça pour rien du tout.

« On dit pas *mon grand.*

— Quoi ?

— T'as dit *mon grand.* On dit *ma grande.* Tu te souviens pas ?

— Camille, ne recommence pas. Et change-toi. Ne nous fais pas honte, d'accord ? »

J'ai peur quand je lui dis ça. Mon cœur bat très fort. Mais la peur, ça fait vivre plus fort.

« Mais je t'emmerde. »

Et, comme Sarah me l'a appris, je lui fais deux doigts d'honneur, avec un grand sourire.

Sarah

Je suis sortie dans le jardin.
J'ai laissé Léo seul, pour qu'il appelle Soraya.
Elle pourra sûrement lui dire
ce qui va se passer
maintenant qu'il a trouvé
des potentiels parents.
Je marche sur un petit chemin de terre,
arrive jusqu'au bord de la falaise,
écarte les bras pour sentir le vent souffler sous mes aisselles.
Léo a raison.
Je ne pense jamais à toi, Maman.

Et soudain, tu es là.
Il suffisait de t'appeler.

Tu es là.
Dans une robe blanche que je n'avais encore jamais vue.
Une robe qui petit à petit vire au rouge sang,
ce même sang qui coule dans mes veines.
Tu ne dis rien
mais je sens que tu le ferais si tu le pouvais.

Maman.
Ma toute petite maman.

Comment te dire que toutes les nuits,
lorsque tu m'apparais en rêve,
je voudrais t'étrangler,
te tuer une seconde fois,
pour t'offrir une vraie mort,
une normale,
et pas celle que tu as inventée.
Et pourtant,
pourtant,
je n'arrive pas à être en colère contre toi.
Parce que j'arrive pas à croire
que tu aies été capable de faire une chose pareille.
Pourquoi, Maman ?
Pourquoi tuer tous ces gens ?
Pourquoi les emporter avec toi ?
Qu'est-ce que tu voulais, Maman ?
Qu'est-ce que tu cherchais ?
T'avais peur ?
T'avais peur de mourir toute seule ?
T'avais peur de l'oubli ?
Pourquoi tu as voulu mourir, Maman ?
On était bien ensemble, non ?
Qu'est-ce qui t'a pris ?
Pourquoi j'ai pas vu ta tristesse ?
Je suis une bonne spécialiste, pourtant.
La rage, le mal-être, l'angoisse, ça me connaît.

Ou alors, peut-être que tout est arrivé avec ta mort,
je ne sais plus.
Maman.
Maman, est-ce que tu avais tout prévu depuis longtemps ?
Tu as élaboré ton plan,
avec moi à tes côtés,
moi qui ne voyais rien.
Ou est-ce que tu as agi sans réfléchir ?
Je suis impulsive,
je le sais bien.
Ça vient peut-être de toi.
Peut-être que tu as réussi à me le cacher tout ce temps.

Je ne sais rien, tu vois. Je ne suis pas en paix.

Mais un jour, je le serai. Peut-être.

La brume de mer s'est levée sur la plage.
Enfin.
Elle est partie,
complètement évaporée.
Dissoute dans l'écume.
Apaisée.
Je lève les yeux vers les vagues,
leur mouvement perpétuel,
leur danse éternelle.
Tout va bien se passer.
Parce qu'il le faut.

Pour Alice, pour Camille, pour Louise.
Pour Léo.
Pour Stephan.
Je respire un grand coup.

Il ne me reste plus qu'à survivre aux vivants.

Remerciements

Un immense merci à Dominique A pour m'avoir prêté le magnifique titre de son album *Vers les lueurs*.

Merci à Alix Penent et à Glenn Tavennec.

Un grand merci à Céline Vial, et à Céline Dehaine pour avoir cru en ce texte, en Aïcha, Léo, Alice, Stephan, Camille et Sarah.

Merci à toute l'équipe de Flammarion Jeunesse.

Merci à ces personnages qui vivent depuis si longtemps dans ma tête. Maintenant, ils sont à vous.

NORD COMPO
multimédia

Composition et mise en pages
Nord Compo à Villeneuve-d'Ascq

Achevé d'imprimé en décembre 2023
à Barcelone par CPI Black Print

Dépôt légal : janvier 2024
N° d'édition : L.01EJEN002222/600987-0
Loi n° 49-956 du 16 juillet 1949
sur les publications destinées à la jeunesse